ホームレス
ワールドカップ

藤田　健

東京図書出版

主要登場人物

成瀬和俊　ホームレス・元会社員
先生（野崎慎哉）　ホームレス・元高校教師
板前（粕谷勇）　ホームレス・元料理人
ショート（萩原翔吾）　ホームレス・元社会人野球選手
ロミオ（朝倉健二）　ホームレス・元舞台俳優
社長（富田耕作）　ホームレス・元工場経営者
くちなし（三井隼人）　ホームレス・元ニート

成瀬祐希　成瀬和俊の息子
成瀬美穂　成瀬和俊の妻
早川麻央　先生の元教え子
須藤孝明　ショートの元チームメート
仁科栄治　社長の元部下
海堂恵　女優。ロミオの元恋人
三井秀雄　くちなしの父親
三井幸枝　くちなしの母親
佐橋拓馬　料理人。板前の元親方

立花佳樹　ホームレス支援団体の職員
間宮倫子　地方新聞社の記者
安部光太郎　地方新聞社の記者。間宮倫子の後輩

――疲れた。

雑誌を持つ手を、成瀬和俊は左手に替えた。

再開発が進んだ駅前の広場で、成瀬は二カ月ほど前から『カムバック』を掲げて立っていた。『カムバック』はホームレスの自立支援を目的に発行されている雑誌で、販売すると価格の五十%の手数料が入る仕組みになっている。

ホームレスでの生活を始めて以来、成瀬は拾った空き缶を売って生計を立てていた。最初の頃はどこのリサイクル業者も良心的な価格で買い取ってくれて、安定した生活を送れていた。ところが、近年のホームレス情勢も刻一刻と変わる社会情勢に引きずられる形で変革を迫られた。成瀬の取引先業者は次々とシャッターを閉め、株価の暴落のように空き缶の単価も急激に下落した。食い繋ぐのが困難な状況に陥った成瀬は、次の生きる術を探さざるを得なくなった。

段ボール、週刊誌、小さなネジ……。売れそうな物は片っ端から拾った。知り合いのホームレスから、雑誌を売って収入を得る方法を教えてもらったのは、食料の備蓄が底をついた時だった。

「雑誌を売る？　そんなの俺には無理だよ」

「心配するな。簡単な仕事だよ」

　乗り気はしなかったが、簡単な仕事というフレーズに背中を押されて、成瀬は『カムバック』の販売を請け負っているホームレスの支援団体を訪ねた。それから間もなく、この駅前広場で雑誌売りを始めてはみたものの、何の関心も示さずに素通りして行く通行人ばかりだった。この日も、まるで自分の存在がこの世の中から意図的に消されてしまっているような感覚に陥り、成瀬は居心地の悪さを抱いた。それでも、辞めたところで他に収入源の当てがある訳でもなく、ただただぼんやりと銅像のように突っ立っている事に徹していた。

　何気なく斜め向かいのデパートに目を向けると、一階のショーウィンドウに派手な洋装をしたマネキンが運び込まれて来た。遠くからでもマネキンの着衣の煌びやかな発色が際立っている。日本人には到底似合いそうもないな。成瀬は率直な感想を胸に落とし込んだ。

「一冊、頂戴」

　その声で、成瀬の意識はデパートから眼前に呼び戻された。よれよれの地味な背広に、皺の寄ったネクタイが目に飛び込む。マネキンとは、ほど遠い服装の中年の男が立っていた。成瀬は慌てて持っている雑誌を、そのまま男に差し出した。

「幾ら？」

「三百円です」

「えっ、そんなにするの？」

男はブツブツと不満を口にしながらも小銭を成瀬の掌に乱暴に落とすと、足早に去って行った。人混みに同化する男を見つめながら、成瀬はいつもの息苦しさを覚えた。確かに、この仕事で成瀬は飢え死にをせずに済んだ。しかし、幾ら食事に有り付けたとしても、救われた気には一度もならなかった。『カムバック』の購入者は、ほとんどが社会を中核で支えるサラリーマンだった。彼らは皆一様に何かに追い立てられ、見えないものに必死に追い付こうとでもするように息苦しそうに去って行く。それを目にする度に、成瀬は摑みどころのない腹立たしさが込み上げた。

――俺に入るのは、たったの百五十円だよ。

そう心の中で吐き捨てると、足元にある古びたキャリーバッグに目をやった。そのバッグには成瀬の生活必需品の全てが入っており、取っ手には先日拾ったばかりの、見るからに安物の腕時計が巻き付けてあった。時計の指針は午後四時を示している。

「パンでも買って帰るか」

成瀬は掌の小銭に目を落とすと、自嘲気味に笑みを浮かべて帰り支度を始めた。

ホームレス支援団体『ホーム』の事務所は、駅前広場からほど近い古い雑居ビルの一室にあった。成瀬はここに来る度に、もどかしい気分にさせられる。ホームレスになる以前、見返りを求めない支援行為は偽善以外の何物でもないと、成瀬は募金すらも忌み嫌っていた。そんな自分が、今は施しを受けている。俺はホームレスなんだ。止むを得ないんだ。そう正当化しているが、いまいちすっきりとしない。

入口付近に設けられたカウンターの前で心許なく立っていると、奥から職員の立花佳樹が、過剰とも言える笑みを浮かべて出て来た。

「お疲れ様でした。本日のお給料です」

立花はカウンターの上に、すぐに数えられるほどの小銭を載せた盆を置いた。

「今日も売れましたね」

「一冊だけですけど」

「たとえ一冊でも、売れればいいんです」

成瀬に雑誌販売のノウハウを一から教えたのは立花だった。だから、一冊でも売れたと聞くと、立花は大いに喜んだ。

「どうも」

成瀬は上着のポケットに小銭を無造作に入れた。決して嫌な奴ではなかったが、どうも相性が合わずに成瀬は立花が苦手だった。実直過ぎる性格も鬱陶しく感じたが、何よりも嫌だったのは、立花の見え隠れする自負心だった。若さゆえか、それとも職業柄のせいかは分からない。ただ、その自負心を見ると、成瀬はどうにも鼻に付いた。

「明日も頑張って下さいね」

立花は人懐っこいとは言えない笑顔を、まだ成瀬に向けている。何度見ても慣れないその笑顔を極力見ないように、成瀬は軽く頭を下げて出口の扉を開いた。


再開発地域から少し離れた所に、都会では珍しい広大で緑豊かな公園があった。公園の入口には頑丈そうな石造りの大きな門が架かり、成瀬はキャリーバッグを引きながら、そこを潜った。最近、近隣の都心部の公園では、治安向上の目的でそこに住むホームレスが一斉掃討されたという話を成瀬も耳にした。しかし、この公園には幸いな事に、まだ魔の手は伸びていない。ここは成瀬にとって、牙を剝く社会から身を守れる数少ない安息の地であり、命を繋ぎ止められるオアシスであった。

石門を潜って少し進むと、中央広場へと続く整備された歩道が真っ直ぐに伸びている。両脇には均一に植えられた木々が立ち並び、この歩道は四季折々の風の通り道にもなっていた。ふと、頭上から鳥の声が届き、成瀬は立ち止まって葉の色が濃くなり始めた一本の木を見上げた。細い枝に両足をしっかりと巻き付けた一羽の小鳥が、眼下の成瀬を興味深そうに眺めている。

「ただいま」

成瀬は帰宅を告げた。小鳥はキョトンとして首を少しだけ傾けると、また一声鳴いた。

中央広場を抜けると、木の葉が敷き詰められた未舗装の遊歩道に差し掛かった。一見、ハイキングコースのようではあるが、昼間でも木漏れ日が落ちるだけの薄暗い通りだった。一般の来園者が滅多に訪れない通り。その先にブルーシートと段ボールが混在する家々の姿がある。成瀬は飲み込まれるように遊歩道の中へと足を踏み入れた。四年前にホームレスとなった当初、成瀬はホームレス仲間に恵まれずに住処を点々と変えていた。この公園に辿り着いたのはホームレス生活にも疲れ果てた頃で、憔悴した成瀬を住人達は温かく迎え入れてくれた。

広場から最も近くに建っているブルーシート製の家の前まで来ると、昭和の懐かしい歌謡曲が成瀬の耳に入ってきた。それと同時にアルコールの匂いも微かに届いた。折り畳み椅子に座ったホームレスが、美味しそうに琥珀色の酒を喉に流し込んでいる。彼は成瀬に気付くと、酒瓶を口から離してほろ酔いで言った。

「今日の稼ぎはどうだい？」

「ぼちぼちだ」

成瀬は雑誌販売の報酬で得た惣菜パンを、そのホームレスに掲げて見せた。

「そりゃあ、良かった」

そう言うと、彼は再び酒瓶を口に突っ込み、ニヤリと笑った。足元には動いているのが不思議なくらいの破損の目立つラジオが置かれている。そこから聴こえるノイズが乗った歌謡曲は、まるで古いレコードから流れ出ているようで、懐古的な雰囲気を醸し出していた。

――こいつの名はロミオ。今はただのアルコール依存症のホームレスだが、昔は舞台俳優をやっていたらしい。酔うと、しきりにその頃に演じたシェイクスピア作品のロミオ役を自慢する。だから、この界隈でロミオと呼ばれるようになった。

成瀬がロミオの前を通り過ぎると、隣の段ボール製の家の中からアスリート並みの体格をした男が出て来た。男は背伸びをしながら美味しそうに煙草を吸っている。

「今日はご馳走だな」

彼は成瀬の惣菜パンを、煙草を摘まんでいる手で指した。もう一方の手には泥や垢がこびり付いた野球の硬式球が握られている。それを小さく上に投げては摑み、また投げては摑みを繰り返している。

「やらないぞ」

成瀬は惣菜パンの袋の端を持って、わざと見せびらかした。

「いらねえよ」

彼は煙草を口に戻して息を大きく吸い込むと、唇の隙間から吐き出た紫煙を見つめた。

――こいつの名はショート。体格が物語るように、ここに来る前はどこかの企業で野球をやっていたらしい。嘘か本当かは知らないが、本人の話によるとショートの名手だったとかで、ここでの呼び名がそうなった。

ショートの家を通り過ぎると、成瀬は今にも崩れ落ちそうなブルーシートの家の玄関先に目を向けた。そこには簡易的な調理場が設けられていて、黄ばんだ割烹着を着ているホームレスが夕食の準備に取り掛かっている。彼は透明のビニール袋から怪しげな黄色い粉末を取り出すと、凹みが著しい缶詰の中に入れて味見を始めた。そして、満足気に笑った。

――こいつの呼び名は板前。その名の通り、昔は由緒ある老舗料亭で料理人をしていたらしい。よほど腕と舌に自信があるようで、数年前に独立して自分の厨房をここに構えた。

板前の料理の行方を見守っている最中、〝キン、キン、キン〟と甲高い金属音が響き渡った。成瀬が厨房の裏手に回ると、初老のホームレスがトンカチを使って、何やら組立作業をしているのが見えた。彼は成瀬と顔を合わせると、手を止めて額の汗を拭った。

「よう、お帰り」

「今度は何を作ってるの？」

成瀬は金属の骨組みを物珍しそうに見つめた。興味を示してくれたのが嬉しかったのか、彼は笑みを浮かべて組立品をトンカチで〝カン、カン〟と軽く叩いた。

「こいつは、空き缶潰し機だ」

「……これが？」

成瀬はヘンテコな組立品を見下ろした。

「まだ、未完成だけどな」

「完成したら、俺にも使わせてよ」

「もちろんだ」

初老のホームレスは自信に満ちた声でそう言うと、作業に戻っていった。

——この人の名は社長。昔、町工場の社長だったらしく、その名が付いた。日々、ここで新商品の研究開発に勤しんでいて、失敗作も多いが使える物も結構ある。最年長ということもあって、皆の親父代わりになっている。

社長の作業スペースのすぐ隣には、どこか知性を感じさせるホームレスが瓶ビールのケースに座って、古びた分厚い本を熱心に読みふけっている。新たなページを捲ると、彼はずり落ちているレンズの欠けた眼鏡をちょこんと片手で持ち上げた。

——彼の呼び名は先生。ここでは一番の秀才だ。元々、高校の教師をしていたらしく、知識や教養は誰よりも豊富で、話も面白い。ホームレスには珍しく面倒見が良い性格で、困っている住人が居れば、何かと力を貸してくれる頼もしい存在だ。

先生の家から少し離れた場所に、小さくて粗末な段ボール製の家が建っていた。成瀬がちらっと中を覗き込む。妙に細長い体型をしたホームレスが、体を窮屈そうに縮めて背中を向けて寝ていた。どう見ても、体の大きさと家のサイズが合っていない。

——こいつの名は、くちなし。死人のように毎日寝ている事から、その名が自然と付けられた。ここの住人は誰一人として、こいつの声を聞いた者は居ない。だから、素性や過去は誰も知らない。

くちなしの家を通り過ぎると、成瀬はブルーシートで拵えた自宅の前にある、大きな切り株に腰を下ろした。そこからは木々の向こうに立ち並ぶ高層ビル群が見える。それらのビルとビルの間から顔を覗かせる落陽を眺めながら夕食の時間を過ごすのが、成瀬の日課となっていた。成瀬は未開封の惣菜パンを開けると、それを大事に一口頬張った。小麦粉の香ばしさと仄かな甘みがじんわりと口一杯に広がり、その味わいで生きている実感も味わえた。

——俺には誰もあだ名を付けてはくれなかった。だから、未だに本名のままで呼ばれている。でも、その理由は自分でも分かる気がしている。彼らのように自慢出来る過去も無ければ、強い個性なんてものも無い。あの時だって、どこにでも居る、ただの平凡なサラリーマンだったんだから。

ビルの谷間に沈んでいく太陽を、成瀬は自然と目で追っていた。

梅雨が明け、連日のように朝日が早くから食卓を照らすようになった。

寝不足を解消する為に、成瀬はあまり得意ではないコーヒーを一口啜ったが、何度目かの欠伸が出てしまった。苦味を口の中に残したまま新聞の経済面の続きを読み始める。眠気で字が霞む。〝カチャ、カチャ〟、隣の椅子に座っている息子の祐希が陶器を擦る音を出し始めた。目を移すと、祐希は皿に載った目玉焼きにフォークを不器用に刺して、懸命に小さな口の中へ白身の部分から詰め込んでいる。その愛らしい姿を見ながら、成瀬はここ最近、仕事の繁忙のせいで祐希と過ごす時間が無かった事に思い当たった。

――しばらく、一緒にサッカーもしてないな。

成瀬自身も仕事一筋だった父に遊んでもらえずに、幼少期は随分と寂しい思いをした。そんな幼少体験から、成瀬は出来る限り祐希と過ごす時間を作ってきたつもりだったが、いつの間にか自分も父と同じような振る舞いをしていた事に気付いて猛省した。

「祐希、今度の土曜日に一緒にサッカーするか？」

少しでも失態を挽回したいとの思いから、成瀬は思わず口にした。

「……うん」

祐希の反応が予想していたものとは違った。幾ばくか拍子抜けした成瀬は、コーヒーカップをテーブルに戻した。

「友達と約束でもあるのか？」

「ううん」

「じゃあ、久しぶりにお父さんと一緒にサッカーしよう」

「でも、お父さんは仕事があるんでしょう？」

伏し目がちに話す祐希を見て、成瀬は心が揺らいだ。まだ小学校に上がったばかりの祐希に、父親は自分よりも仕事の方が大事なのだと思い込ませてしまっている。そのせいで、祐希との間に僅かな溝が生まれてしまった。

成瀬はその溝を一刻も早く埋めたい一心から、嘘をついた。

「今度の土曜日は、仕事じゃないから大丈夫だよ」

「本当？」

「本当だよ」

「やったあ！　絶対だよ」

はち切れんばかりの笑顔を浮かべた祐希を見て、成瀬はひとまず安堵した。だが一方で、父親としての務めの難しさも痛感した。仕事と家庭の両立には苦労すると、同僚や部下からは数多く聞かされてきたが、実感が伴ったのは初めてだった。

「大丈夫なの？　仕事」

向かいに座った妻の美穂が心配そうに尋ねた。

「ああ」

せっかく埋まり掛けている溝に一摘まみの砂をまかれた心地がして、成瀬は美穂に少しばかり冷たい言い方をした。

「なら、いいけど」

美穂は皿に載った食パンを手に取り、一口分のジャムを塗って齧り始めた。

「ねえ、ねえ、お父さん。僕、ドリブル上手くなったよ」

そう言うと、祐希は目玉焼きの最後の一欠片を満足そうに口に運んだ。成瀬も祐希の心の高鳴りを聞きながら再びコーヒーを啜ったが、苦味が一層増したように感じた。

抱えている仕事の締切は、今度の土曜日だった。最近は終電近くまで会社に残って、仕事をしている。それでも、金曜日までには終わりそうもなかった。祐希との約束を果たすには、どうすれば良いのか。成瀬は新聞を捲りながら一途に算段した。

駅のホームで電車を待ち侘びていると、定刻よりも十分ほど遅れて滑り込んで来た。停車してドアがぎこちなく開いた途端、まるで蟻の大群が巣穴から一斉に飛び出して来るように、無数の人間が車内から飛び出した。成瀬は毎朝、その光景を見る度に得体の知れない疲労感に見舞われる。都心で働く成瀬にとっての最たる苦痛の原因は、満員電車に乗せられる事だった。同乗者との間で繰り広げられる壮絶な小競り合いによる心身の消耗は、何年経っても軽減されはしなかった。車内に入ると、極力ドアから離れた場所に居場所を確保して、成瀬はしばらく続く重労働に備えた。三つ目の停車駅で、また一段と大量の人間が機械的に詰め込まれる。息をするのも苦しくなった成瀬は、窓の外に広がる風景に目をやって気を鎮めた。

「ちょっと、やめてよ」

突然、女の甲高い声が轟いたのは、電車がトンネルに入ったばかりの時だった。成瀬は驚いて窓の外から車内に目線を戻した。どういう訳か、真横に立っている若い女から睨み付けられている。

「触らないでよ」

女は凄い剣幕で成瀬に迫った。

「えっ？」

一瞬、知り合いかと思った。しかし、幾ら考えてみても成瀬には見覚えが無かった。混乱した頭の中を整理していると、またしても女が甲高い声を発した。

「この人、痴漢です！」

その一言で車内が騒然となり、初めて成瀬は自分の置かれている立場を理解した。あまりにも唐突な言い掛かりに困惑しつつも、反射的に言葉を返した。

「俺じゃないよ！」

「嘘つかないでよ！　私、ずっと見てたんだから」

何の前触れもなく被ってしまった火の粉を払い落とそうと、成瀬は弁解の言葉を必死に考えた。だが、どれだけ考えても何の言葉も出てこなかった。乗客の誰かが放った「そいつを捕まえろ！」という叫び声が、成瀬の脳内を更に真っ白な色に染める。視界の中で動き始めた無数の人影に、成瀬は本能的に身構えた。そして、抵抗すればするほど、車内のざわめきは一層増していった。


あまりにも動転していたせいか、成瀬には駅の事務所まで移動した記憶がほとんど無かった。誰かが近くで話している声は、遠くの方で鳴っているサイレンにしか聞こえず、行き交う人々も輪郭が霞んで影絵のようにしか映っていなかった。

——俺は、何をしているのだろうか……。

状況を飲み込もうと思考を働かせ始めた時、向かいの席に警察官が居た事を成瀬は思い出した。事の成り行きを見守っているのだろうか、警察官の周りにも数人の表情の無い駅員が立っている。

「痴漢行為を認めますね？」

冷静さを取り戻しつつあった成瀬は、警察官のその一言に無性に腹を立てた。

「いい加減にしてくれよ！　俺は痴漢なんて、やっちゃいないよ」

先ほどから何度も同じ事を言わされている気がする。成瀬は定まらぬ記憶と現実味を帯びない会話に倦怠を感じた。

「そうは言ってもね。目撃者も大勢居ますし、何よりも被害者の方が、あなたで間違いないって言ってるんですから」

「だから、それはその人の間違いだって」

警察官は呆れた表情を見せると、大きな吐息を漏らした。

「このまま否認を続けると、あなたを署までお連れして、会社にもご家族にも連絡しなければならなくなりますよ。それでも宜しいんですか？」

成瀬は今まで警察官は民間人を守ってくれる正義の味方だと信じていた。だが、その信頼感は目の前の警察官からは微塵も感じられない。相変わらず、駅員の表情も無い。

「勘弁してくれよ……」

今度は成瀬が大きな吐息を漏らした。

「でもね、あなたが素直に罪を認めて謝罪してくれれば、被害者の方は示談にしてもいいって言ってくれてるんですよ」

「……示談？」

「そうです。そうなれば我々も、会社やご家族に連絡をせずに済むんですけどね」

これは、まさしく権力を振りかざした脅迫だった。成瀬は理不尽な脅迫には絶対に屈しないと、無実を主張し続けた。しかし、必死の抵抗も虚しく、時間だけが垂れ流されていった。出口を見付けるのに探し疲れた成瀬は、漠然と目の前の壁に掛けられている時計を見た。もう、完全に遅刻だった。同僚や上司が自分を蔑む顔や、美穂や祐希の悲しみに満ちた顔が脳裏をかすめる。成瀬の思考は、この場から逃げ出したいという願望に支配された。だから、気付いた時には正義の味方の『もう、いいだろう？』との言葉に、成瀬は『はい』と答えていた。

罪を被ると、その後は至ってスムーズに事が運んだ。事務的に手続きを済ませた警察官と駅員は、被害者との示談を早急に成立させると、忘れ物を取りに来た客でも見送るように成瀬を駅の事務所から出した。成瀬はその足で急いで会社に向かい、何食わぬ顔でいつもと変わらない挨拶を同僚に投げ掛けた。ところが、部署内に流れている空気は、明らかにいつもとは違っていた。成瀬の顔をちらちらと見ている者も居れば、いつも以上の笑顔で挨拶を返してくる者も居る。不安が込み上げた成瀬は、駅での一連の出来事を思い返した。警察官との交換条件で、会社や家には連絡されない事になっている。だから、誰にも知られていないはずだった。遅刻の理由だって、駅の事務所を出されてすぐに、家庭の事情だと電話で伝えてある。その時には、特に変わった様子は無かった。あれこれと頭の中で状況を確認しつつ、成瀬はとりあえず課長席まで足を運ぶ事にした。

「課長、遅れてすみませんでした。急に子供が熱を出しちゃいまして」

書類に目を通していた課長が、いつも通りの穏やかな視線を向けてきた。

「ちょっと、いいかな？」

課長は遅刻理由については何も触れずに書類を机に置くと、徐に立ち上がって会議室へと歩き出した。一抹の不安を抱えたまま、成瀬は黙って課長の後を追った。

少人数用の会議室で、久しぶりに課長と二人きりで向き合った。成瀬は新人の頃に随分と課長にしごかれた事を思い出した。基本的な接客用語から、伸し上がる為の人脈作りまでの、ありとあらゆる事を教え込まれた。そのお蔭で、今ではプロジェクトリーダーを任されるまでになり、課長には感謝している。

「息子さんが、急に熱を？」

唐突に聞かれて戸惑ったが、成瀬は急いで砕けた表情を作って応じた。

「ええ、そうなんですよ。ご迷惑をお掛けしました。遅れた分は、すぐに取り戻します」

少し威勢が良過ぎたかと、成瀬は心配になって課長の反応を探った。課長は何も言わずに、頷いただけだった。それを見て、成瀬はやはり何かあると感じた。とは言え、それは朝の一件であるはずがないとも思っていた。守秘義務があるはずの警察官が秘密を漏らすなんて事は、どう考えてもあり得なかったからだ。

——それならば、一体……。

課長の言葉を、成瀬は乾いた唾を飲み込みながら静かに待っていた。

「実は、通勤時に君と同じ電車に乗っていた社員が居てね」

成瀬は凍りついた。今の家からの通勤を始めて以来、同じ沿線で同僚はおろか、知り合いには一度も会った事は無かった。だから、咄嗟に成瀬の頭を過ったのは、課長の勘違いではないかという事だった。

課長は尚も話を続けた。

「そこで、その社員が偶然君を見かけていてね」

「……はい」

絞り出すように、成瀬はようやく一言を発した。

「その者から君が痴漢をして捕まったとの報告を受けたんだ。到底、私には信じられないが、どうなんだね？」

　こうなっては隠し通せるはずもなく、成瀬は事の真相を全て打ち明けようとした。それでも、罪を被ってしまった手前、果たして何と説明すれば良いのか分からずに舌を噛んだ。

「成瀬君？」

「……痴漢に間違われたのは事実ですが、私は決して痴漢なんてやってはいません」

「では、なぜ嘘を？」

「それは……」

　この状況で幾ら濡れ衣を着せられたと言っても、決して晴れやかな結末が待ってくれているとは思えず、成瀬は返す言葉を何も思い浮かべられなかった。

「まあ、いい。やってないと言うなら、鉄道会社に君の潔白を確かめても問題はないね？」

　もはや、成瀬は首を縦に振るしかなかった。案の定、鉄道会社は成瀬が痴漢行為を認めた事実を洗いざらい会社に伝えた。無期限の自宅謹慎。それが、決定された成瀬の一時的な処分だった。

　電車に乗る気分にはなれず、自宅のマンションに戻るのにはタクシーを使った。流れる景色に急かされて、成瀬はこれからの事を考えていた。最悪、会社はクビになるかもしれず、そうなれば妻子をどうやって養っていけば良いのだろうかと思い悩んだ。住宅ローン、税金、教育費……。重くのしかかった現実が、成瀬の煩悶を助長させる。

何の解決策も見出せずに頭を抱える成瀬に、運転手が声を掛けた。

「この辺りでいいですか？」

成瀬はフロントガラス越しに迫る自宅に目を向けた。二年前に購入した白亜の中古マンションが、心なしか余所余所しく見えた。いっその事、このままどこか遠くへ行ってしまおうかと考えたが、同時に美穂と祐希の顔も頭に浮かんだ。

「ここで、いいです」

タクシーを降りた成瀬は重い足取りで玄関に向かった。扉の前で鞄から鍵を取り出すと、鉛を摑んでいるような重たさと冷たさを感じた。鍵穴を見つめながら、成瀬は情けなさで震えた。懸命に気持ちを静める。何て言おうか。成瀬は早退理由を考えていなかった。

リビングに入ると、対面式のキッチンで美穂が昼食の準備をしていた。

「どうしたの？」

結婚して以来、成瀬が午前中に仕事から帰ってきた事など一度も無かった。だから、美穂は困惑した表情を浮かべた。

「気分が悪くて、早退したんだ」

「大丈夫？」

「ああ。少し寝てるよ」

犯した過ちは悟られたくない。身震いがしたまま、成瀬は美穂の顔を見ずに寝室に向かった。

「後で何か作って、持って行くね」

出会った当時と同じように、成瀬には何となく妻が他人のように思えた。もう美穂とは十年近く一緒に暮らしているが、成瀬は一度も隠し事をした事は無かった。

——一部始終を話せば、きっと美穂は……。

そう思いはしたが、『痴漢』という罪状が告白の邪魔をした。親身になってくれている妻に対して、偽りの殻に閉じ籠もってしまった。成瀬は夫としての自分を恥じた。恥じて、申し訳なくて、泣いてしまいたい気分になった。そんな気持ちとは裏腹に、成瀬は軽微な作り笑いを浮かべて寝室の扉を開いた。


祐希は朝から不貞腐れていた。この日の為に、学校から帰ると、毎日暗くなるまでサッカーの練習をしていた。たった数日の猛練習ではあったが、ドリブルもシュートも少しは上達して、褒めてもらえるに違いないと楽しみにしていた。

——それなのに……。

祐希は椅子に座りながら、サッカーボールを抱きしめた。

「しょうがないでしょう。お父さん、具合が悪いんだから」

キッチンで洗い物をしている美穂が祐希をなだめた。

「だって、絶対にサッカーするって言ったのに……」

しょうがないのは分かっているが、せっかくの努力を台無しにされたような気がして、祐希はどうしても納得する事が出来なかった。それで、更に不貞腐れた。

カーテンを閉め切った薄暗い寝室のベッドで、成瀬はリビングから聞こえ漏れてくる美穂と祐希の会話をうっすらと聞いていた。

――そう言えば、今日は祐希とサッカーをする約束だったな。

今更に思い出したが、ベッドから起き上がる気力は湧き起こらなかった。むしろ、成瀬はこのまま一生このベッドの上で過ごしたいという渇望だけが湧いた。仰向けになって、白い天井を眺める。比較的新しいマンションではあったが、天井に一点の大きな黒い染みを見つけた。何故だか、その染みと自分が同類に感じられ、成瀬は日が落ちて見えなくなるまで眺め続けた。

買い物に行ってくると言って成瀬が家を出たのは、それから数日経ってからの事だった。一向に出社しない塩梅に美穂は何も言わなかったが、時折見せる態度から、心中穏やかではない事を成瀬は気付いていた。そんな美穂の遠慮気味な気遣いが居たたまれずに家を出てしまったが、当然行く当てなどは無く、適当に街を徘徊した。会社からは、まだ何の連絡も無い。ひょっとすると、もう呼び戻されないのだろうか。成瀬は悶々として歩き続けた。夕暮れ時、そろそろ帰ろうかと帰路につくと、祐希とよく遊ぶ小さな公園に差し掛かった。中を覗いてみると、子供達が楽しそうにサッカーに興じている。その様子を眺めているうちに、成瀬は明日は祐希とサッカーをしてあげようかと思い至った。その時、成瀬の目が、ふと一点に止まった。サッカーをしている子供の集団から、少し離れた木立の陰で祐希が一人佇んでいる。あんな所で何をしているのかと訝しがったが、成瀬は動かずにじっと様子を窺っていた。

すると、祐希が今にも泣き出しそうな声を出した。

「ねえ、僕も入れてよ」

「駄目、犯罪者の子とは遊んだらいけないって、お母さんに言われたから」

その子が放った一言に、成瀬は思わず息を止めた。

――どういう事だ？

祐希が勢い良く木立の陰から進み出た。顔を紅潮させている。

「お父さんは犯罪者じゃないって、お母さんが言ってたもん」

「お前のお父さんが痴漢したのを、俺のお父さんは見たんだよ」

「嘘だ！　痴漢なんてしてないよ！」

力の限りに叫んだ祐希は、自分のサッカーボールを拾い上げると一目散に走って来た。成瀬は咄嗟に、近くのゴミ置き場に身を隠した。重なり合うゴミ袋の隙間から前を覗くと、耐え難い悔しさを滲ませた祐希が走り去って行くのが見えた。目撃者が近所にも居た事を、成瀬は初めて知った。だが、そんな事はもうどうでも良かった。それよりも成瀬が衝撃を受けたのは、祐希も美穂もあの一件とその顛末を知っていた事だった。知っていて、その事を悟られまいと必死に二人で隠していたのだ。

――何て、情けない男なんだ。俺は……。

成瀬の足は自然と、家とは反対の方角に向かって歩き出していた。歩く度に地面に投影された影は少しずつ伸びて細くなり、そして、次第に消えて無くなった。

ブルーシートの家が、パタパタパタ……と大きな音を立てた。

成瀬は仰向けのまま、壁に両手を貼り付けて揺れを押さえた。この公園には近くの高層ビル群からの強い風が、よく送られて来る。しかし、今夜はいつもよりも強く、長かった。ようやく突風が過ぎ去ると、天井に大きな裂け目が出来ていた。その先に、輝きを競い合っている星々がある。それらの星を線で結ぶと、何となく親子が手を取り合っている姿に見えてきた。成瀬は思わず目を閉じた。時々、眠りつく間際に、成瀬は最後に目にした祐希の、あの悔しさに満ちた顔を思い出す。その度に、あの子はあれからどうしたのだろうか。美穂とは仲良くやっているのか。新しい父親は出来たのかなどと、今更にどうでもいい事まで考えてしまう。すると、一瞬にして睡魔はどこかへと消えてしまい、暁まで眠れなくなるのだ。今夜も当分眠れそうもないなと諦めて、成瀬はまた星を眺めた。しばらくすると、視界の星々が徐々に光を失い、終いには目の前に広がるのは闇のみとなった。

ピッピピ、ピッピピ、ピッピピ……。恐らく一分以上は鳴っている。それでも、祐希は目覚まし時計に手を伸ばす気にはなれなかった。

「遅刻するよ」

襖の向こうから美穂の声が届いた。

——もう、分かってるよ。

祐希は、けたたましく鳴り響くアラーム音を止め、気怠そうに上体を起こした。真っ先に目に飛び込んできたのは、ハンガーに掛かっているサッカーのユニフォームだった。カーテンの隙間から差し込む朝日に背番号が照らされている。それを見て、毎週訪れる憂鬱な日曜日だったと認識した。祐希は思わず溜息を漏らす。今日の試合は休んじゃおうかと真剣に考えたが、美穂に余計な心配をさせるだけだと思い止まって、ユニフォームに袖を通した。

襖を開けて居間に入ると、美穂が出勤の準備でバタバタと動き回っていた。

「おはよう」

美穂はバッグに携帯電話を突っ込みながら、片手間に言った。

「おはよ」

適当に挨拶を返すと、祐希は冷蔵庫から牛乳を取り出して椅子に座った。テーブルの上には湯気を立てた食パンと目玉焼きが置かれている。もう、何年も朝食はこのメニューだ。

「ごめんね、応援に行けなくて」

バッグへの詰め込み作業が完了すると、美穂が申し訳なさそうに言った。

「いいよ、別に。どうせ補欠で出ないし」

「そんな事言ってたら、いつまで経っても試合に出られないわよ」

祐希は会話を続けるのが億劫になり、牛乳を一口飲んだ。自分の実力は、誰よりも自分がよく分かっている。だから、何度もサッカーをやめようと思った。でも、それを口に出すと、何かが壊れてしまいそうで、なかなか決心がつかなかった。

「じゃあ、お母さん行くから」

「うん」

急ぎ足で玄関を出た美穂は、木造アパートの錆び付いた鉄階段を駆け下りて行った。鈍い足音の余韻が消えて、一気に室内に静けさが戻る。祐希は台所の曇りガラスを見つめた。

——また、夜まで一人か。

五年生になった今でも、一人で家に取り残された時の寂しさは消えなかった。感傷を振り払うように、祐希は何も残っていない胃袋に目玉焼きを入れ、毎朝必ず目を通す朝刊を開いた。

磨き上げられたばかりのサッカーボールが空高く舞い上がった。両チームの選手が校庭を走り回り、必死にボールの奪い合いを繰り広げている。今回の対戦相手は、勉学でもスポーツでも常にライバルとされている同じ地域の小学校だった。だから、否が応でも試合に出ている選手だけでなく、コーチや控え選手にも熱が入っている。そんな周囲の盛り上がりを余所に、祐希は試合には目もくれず、懸命に声援を送っている選手の親を見つめていた。この四年間、自分の親が一度も応援に来なかった事に対して、祐希は別に何とも思わなかった。それなのに、こうして他人の親の声援を耳にすると、少しだけ応援されている奴を羨ましく感じる。

――今日も負ければいいんだ。

いつの頃からか、祐希は毎試合、そう願うようになった。コーチから補欠もチームの一員だと散々言われはしたが、汗一つ流していない試合に勝っても全然楽しくなかったし、勝利を喜ぶチームにも溶け込めなかった。

突然、歓声とホイッスルが同時に鳴り響いた。

祐希は視線を試合に戻した。チームメートがゴールを決めた様子で、仲間と喜び合っている。仲間との歓喜が一段落すると、そのチームメートは応援団の先頭に立っている父親に向かって、高々と拳を突き上げた。それに呼応して、父親も拳を突き上げてゴールを祝福する。得点を決めたこのチームメートは、祐希の一学年下だった。チームに加入した当初からずば抜けて上達が早く、めきめきと頭角を現して、今ではスタメンに名を連ねるまでに成長した。一方、祐希はずっとベンチを温めるだけの補欠の中の補欠が定位置となっている。

祐希がサッカーを始めたのは小学校一年生の時だった。たまたま、その年がワールドカップイヤーで日本中がサッカーブームに沸いていた。その熱狂を幼心にも肌で感じた祐希は、いつかは自分も日本の代表選手になって、日本中から注目されたいと強く思った。入部当初は、皆と同じくらいのレベルだった。シュートやパスの基礎練習を繰り返して、祐希は一歩一歩上達を見せていった。その上達ぶりを両親も一緒になって喜んだ。祐希は、それが何よりも嬉しかった。ところが、サッカーを始めて半年が過ぎた頃、思いも寄らない出来事が降り掛かった。突然、父親が姿を消したのだ。その日以来、何事にも身が入らなくなった祐希は、必然的にサッカーのレベルも周りの生徒に水をあけられた。

再び、歓声とゴールを告げるホイッスルの音が祐希に届けられた。

——早く帰りたい。

残りの試合時間を、祐希は楽しみにしている今夜のアニメ番組の事だけを考えて過ごした。

ベルトコンベアから大量の魚が新たに運ばれてきた。両脇に並んだ何人もの従業員が、特殊な道具を使ってそれを一斉に下ろし始める。美穂はこの仕事について三年が経つが、未だに魚の血生臭いにおいが苦手だった。それでも、この職場は嫌いではなかった。昔から要領は良い方で、仕事に慣れるのは早かった。それに、思った以上に同僚とは上手く付き合えていて、給料も以前にやっていたスーパーのレジのパートよりも遥かに良い。そして、何よりも美穂に居心地の良さを感じさせているのは、休憩時間以外は誰とも話す必要がないという労働環境だった。一日中、黙々と魚と対峙し、誰かに干渉される事は無い。ただひたすらに、目の前に来た魚を下ろしていくだけの単純作業に集中しているお蔭で、余計な事も考えずに済む。

作業終了のチャイムが鳴って、ベルトコンベアの流れが止まった。

「お疲れ様でした」

作業責任者のその一声で、従業員が次々に作業場から離れて行く。喧騒から静寂に移りゆくこの時間だけ、美穂の心には否応無しに雑音が舞い込んでくる。

本当に幸せな日々だったと、美穂は四年前までの生活を振り返った。可愛い一人息子の祐希は無事に私立の小学校の入学が叶い、夫も名の知れた会社で、プロジェクトリーダーとして仕事を任されるまでになった。美穂は家族が安心して帰って来られる家を丁寧に育む事を心掛け、実践していた。毎日同じ事の繰り返しではあったが、不満なんて何一つ無く、いつまでもこの生活が続いてくれれば良いと願うだけだった。そんな細やかな願いが後退りを始めたのは、初めて夫が会社を早退してきた日だった。体調が悪いという理由だったが、それが本当の理由ではない事を、美穂は夫の表情から瞬時に読み取った。何とか平静を装って接してはいたが、その日を境に夫は会社から足が遠のき、寝室に引き籠もるようになってしまった。いつしか、近所から夫の不穏な噂話が運ばれるようにもなったが、一切を聞き流して、いつも通りの妻を演じ続けた。今になって思えば、その偽りの行為が夫を追い詰める結果となり、信じて疑わなかった幸せな生活が脆くも崩れ去った要因だったのかもしれない。四年経った今でも、美穂は自責の念を振り払えずにいた。

「成瀬さん、どうかしましたか？」

見回りに来た作業責任者が、一人残っている美穂に歩み寄って来た。

「いいえ、何でもありません」

美穂は魚の脂まみれになった道具を急いで水で洗い流した。


自宅のアパートに差し掛かった所で、美穂は足を止めた。アパートを囲っているブロック塀を相手に、祐希がシュート練習をしている。もう何年も試合に出られない状況が続いているが、祐希は一向に『やめたい』と言わなかった。それどころか、いつもこうしてブロック塀と一緒にボールを蹴り合っている。あの子は、やっぱりサッカーが好きなんだ。美穂は遠目から祐希の純真さを目の当たりにして安心した。

「祐希」

美穂の呼び掛けに、祐希は足でボールを止めて振り返った。

「おかえり」

「ただいま。お腹空いたでしょう？　すぐにご飯作るからね」

「今日のご飯は何？」

祐希は美穂が引っ提げているスーパーのレジ袋の中を覗き込んだ。

「出来てからのお楽しみ。試合はどうだったの？」

祐希の表情が少し曇ったのに美穂は気付いた。だが、何も言わずに答えを待った。

「勝ったよ」

「良かったじゃん」

「まあね」

言葉とは掛け離れた素っ気ない態度だった。先ほどまでの安心感が幾分か薄らいでしまったが、美穂は努めて優しい笑顔を祐希に向けた。

「今夜はハンバーグだよ」

「ヨッシャー！」

美穂は祐希の素直な喜びようにホッとしたが、同時に息子の言動に一喜一憂している自分に、漠然とした不安も過った。

――親として、私はこの子にどれだけ応えていく事が出来るのだろうか。

錆び付く鉄階段を祐希と上がりながら、美穂は顔を上げた。そして、この細やかな幸せが少しでも長く続いてくれるようにと、心の中で赤く染まった空に祈りを捧げた。

成瀬はいつもの時間に、いつもの駅前広場で『カムバック』を掲げて立っていた。相も変わらず、多くの行き交う人が雑誌などには見向きもせずに通り過ぎて行く。今日はまだ誰一人として購入者は居なかった。このままでは夕食に有り付くのに苦労しそうだと、成瀬はコンビニのゴミ箱での残飯あさりを覚悟し始めた。その時、唐突に若い男が成瀬にぶつかった。不意を突かれた成瀬は、よろめいて掲げていた雑誌を落とした。

「こんな所に突っ立ってるなよ」

男は詫びる様子を微塵も見せずに、成瀬を一瞥するなり言い放った。

ホームレスといえども、成瀬は自尊心まで捨ててはいなかった。まだ社会を知らないであろうこの若造に、礼儀というものを教えてやるか。成瀬は一歩踏み出した。すると、男のすぐ後ろに怯えた表情で立っている幼い男の子の姿が目に入った。成瀬は体が固まった。その子は見慣れない風貌の成瀬を見上げながら、男のズボンの裾を摑んで、か細い声で呟いた。

「パパ？」

男はその子の頭を撫でてやると、財布から五百円玉を取り出して成瀬に差し出した。

「雑誌、汚したな。弁償するよ」

成瀬は踏み出した一歩を引っ込めた。この男は若くして父親になり、子供をきちんと育て、家族を養う為に朝から晩まで一生懸命に働いている全うな人間に違いなかった。子供への接し方を見た時、成瀬の目には少なくともそう映った。片や、自分は家族を捨て、ボロ服を身に纏い、異臭を撒き散らしているホームレスだ。そんなホームレスに正当な扱いを望んだ自分の方が、よほど礼儀知らずの未熟者なのだと、この若者と男の子から諫められたような気がした。

成瀬は差し出された五百円玉を素直に受け取った。親子は何事も無かったかのように手を繋いで、笑い声と共に人混みの中に戻って行った。

思わぬ形で臨時収入があった成瀬は、店仕舞いにしようと帰り支度を始めた。去り行く親子の残像が脳裏から離れないまま、落とした雑誌を拾い上げる。埃を払い落とし、折れ曲がった箇所が無いかを確かめる為に適当にページを捲った。この時まで、成瀬は一度も『カムバック』の中身を見た事が無かった。カラー写真の多さに、ほんの少し興味が芽生えた。人目を気にして流し読んでみたものの、特段気を惹くものは見当たらない。そのままページを捲り続ける。成瀬の目が初めて留まったのは、閉じる寸前に開いた最後のページだった。


「出来た！」

めっきり人通りの少なくなった夕暮れ時の公園に、威勢の良い声が響いた。

額の汗を拭った社長が、歪な形をした金属性の何かの台らしき物に手を置いた。辺りを物色し始める。すぐ傍では、地べたに座り込んだ板前が夕食の調理に取り掛かっている。社長はそこに目を付けた。

「おい、板前」

「悪い。俺、今忙しいんだ」

そう言いながら、板前は透明の瓶から茶色く濁った液体をスプーンで取り出していた。それを、慎重にジュースの空き缶に注ぐ。

「丁度いい。その缶を貸してくれ」

社長は興奮気味に声を上げたが、調理の邪魔をされた板前は不満そうな顔を向けた。

「駄目だよ。これで調味料を作ってる最中なんだから」

「つべこべ言わずに貸せって。これを、お前に一番に使わせてやるからよ」

「別にいいよ。俺は」

「そんな事言わずにやってみろって。便利だぞ、これは」

「何だよ。いつもこうだよ」

観念した板前が調合途中の缶を持って、渋々腰を上げた。

「何、これ?」

板前は大小様々な金属で組み立てられた物体を、まじまじと見下ろした。お世辞にも何かに役立ちそうな物には到底思えない。

「見りゃあ分かるだろう?　空き缶潰し機だよ」

「はあ、これが……」

「ここに台があるだろう?」

「この平らな部分?」

「そうだ。そこに缶を置いてみろ」

板前はあまり気が進まなかったが、仕方なく言われた通りに台の上に缶を置いた。

「いくぞ」

「あっ、待って！　その中に……」

板前が言い終わらないうちに、社長は金属物体の端に付いているレバーを勢い良く下ろした。

次の瞬間、台とその上に付いていた鉄の塊が重なり合って鈍い音を立てた。

「どうだ板前。凄いだろう？」

確かに缶は見事に潰れていたが、調合中だった調味料も見事に飛び散っていた。顔全体を茶色に変色させた板前が、小さく唸った。

佳境を迎えた空き缶潰し機の完成セレモニーを尻目に、成瀬は自宅前の切り株に腰を下ろして『カムバック』を読んでいた。

「これは珍しい」

その声で成瀬は顔を上げた。片手に古びた本を持っている先生が目の前に立っている。

「あんたが本を読んでいるところを見たのは初めてだ」

「ただの雑誌だよ」

成瀬は適当に雑誌をパラパラと先に進めた。

「雑誌も立派な本だ。何か興味深い記事でも？」

少し下がった眼鏡を上げ直すと、先生は興味深げに身を乗り出した。

「いや、別に。暇潰しだよ」

恥ずかしさを誤魔化すように、成瀬は視線を雑誌に戻してさらりと言った。

「読み終わったら、貸してくれないか？」

「ああ。いいよ」

そう言った後も、よほど成瀬の読書が珍しかったのか、先生はしばらく気配を残した。しかし、その気配が足音と共に徐々に遠ざかって行くと、成瀬はページを先ほど読んでいた所に素早く戻した。ホームレス・ワールドカップなんて大会を、成瀬は見た事も聞いた事も無かった。

その特集記事には、様々な国や地域のホームレスが、毎年一同に集まって開催されるサッカーの国際大会に関する内容が事細かに書かれている。開催の主な目的は、自立心や向上心をホームレスに取り戻させて、路上生活から脱却する力を養うというものだった。記事には、実際に路上生活から大きく飛躍して企業家になった者も紹介されている。だが、成瀬には社会に戻るつもりは毛頭無かった。また、戻れるとも思っていなかった。成瀬がこの記事に若干の関心を持ったのは、サッカーが好きだった息子と、真剣にサッカーをやっているホームレスの写真が単に重なったからだった。

板前のムキになった声が飛んできて、成瀬は空き缶潰し機のセレモニーに目を向けた。

「社長、これは失敗作だよ」

「何言ってるんだ。大成功だ」

「この顔を、よく見てみろよ」

「そんな物を入れた、お前が悪い」

社長と板前の空き缶潰し機の完成度を巡る論争は、当分の間、終わりそうもなかった。

『ホーム』のカウンターの前で成瀬が待っていると、立花が小銭を載せた盆を持って、奥から出て来た。また、あの不気味な笑顔が同伴している。

「お疲れ様でした。お給料です」

立花の笑顔は生来のものなのか、仕事用のものなのか、それともホームレス用のものなのかは分からない。ただ、さすがに毎日見せられると甚だ気分が悪かった。

「どうも」

成瀬は上着のポケットに小銭を落とした。

「明日も頑張って下さいね」

軽く頭を下げて、成瀬はドアノブに手を掛けた。そこで、ふと手が止まったのは、あのホームレスの写真が過ったからだった。一応、聞くだけは聞いてみようか。いや、バカげている。自問自答した成瀬は、このまま扉を開けて出て行こうとした。……。

突っ立ったままの成瀬に、立花が心配そうに声を掛けた。

「どうかしましたか？」

成瀬は振り返り、思い切って立花が待つカウンターまで進んだ。それでも、決心が鈍って言葉が口から出てこなかった。

――何をやってるんだ、俺は。

情けなさと恥ずかしさで、成瀬は俯いた。

「成瀬さん？」

「……」

「何か心配事があるなら、遠慮なく言って下さい」

「……あの」

「はい」

「俺も……俺もワールドカップに……出られますか？」

言ってしまった後で後悔して、成瀬は更に俯いた。

「ワールドカップ？」

立花は成瀬の意図を必死に読み取ろうと努めたが、微塵も掴み取る事が出来ずに首を傾げた。

成瀬はキャリーバッグから『カムバック』を一冊取り出すと、カウンターに置いてページを捲った。ホームレス・ワールドカップの特集記事を目にした立花は、ようやく成瀬の問いが理解出来たらしく、笑顔に戻った。

「ああ、ワールドカップですね。幾つか条件はありますが、それさえクリア出来れば成瀬さんも出場出来ますよ。出たいお気持ちがあるんですね？」

「……ちょっと、考えていて」

これで、もう後には引けなくなった。

――本当に、俺なんかにやれるのか……。

成瀬は『幾つかの条件』が気にはなったが、門前払いは免れたと一息ついた。

立花の笑顔が見る見るうちに弾け飛ぶ。

「いいじゃないですか！　私、全面的にサポートしますよ！」

「でも、まだ……」

「成瀬さん、是非チャレンジしましょう！」

立花のテンションが勝手に突っ走る。成瀬は若干の腹立たしさを覚えたが、我慢した。

「メンバーは？」

そう言われて、成瀬は自分の浅はかさに気付いた。そうだ、サッカーをやるにはチームが必要だった。成瀬は瞬時に公園の住人達の顔を頭に浮かべた。だが、浮かべれば浮かべるほどに虚無感しか生まれず、また肩を落とした。

「いや、それはまだ」

成瀬は肩を上げるのも忘れたまま、ドアノブを回した。

玄関先の折り畳み椅子に座って、ロミオが口の上で酒瓶を逆さにして振っている。それを横目に、近くの共用ゴミ箱では太ったカラスが〝ガサ、ゴソ〟と音を立てていた。嘴を器用に使って、弁当の食べ残しが交じったビニール袋を今にも取り出そうとしている。

「くそ、もうねえや」

ロミオは喉に流し込む酒が一滴も残っていない瓶を、八つ当たり同然でカラス目掛けて投げた。あと一歩のところで食糧を確保出来そうだったカラスは、無念さをロミオにぶつけるように一鳴きして飛び去った。

「人様の物をあさるな。コノヤロー」

気分が晴れないロミオは、キャリーバッグを引いて帰ってきた成瀬にも不機嫌な調子で声を掛けた。

「よう、稼いで来たか？」

「さっぱりだ」

「そりゃあ、良かった」

いつもの台詞を吐き出したロミオが、壊れかけているラジオの電源を入れてチャンネルを合わせ始めた。陰鬱な心持ちだった成瀬もまた、これ以上ロミオの相手をする気にはなれずに、そのまま通り過ぎようとした。その時、ここ数日、頭の中に遠慮なく居座り続けているおぼろげな夢想が成瀬の足を止めさせた。

「ロミオ」

ロミオはチャンネルを合わせていた手を止め、不機嫌が残ったままで成瀬を見た。

「何だ？」

「サッカーに興味あるか？」

「サッカー？」

サッカーという単語を初めて聞いたかのように、ロミオは素っ頓狂な声を上げた。

「俺が興味あるのは、シェイクスピアと酒だけだ」

「……だろうな」

成瀬は予想以上、予想以下のどちらでもない回答に背を向けて頷き、再びキャリーバッグを引き始めた。

「サッカーが、どうかしたか？」

「何でもない」

振り返る事なく、成瀬は声だけを送った。

ここに住む者にとって、サッカーなんてものは無縁である事を成瀬も十分に承知していた。だから、あんな質問は間抜け極まりない。成瀬は自分の滑稽さに可笑しさを覚えて笑えてきた。

住居に入って、持っていた雑誌を隅に放り投げると、成瀬は倒れ込むように仰向けになった。先日の強風のせいで、青い天井は所々が解れたままになっている。

「やっぱり、無理だな」

成瀬の呟きを余所に、ブルーシートの遥か上空では、青天と微かに赤味を帯びた薄雲が共存を始めていた。

この日、早川麻央は少し遠出をした。自宅から電車を乗り継ぎ、二時間ほどで着いた初めての街は小さな商業都市だった。何の根拠も無く来た訳ではなかった。この街の外れにある高校で教鞭を執っていた事があると、以前に聞いた記憶が蘇ったからだ。

「この人を捜しています。見かけたら連絡下さい」

早川はその高校近くにある駅の改札口で、朝から行き交う人に形振り構わずビラを配った。ビラには何年も前に失踪した早川の恩師、野崎慎哉の写真と身体的特徴が載っている。

野崎の身内から警察に捜索願が出されたのは、失踪後すぐだった。それから月日が経つにつれ、明らかに警察の動きは鈍くなっていった。事件性は皆無と結論付けられてからは、見付かる兆しすらも漂わない。警察の対応に不満を抱いた早川は、一人で捜索活動を始めた。仕事が休みの週末には、近隣地域はもとより、赴くには少し不便を感じる遠方地域まで足を運んで野崎の行方を追っている。効果のほどは、今のところ思わしくはない。それでも、何もしないよりは前進している気分に浸る事は出来た。

「すみません、この人を捜しています」

早川は声が枯れるまで道行く人にビラを配り続けたが、この日も収穫は無かった。決して過度な期待をしていた訳ではない。とは言え、手応えすらも摑めなかった現実は、存分に精神と肉体を疲弊させた。帰りの電車の中で、早川は少しずつ空気が抜けていく風船のように体を萎ませながら寝入った。

自宅のワンルームマンションに戻ると、机の引き出しから高校の卒業アルバムを引っ張り出した。そのアルバムを開く度に、早川には必ず見る写真が一枚だけある。野崎を囲むようにして、自分と数人の友達が一緒に写っている写真だ。野崎も友達も楽しそうに笑顔を浮かべているが、早川だけはどことなく遠慮気味に端の方で写っている。この写真が唯一、野崎と一緒に写っている写真だった。早川は写真の中の野崎を見ながら自然と笑みを零したが、次第に過去の記憶に浸食されていくと、瞳に淡い影が伸びた。

早川は古文の授業が嫌いだった。

今更、昔の人が書いた文章を勉強して一体何の役に立つのかと、学ぶ意義に対しても否定的であった。ところが、新しく古文の教師として赴任してきた野崎のお蔭で、それが一変した。野崎の評判は友達には思わしくなかったが、授業は断じてつまらないものではなかった。むしろ、生徒に興味を持たせようと創意工夫が見られて早川は楽しかった。単に評判を落としたのは、かけている流行遅れの黒縁眼鏡のせいだった。そのダサい眼鏡は、願望と欲求が渦巻く女子高の中では、生徒に落胆させる印象を与える。にもかかわらず、早川は初回の授業の時から野崎に好意を抱いた。惹かれた理由は、はっきりとはしない。外見も服装も、どちらかと言うと好みではない。ただ、何となく眼鏡の奥に潜む優しさが、そんな気持ちにさせたのかもしれなかった。一方で、野崎への想いは学業に弊害を生じさせた。抱いてしまった恋心のせいで、早川は野崎の受け持つ古文の授業に全く身が入らなくなってしまったのだ。当然ながら、テストの結果も好ましいものではなくなり、度々、父親から厳しい説教を受ける羽目になった。それでも尚、古文の授業では野崎の姿を目に焼き付ける事に早川は専念した。

——少しでも、野崎先生に近づきたい。

元来は控えめな性格の早川だったが、恋心が育んだ積極性が日々強くそう念じ続けさせた。

その想いが思わぬ形で実を結んだのは、ある放課後の帰宅間際の事だった。

「おい、早川」

野崎の声だった。早川は必死に緊張を押し殺して返事をした。

「はい」

「今日の放課後、時間あるか？」

〝ドクン〟と鳴った心臓の鈍い音は、全身の毛細血管まで響き渡った。

「ありますけど……」

「自分でも分かってると思うけど、今学期に入ってから古文の成績が、かなり落ちてるぞ」

「……はい」

一度打ち始めた鼓動は徐々に速くなり、もはや早川は自分でも止められなくなった。

「これから、先生と一緒に勉強しないか？」

信じられない気持ちと、信じたい気持ちが交錯して、早川は妄想の世界に飛び込んだような感覚に陥った。その現実味を帯びない感覚の中で、恋する人と二人きりで過ごせる機会が与えられた事に、生まれて初めて信じた事の無いものに感謝した。

――神様、ありがとう。

野崎の個別指導は通常の授業の時よりも厳しいものだった。それでも早川は、それだけ真剣に自分の事を思ってくれているのだと感じられて、むしろ嬉しくなった。

「これは、この前やったばかりだろう」

「そうでしたっけ？」

「もう少し、授業に身を入れないと駄目だぞ」

「はい！」

早川はこれまで居残り勉強というものには縁が無かったが、野崎の授業であれば毎日あっても構わないと思った。好きな人と同じ空間で、同じ時を刻む。それが、こんなにも幸せな事だったのかと、居残り勉強を通じて至福というものを思い知った。

授業が終わった頃には、日が沈み始めていた。早川は野崎から「一緒に帰ろう」と声を掛けられて、二人で学校近くの川岸の遊歩道を歩いた。遊歩道の周辺に植えられた木々は紅に変わり始めていて、数枚の葉は、いち早く地面に戻っている。

「野崎先生、今日はありがとうございました」

「分からない所があったら、いつでも聞きに来なさい」

「はい！」

爽やかな秋風が二人の間をすり抜ける。早川は心地良い気分で野崎を見つめると、西日が野崎の顔半分に影を作っていた。今しかない。心臓の鼓動が再び加速したのを感じつつも、野崎に一番聞きたかった事を早川は口にした。

「ところで、野崎先生」

「うん？」

「野崎先生は彼女いるんですか？」

その間は一瞬だったが、早川にはそれが無限の静寂が訪れたように思えた。加速していた心臓も止まった気がした。西日が雲に隠れると、野崎の顔から影が消えた。不安の中で、早川がその顔を見つめる。野崎は照れ笑いを浮かべていた。

「何言ってるんだ？　お前」

「ちょっと興味があって」

ちょっとどころの興味ではなかったが、本心を悟られないように、早川は出来る限りの軽い調子を気取った。

「そんな事より、今日教えた事を忘れるなよ」

はぐらかされはしたが、早川は聞かない方が良かったと胸を撫で下ろした。野崎の回答次第では、この幸福感が一生奪われ兼ねず、この時間すらも無意味な過去になってしまうからだ。

「はい！」

ずり落ちたダサい黒縁眼鏡を、野崎は片手で軽く持ち上げた。その横顔には、まだ照れ笑いが残っていたのを早川は確かに見ていた。


その日を境に、早川は野崎をより意識するようになり、可能な限りの接近を試みた。さすがに、これ以上成績を下げ続けて厳格な父親の説教を受ける訳にはいかなくなり、居残り勉強は出来なくなった。その代わりに、積極的に職員室に行っては話す機会を作った。廊下ですれ違った時には、控えめに手も振った。そうしているうちに、いつしか野崎からも自分に対して他の生徒とは別の感情が見え隠れするようになった。早川はそう感じるようになった。しかし、それ以上は特段の進展は見られなかった。

再び早川に転機が訪れたのは、バレンタインデーに手作りのチョコレートを野崎に渡した時だった。

「先生、これ」

「ありがとう」

たったこれだけのやり取りではあったが、二人を結び付けるには十分な会話だった。

そして、遂に高校三年生のゴールデンウィークに、早川は念願だった野崎との初デートをするまでに漕ぎ着けた。デートコースは野崎からの提案で、フランスのラブロマンス映画の鑑賞に決まった。指を折りながら、早川はその日を待った。

当日は早起きをした。クローゼットに入っている全ての衣服を取り出して、何通りもの組み合わせを何度も試した。それから、普段はしないマニキュアも薄いピンクを選んで塗った。

――早く、先生に会いたい。

はやる気持ちを抑えて早川が待ち合わせ場所の映画館前に行くと、野崎は本を読みながら待っていた。

「先生、今日は宜しくお願いします！」

「こちらこそ」

早川は出来る限りのお洒落をして来たが、野崎は学校で会う地味な雰囲気と変わらなかった。

映画が始まると、早川はスクリーンに観入っている野崎の真剣な横顔を幾度も眺めた。だから、映画の内容はほとんど憶えていなかった。幸せな時間は、薄情なまでに早く過ぎた。映画館からの帰り道、早川は駅の近くで大きなゲームセンターを見付けた。店頭には流行のプリクラの機械が設置されている。思わず走り寄った。

「先生、一緒に撮ろう」

「何、それ？」

「先生、プリクラ知らないの？」

「ああ、プリクラね」

そう言った野崎の表情は冴えなかった。

「ねえ、撮ろうよ」

早川は子供のように迫った。ところが、野崎は恥ずかしいからと言って拒み、「また、今度な」と言って撮ってはくれなかった。不満ではあったが、知らなかった野崎のシャイな一面を見る事が出来て、得した気分もしていた。

初デート以降のデートも、ほとんどが映画鑑賞だった。もちろん野崎と一緒に映画を観られるのは嬉しかったが、違った場所で、もっと違った野崎も見てみたかった。何で、いつも映画ばかりなんだろう。早川の中で野崎を享受したいという欲求が次第に強くなっていった。

ある日の黄昏時、早川は今度の週末はウィンドウショッピングをしたいという趣旨のメモを、野崎の下駄箱に忍ばせておいた。早川の下駄箱に野崎からの返事が収まっていたのは、二日後の朝だった。几帳面に手紙をしたためている。。早川は教室に入る前にトイレに寄って、そっと個室の扉を閉めた。秘密めいたやり取りに興奮しつつ、封を開ける。短文ではあったが、一言一句を大切に読んだ。

『君の希望は叶えてあげたい。だけど、先生と君の関係は、決して社会で許されるものではないんだ。だから、卒業するまでは極力人目に付かないように細心の注意を払う必要がある。どうか、分かって欲しい』

早川は動転した。浮き足立っていたのは自分だけだったのだと気付かされ、穏やかではなかったであろう野崎の心中を察した。プリクラを撮ってくれなかったのも、恥ずかしかったからではなく、教え子との交際の証拠を残してはいけないと思ったからに、ほかならなかった。

始業のチャイムが鳴り終わった。それでも、早川はトイレの個室で声を殺して泣いていた。

その日の朝早く、祖父が肺炎で入院したとの連絡が叔母から入った。今のところは命に別状は無いものの、年齢を考えると万が一の事もあり得るとの事だった。両親は念の為にと、父親の郷里に帰る事になり、早川は母親から夕食代として少々のお金を持たされた。明日まで親は居ない。十代の少女が陥る危険な冒険心が、早川にも当然のように芽生えた。

授業が終わると、買い物を済ませて、白いタイル張りのマンションの前で帰りを待った。野崎が姿を見せたのは、街灯が灯ってしばらくしてからだった。

「先生」

早川を視野に入れた野崎は、表情を固まらせて明らかに動揺した。

「こんな所で何してるんだ？」

「先生、ご飯作ってあげる」

早川は屈託の無い笑顔で買い物袋を見せた。

「駄目だ。すぐに帰りなさい」

そう言われるのは百も承知だった。しかし、こんなチャンスは滅多に訪れるものではない。

一晩だけ……一晩だけで良い。早川は強引にマンションの入口を潜った。

「おい、早川」

周りを気にしながら、野崎は早川を追った。自宅の玄関に行き着くまでに野崎の説得は何度も試みられたが、早川は一向に折れる様相を見せなかった。なす術が無くなった野崎は、誰かに目撃されるのを恐れて、止むを得ず早川を部屋に招き入れた。

「結構、綺麗にしてるんだね」

早川は興味津々に、初めて到達した『彼氏』の部屋を眺め回した。

「ご両親が心配するぞ」

「大丈夫。親は今日帰って来ないから」

「だったら、尚更まずいだろう？」

血の気の引いた野崎が、再び説得に入る。だが、相変わらず早川は聞き入れる素振りを見せずに、買い物袋と共に床に根を張った。その刹那、野崎の必死の労は徒労に終わった。

「ここだったら、誰にも見られないでしょう？　私、今夜は先生と一緒に居たい」

「早川……」

「先生、喉が渇いた」

仕方なく、野崎は冷蔵庫からペットボトルのお茶を取り出した。この野崎の寛容さが、後に互いの人生を狂わせる事になるとは、この時の二人には想像すら出来なかった。


二カ月後、早川は両親に連れられて産婦人科を受診した。

ここ最近、急激に食欲が落ち、吐き気と頭痛に度々襲われた。最初はただの風邪かと思った。しかし、一向に治癒する兆候を見せずに数日が経過した。ある日、一つの疑念が早川の頭を過る。学校からの帰りに薬局で妊娠検査薬を購入して、自宅のトイレで恐々と試した。結果は疑念が的中して『陽性』だった。

――どうしよう……。

地面が抜け落ち、早川はどこまでも続く暗闇の穴の中を落ちていく気分になった。先日、大学の進学が決まったばかりで、両親も野崎も喜んでくれたばかりだった。それなのに……。

誰にも相談出来ずに、しばらくは一人で考えた。考えた結果、自分では何の答えも出せないとの結論に至った。どうにもならない苦悩に耐え切れず、意を決して早川は母親に打ち明けた。母親は驚きのあまり言葉を失い、父親に正直に話すようにとだけ言った。当然、話せば烈火の如く怒られるに違いなかった。早川は恐怖で震えながら、その帰りを待った。

「相手は誰なんだ？」

予想に反して父親は落ち着いた口調で、この一言だけを発して黙った。いつもと異なる雰囲気に、安堵と恐怖が入り交じった早川は複雑な気持ちにさせられた。それでも、状況は何一つ好転する訳でもなく、沈黙に沈んでいた早川はお腹の子の父親の名を絞り出した。

中絶手術は思っていたよりも早く終わった。医師から体の負担は少ないと事前に聞いていたが、いざ手術を受けてみると、早川は心身共に全てのエネルギーが吸い取られたような脱力感に侵された。学校から野崎と校長が血相を変えて駆けつけて来たのは、両親に支えられて早川が病室から出た時だった。

「私、校長の」

校長の挨拶が終わらないうちに、父親がいきなり野崎を殴った。野崎が勢い良く倒れ込むと、その場が一気に凍りついた。

父親は倒れたまま頬に手を当てる野崎を見下ろして、どこまでも冷淡に言った。

「あんた、教師として、社会人として恥ずかしくないのか？」

その言葉で、早川は以前に野崎から渡された手紙を思い出した。

『先生と君の関係は、決して社会で許されるものではない……』

早川は涙が止めどなく流れ出した。野崎は苦痛に耐えながらも立ち上がり、ゆっくりと父親に頭を下げた。殴られた時か、倒れた時かは定かではないが、黒縁眼鏡のレンズが欠けていた。

「申し訳ございませんでした」

野崎の謝罪に、父親も母親も何も言わなかった。早川は深く頭を下げた野崎を見つめながら、両親に連れられて出口に向かった。

「先生、ごめんね……ごめんね……」

謝る事しか出来なかった。あの日、野崎の家に行かなかったらと、後悔の念が溢れ出る。

――神様、どうか……どうか先生を救って下さい。

早川は自動扉を潜りながら切に願ったが、背後で〝ガタン〟と鈍い音を立てて閉ざされた扉が、その願いを無慈悲に拒んだ気がした。


木々の葉が、そよ風で揺らされてザワザワと音を立てた。

先生は、またゴミ捨て場で古い本を拾った。痛みの激しい表紙には『罪と罰』と書かれている。学生時代に一度読んではみたが、当時は作者の意図がいまいち理解出来ずに、作品の真髄に迫れなかった。そんな本と、また巡り合えたのは何かの縁だと、先生は運命の出会いを感じながら意気揚々と自宅に向かっていた。

成瀬の自宅の前で足を止めたのは、以前に成瀬が真剣に読みふけっていた雑誌が、ブルーシートの隙間から見えたからだった。先生は成瀬を釘付けにしたその雑誌に強い興味を抱いた。

「ワールドカップの準備は進んでますか？」

立花が相も変わらず、ぎこちない作り笑顔を浮かべて尋ねてきた。

「やめました」

カウンターに置かれた小銭を無造作に上着のポケットに入れながら、成瀬は淡々と言い放った。

「えっ、どうして？」

心底残念そうな顔をした立花に、成瀬はやり場のない憤りを覚えた。果たして、本当にこいつは残念に思っているのだろうか。思わず猜疑の目を向けたが、次第に頭の奥がズキズキと痛み出してきて、やめた。成瀬は軽く頭を下げて、キャリーバッグを引いて外へ出た。季節外れの冷たい風に襟元をくすぐられて、腹の虫が鳴る。

――腹、減ったなあ。

もうすぐ割引セールが始まってしまう自宅近くのスーパーへと、成瀬は歩みを速めた。

夕食用の惣菜パンを買って自宅に戻ると、成瀬はいつものように切り株に座って食べ始めた。そして、食べながら何となく苛立った。立花の消沈した顔が頭にこびり付いて離れなかったのもあるが、訳の分からない重石が胸のどこかに挟まっているような気がして気持ちが悪かった。

しばらくすると、足元に影法師が徐々に近づいて来るのが目に入った。成瀬は視線を影法師の根元まで向けた。逆光で顔は全く見えなかったが、声とそのシルエットから、正体が先生だとすぐに分かった。

「これ、借りたよ」

申し訳なさそうに先生が差し出した物を見て、成瀬はパンと一緒に大きな唾も一口飲み込んだ。

「なかなか、面白かった」

「そうか」

成瀬は回覧板でも回って来たかのように事務的にそれを受け取ると、そのまま地面に放った。いつ先生の手に渡ったのかと瞬時に考えたが、それよりも面白かったという感想の方が気になった。これを見て何を思い、何が面白いと感じたのかが知りたかった。成瀬が、もう一度先生を見上げる。だが、先生は微かな笑みを残しただけで、隣の自宅に向かって歩き出してしまった。気落ちと同時に、思わぬ形で目の前に現れた『カムバック』に、成瀬は目を落とした。

「俺は面白いと思うよ」

その声で成瀬は雑誌から目を上げた。先生が立ち止まって、こちらを見ている。

「そんなに面白いなら買うか？」

成瀬は茶化すように雑誌を拾い上げて、宙で揺らした。

先生はそれには応じずに、ずり落ちているレンズの欠けた眼鏡を少しばかり正した。

「ワールドカップの事、俺も初めて知ったよ」

「えっ？」

「その記事の所に新聞紙が挿んであったぞ」

それだけを告げると、先生は自宅に入って行った。成瀬は慌てて雑誌を捲る。ホームレス・ワールドカップの特集記事のページに、半年前に防寒用で使った新聞紙の断片を見つけた。外し忘れた……。妙な恥ずかしさを覚えて辺りを見回したが、家路を急ぐ一般の来園者以外の姿は見えなかった。もう二度と見る事はないと思っていた雑誌だった。それでも、成瀬の目は抗う事なく、特集記事に掲載されている写真に向かった。世界各国のホームレス達がボールを奪うべく競い合っている姿は、実に勇ましかった。どこからどう見てもホームレスには見えず、写真に写る剝き出しの闘争心は、まるで本物のサッカー選手のような威厳さえ放っている。

──祐希は、まだサッカーを続けているのだろうか。

冷めかかっていた願望が再び熱を帯び始めたのを感じて、成瀬は食べ掛けのパンを一口齧って奥歯で噛み締めた。


本来、公園という場は日が沈むにつれて、穏やかだった昼の形を少しずつ変えていく。静けさと、どこかに隠れて見えなかった生き物達が、月明かりと僅かばかりの街灯から一斉に呼び戻され、所有権が人から人以外へと移っていく。しかしながら、そんな裏の主役達も立ち入れない一角が、この公園には存在した。そこだけは穏やかな空気が夜になっても逃げてはいかない。現に今も、煙草を吸っている者や表紙が無い本を読みふけっている者、何を作っているのかは判然としないが、工作に明け暮れている者が我が物顔で居座っている。また、そこに置かれたラジオから流れ出ているシャンソン歌手の歌声は、この者達に一層の憩いを提供していた。

「悪いけど、ちょっと集まってくれないか？」

突然、穏やかな空間と時間を切り裂くように、緊張を持った声が響いた。

声の主は、ホームレス街から一番近い街灯の下にポツンと突っ立っている。成瀬だった。

社長が作業を中断して尋ねた。

「どうした？　何かあったのか？」

「皆に話があるんだ」

そう言ったきり、成瀬は黙った。

ホームレス達は顔を見合わせて、せっかくの寛ぎを邪魔された事を愚痴り始めた。その中で、先生は誰とも顔を合わさずに徐に立ち上がり、成瀬が待つ街灯に向かった。それを目にした他のホームレス達も、渋々重い腰を上げた。だが、くちなしだけは狭い家の中で、体を窮屈そうにして寝たまま動かなかった。

「俺は晩酌で忙しいんだよ」

赤い顔を街灯で更に赤くしたロミオが言った。

「話って、何だ？」

野球の硬式球を片手にショートも灯りの中に入る。

成瀬はロミオ、ショート、板前、社長、先生の五人が揃うのを待ってから口を開いた。

「これを見てくれ」

成瀬は『カムバック』を開いて、ホームレス・ワールドカップの特集記事を皆の前に掲げた。

サッカーのカラー写真に、板前が目を細めて呟く。

「Jリーグか？」

「違う。ワールドカップだよ」

成瀬は雑誌を見せたまま答えた。

「何だ、お前ワールドカップを観に行きたいのか？」

硬式球を握り締めながら、ショートが成瀬に笑みを向ける。

「やめとけ。第一、チケットなんて高くて買えないだろう？」

ショートが続け様に言い放った一言に、ロミオは察しがついたとばかりにニヤけて言った。

「それで、俺達に金の相談って事か？　冗談じゃないぜ。俺だって最近はそんなに稼ぎが良くないんだ。無理だ、無理」

ロミオの弁論に他のホームレスも大いに賛同した。それを機に、皆各々にひっ迫している家計事情を語り始め、街灯の下に井戸端会議の花を咲かせ始めた。

「……観に行くんじゃゃない。やりに行くんだ」

成瀬はきっぱりと言い切ったつもりだったが、他愛の無い話に夢中になっていたホームレス達は意味が分からずに黙り込んだ。

そんな中、最年長の社長が口を開く。

「やりに行くって……出るって事か？」

「そうだ」

真顔で答えた成瀬を見て、ロミオが堪らずに笑い出した。

「バカか、お前。鏡で自分の姿をよく見てみろよ。お前はホームレスだぜ。サーカスでもあるまいし、何でホームレスがサッカーなんかやるんだよ」

ロミオに釣られて、ショートや板前、更には社長までもが笑い出した。

皆のこの反応を、成瀬は予想していた。しかし、実際にそれを目の当たりにすると、やはりこの話を進めるのは困難だという事を改めて痛感させられた。やめよう。成瀬がそう思った時だった。笑いの渦を掻き消すように、先生が口を挟んだ。

「それは、ホームレス・ワールドカップって言うんだ。だから、成瀬だって出場する事が出来るんだよ」

至ってまじめな先生の説明によって、笑いは完全に消え失せた。

表情を硬くした板前が、成瀬に恐る恐る尋ねた。

「本気かよ？」

「ああ」

「バカらしくて聞いてられねえよ。酒だ、酒」

ロミオが踵を返して住居に戻り出した。

「ロミオ、待ってくれ」

成瀬の制止を振り切り、ロミオは歩みを進める。

「勝手にやれよ。俺には関係ねえ」

またしても、先生が口を挟んだ。

「お前にも関係あるぞ」

ロミオが立ち止まって振り向く。

「何で俺にも関係があるんだよ？」

先生は不敵な笑みを浮かべた。

「サッカーは一人じゃあ、出来ないだろう？」

眉間に皺を寄せたロミオがハッとして、成瀬に向き直った。

「……皆も一緒にやらないか？」

遂に言ってしまった。言ってしまったものは仕方がないが、本心では自分自身もまだ迷いが断ち切れていなかった。それでも、成瀬が思い切って切り出したのは、その迷いはこの場に居る彼らが振り払ってくれるかもしれないとの期待が心のどこかにあったからだった。だが……。

「俺は御免だ。全てを捨てて、俺はここに来たんだ。そんなワールドカップなんかに出て、何で今更、自分を曝け出さなきゃならないんだ」

ショートが自分の体を覆っているボロ布を見て、投げやりに言った。

当然の主張に思えたが、『全てを捨てて』という言葉に、成瀬は妙な引っ掛かりを感じた。

「本当に全てを捨てて来たのか？」

無意識に突き放すような口調を、成瀬はショートに向けていた。

「ああ、捨てて来たよ」

ショートがムキになった。

「じゃあ、そのボールは何だよ？」

成瀬の見つめる先をショートが目で追う。自分の手にしっかりと握り締められている硬式球が、そこにあった。

「これは……これは、俺の勲章だ」

「一体、何の勲章だよ？　お前は過去の栄光を捨て切れていないだけなんじゃないのか？」

「何だと？」

あまりの形相で成瀬に詰め寄ったショートを、板前が必死になだめて抑えた。

成瀬は目の前の負け犬のように縮こまっているホームレス達と、雑誌に掲載されている勇ましいホームレス達との違いに愕然として、無性に腹が立った。

「他の奴らだってそうだ。板前はここで料理らしき事を続けているし、社長だって職人の血がまだ通ってる。ロミオ、お前も輝いていた頃の自分が忘れられなくて、それを紛らわす為に酒を飲んでるんじゃないのか？」

ロミオが成瀬に走り寄って胸倉を掴んだ。

「うるせえ！　お前に俺の何が分かるんだよ」

「落ち着け、ロミオ」

先生は慌てて成瀬からロミオを離そうとしたが、興奮が鎮まらないロミオは一段と力を込めて成瀬の体を揺らした。

「なあ、答えろよ！」

「とりあえず、成瀬の話を聞こうじゃないか」

社長の重厚な声音がロミオの動きを制した。理性を取り戻したロミオは、ゆっくりと手の力を抜くと舌打ちした。

成瀬の真意を確かめるべく、社長は丁寧に聞いた。

「成瀬、何でそんなにワールドカップに出たいんだ？」

他のホームレスも成瀬の言葉を見守ろうと言動を封じた。すると、静かな空気が流れてきて、久しぶりに街灯の下に虫の声が届いた。

「……俺は人生を諦めた。こんな人生なんて、どうでもよくなった。でも、これを読んだ時に、世の中には俺なんかよりも不幸な目に遭ってホームレスになった奴らが沢山居る事を知ったんだ。そいつらは人生を諦めずにワールドカップで勝負している。だから、俺ももう一度……」

成瀬の弁は空虚を生み出しただけだと、すぐに答えが出た。

「そんな勝負に、俺を巻き込むな」

ロミオは疲れた様子で帰宅の途につく。

「俺も今の生活に十分満足だ」

そう言い残すと、ショートも硬式球を見つめて背中を向けた。

〝ポン〟と成瀬の肩を軽く叩いた社長は、帰り際に力なく言った。

「俺は、もう歳だ。サッカーをやる体力も気力も残っちゃいない。でも、お前の志は陰ながら応援するぞ」

所詮は夢物語だったかと、成瀬は吐息をつきながら『カムバック』を閉じた。

バリバリバリ……。高層ビル群からの突風が、木々の枝葉を狂おしく踊らせる。

その直後だった。あまりにも唐突に、その表明はあった。

「俺は、やってもいい」

帰り途中だったロミオやショート、そして社長までもが振り返って、何事が起こったのかと街灯の下を見つめた。

「俺は、やってもいい」

同じ事を先生は言った。

冗談か。いや、先生は冗談を言うタイプではない。成瀬は開いたままの口を動かした。

「本当か？」

「ああ」

それを聞いても、成瀬はまだ信じられなかった。もしかすると、一人くらいは一緒に挑戦してくれる奴が現れるかもしれないと、心のどこかでは期待していた。とは言え、十中八九その期待は裏切られるだろうと覚悟もしていた。だから、先生の参加表明に成瀬は唖然とした。

先生は下がった黒縁眼鏡の位置を、いつもよりもゆっくりと元に戻した。欠けたレンズの先に刮目が集まる。それを一手に引き取った先生が、静かに話し始めた。

「俺も成瀬と同じ思いだよ。自分の蒔いた種なのに、突き付けられた現実を恨んで、憎んで、逃げるようにしてここに来たんだ。でも、いささか逃げるのにも疲れてきたところだよ」

成瀬はここの住人の中で、先生を最も信頼していた。その理由は過去に教育者だったからでも、沢山の本を読んでいて知識人に見えたからでもない。先生には周りに流されない的確な判断力と、自分を律する行動力が備わっていると感じていたからだ。そんな先生の加入は、成瀬にとっては本当に心強かった。

「俺も、やってみる！」

更なる参加表明者が現れたのには、成瀬のみならず、他の者も大いに驚かされた。

「板前……」

このメンバーの中で、成瀬は特に板前には期待を持っていなかった。どう見ても、スポーツは苦手そうで、先生とは正反対に誰よりも周りに流されやすい性格だったからだ。

虚をつかれた思いがして、成瀬は用心深く確かめた。

「本当にやってくれるのか？」

「よく分かんないけど、何だか面白そうだからな」

そうだった。成瀬は板前の特性をすっかり忘れていた。運動能力や適応力は周りに劣るが、好奇心は人一倍旺盛で、何に対しても興味だけは最初に持つのが板前だった。しかし、大きな欠点も併せ持っていて、すぐに飽きる。それでも、成瀬は板前の加入が嬉しかった。

「くだらねえ」

玄関先の折り畳み椅子に座ったロミオが、酒瓶を口から戻して呟いた。

ショートはもはや関心を寄せてはおらず、勲章の硬式球を真上に幾度も投げながら煙草を美味そうに吹かしている。社長は完成したばかりの空き缶潰し機をボロ雑巾で磨き始めたが、それを見た成瀬は、あれでは逆に汚れてしまいそうだと思った。そして、くちなしはこの騒ぎの中でも寝たままだった。


ホームレス支援団体『ホーム』の事務所に顔を出すと、成瀬はある金貸し業者を思い出す。

四年前に何もかもから逃げ出したくなって、身一つで家を出た。無心で放浪し、幾らかの持ち金で飢えを凌いだ。ただ歩いて、座っているだけなのに、際限なく腹が減った。やはり、空腹には勝てなかった。所持金が底をついた時、成瀬は目に飛び込んできた消費者金融の門を、すがる思いで叩いていた。そこは至って普通の会社のように振る舞っていて、まず初めに覚えたのは安心感だった。だが、フラッと立ち寄ったばかりの素性も分からない人間に、容易く金を貸した時点で普通ではなかったのだ。借りた額は、ほんの一週間分の食費くらいのものだったが、法外な利子が積もりに積もり、返す目途が立たなくなって逃避生活に陥った。恐らく、住んでいたマンションにも金貸し業者は向かったはずで、美穂と祐希に多分に迷惑を掛けてしまった事は容易に想像がついた。それでも帰らなかったのは、何事も無かったかのように、以前と同じような夫や父親には決して戻れないとの絶望感が帰路を断っていたからだった。

『ホーム』は、その時の消費者金融と同じような安心感を与えられて落ち着かなかった。

成瀬がカウンターで待っていると、奥から立花が小走りで出て来た。

「こんにちは。今日はどうされました？」

「実は、考え直しまして……」

何かが口の奥で詰まった気がして、成瀬は喉を押さえて目線を下げた。そして、したくもない咳を一つした。先日、あれだけ不愛想に突っぱねてしまい、今更頼むのは気が引ける。だからと言って、頼れる者は他に探すまでもなく、どこにも居なかった。

「出るんですね。ワールドカップに」

成瀬が目線を上げると、立花はにこりと笑った。

その笑顔に背中を押されたように感じて、成瀬は一歩前に躍り出た。

「ええ。でも、どうやって進めたらいいのかが分からなくて」

「安心して下さい。手続きは私がやりますから」

「本当ですか！　ありがとうございます」

今まで雑誌販売の仕事の口を紹介されようが、給料を受け取ろうが、成瀬は立花にお礼の一つも述べた事は無かった。それが、協力を取り付ける事が出来たとは言え、初めて素直に謝意を伝えていた自分に成瀬は驚いた。

「メンバーは集まりましたか？」

立花は嬉々として尋ねた。

「何人かは……」

「そうですか。試合は五人制のようですが、登録には七人が必要みたいです。成瀬さんの方で揃えられそうですか？」

出場を断念すると告げられたにもかかわらず、立花は大会について調べてくれていた。その気遣いに、成瀬は尚更、立花への感謝の気持ちが芽生えた。しかしながら、人数を揃えられる保証も確証も無く、答えには窮した。正直、メンバーの確保も立花にすがりたい気持ちはあったが、それだけは自分の力で何とかしなければ、そもそもやる意味が無い気がしていた。

「……はい、何とか」

あの夜のホームレス・ミーティングを思い出して成瀬は気分が塞いだが、『まずは、ここまでで良い』と思い直した。いつも通りに軽く頭を下げて出口に向かう。

「あっ、ちょっと待っていて下さい」

立花は慌てて事務所の奥に引っ込むと、すぐに四角い箱を抱えて戻って来た。

「これ、使って下さい」

「これは……」

箱の中身は、新品のサッカーボールだった。成瀬は徐に顔を上げた。まだ見ぬ人生にとって、それはとてつもなく大事な物だった。

「立花さん……」

「良かった。用意しておいて」

立花はいつも以上の笑顔を浮かべて喜んだ。この笑顔は決して作っているものではない事を、成瀬はサッカーボールの重みを感じながら初めて気付いた。

この日は朝から燦々と公園に陽光が降り注いでいた。清々しい陽気に誘われて、広場には自然と人が集まって来たが、どこからか飛んできた一羽の小鳥も、広場にある大きな木を休息の地に選んだ。だが、ほどなくして予期せぬ外敵からの襲来を受け、已むなく飛び去って行った。小鳥が去った枝を直撃したサッカーボールは、跳ね返る事なく落下して、そのまま近くの茂みの中へと消えた。

「先生、どこに蹴ってるんだよ」

汗だくの板前が足をガクガクさせながら消えたボールを追った。

「すまん」

詫びた先生は芝生の上に座り込み、胸に大量の空気を流し込んだ。

「キツイな」

そう言いながら先生に追い付いた成瀬も、膝に手を置いて休んだ。

チームを結成したばかりの三人のホームレスは、初めてサッカーの練習に取り組んでいた。しかし、三人共全くボールが足に付かない。ようやく前に蹴り出せたとしても、誰もいない方向へと転がすばかりだった。元々、体力なんて持ち合わせていない上に、無駄な走りを続けているせいで、練習を始めてからたったの数分で三人の体力は限界点に近づいている。

休憩中だったサラリーマンや学生らは、最初は三人を怪訝な顔で眺めていた。ところが、彼らの滑稽なボール遊びを見ているうちに、笑い出す者が出始めた。「誰か、教えてやれよ」、そんな声まで飛び交う。携帯電話を使って写真や動画の撮影を始める者も現れて、広場はちょっとした催しの場となっていった。

そんな、ざわめき出した広場を通り掛かったショートが、他の見物人に交じって三人の遊戯に目を向けた。成瀬と先生と板前は、無人空間に転がっていくサッカーボールを懸命に追っている。

「何だ、ありゃ。まるで玉転がしだな」

ショートの失笑と同時に、先頭を走っていた板前が足を絡ませて勢い良く倒れた。

「痛てえ！」

断末魔の叫びがショートの耳まで届く。

「大丈夫か？　板前」

先生が心配そうに板前に駆け寄り、成瀬も慌てて続いた。板前は転んだまま膝を擦っている。

ショートは神妙な面持ちで、転んだまま起き上がれないでいる板前を見つめて目を細めた。


事実上の決勝戦だった。

社会人野球のチームにとって、優勝したチームに贈られる『球聖旗』は最高の栄誉の象徴であった。その最高栄誉を手にする為には、この日の試合がいかに重要かを萩原翔吾は十分に分かっている。それ故に、朝から微かに手が震えていた。ロッカールームに入ってからも震えは治まらず、萩原は強引にその手をユニフォームの袖に通した。

「今日の試合にプロのスカウトが何人か来てるらしいぞ」

チームメートの須藤孝明が読んでいたスポーツ新聞の一面を萩原に見せた。そこには『萩原、一躍今年のドラフトの目玉に』との文字がでかでかと踊っている。

「まだ読んでるのかよ」

萩原は呆れて言ったが、大一番の試合の直前でもリラックスした状態を保てる須藤のメンタルの強さに驚嘆させられもした。

――こいつが敵じゃなくて、本当に良かった。

萩原は須藤に畏敬の念すら抱いた。

「おっ、イーグルスの関係者も来てるのか」

尚もスポーツ新聞を読みふける須藤に、萩原は苦笑いを浮かべた。そのせいか、不思議と朝からの力みが消えて、震えが治まった。

「連中の目当ては、お前だな」

スポーツ新聞を畳みながら須藤が言った。

「お前にもプロが注目してるって、昨日のスポーツ番組で言ってたぞ」

萩原はすぐに返した。

冗談ではなく、須藤の野球センスは社会人リーグの中ではトップクラスだと、常日頃から萩原は思っている。メンタルの強さのみならず、須藤のプレーには堅実さと確実さがあり、その一挙手一投足はチーム全体に安心感を与える雰囲気があった。萩原は自分がある程度の成績を残せてこられたのも、そんな須藤の力が多分にあるとの思いが強い。だからこそ、番組の評価は間違っていないとの感想を素直に持った。

しかし、須藤は意外な事を口にした。

「俺はプロの器じゃない。でも、お前ならプロでも十分通用するよ」

『そんな謙遜するなよ』と萩原は言い掛けたが、思いの外、須藤が神妙な表情を向けていた。

萩原は急いで言葉を飲み込む。そのせいで、精神がまた少し乱れた。

決戦に向けて気持ちを奮い立たせようと、萩原は帽子を目深に被って言った。

「プロ云々よりも、まずは今日の試合に勝たないとな」

「そうだな」

いつの間にか、須藤の目には獣のような荒々しさが宿っていた。


注目度が高い試合だけあって、客席はほぼ埋まっていた。球場を埋め尽くした観客は声を張り上げて贔屓チームの応援に注力し、目まぐるしく動く白球を熱心に追っている。盛況も最高潮に達した試合の中盤、バッターボックスに入っていた須藤が快音を轟かせてヒットを打った。その一打で更に球場全体の温度が上がる。一塁まで向かった須藤を見送ると、萩原はベンチの前で静かに深呼吸を繰り返した。そして、怒号が飛び交う両軍ベンチの雑音を振り払う為に、バットで一度大きく素振りをした。

「頼むぞ、萩原」

監督からの扇動を受け入れ、萩原は完全に自分の殻に閉じ籠もった。バッターボックスに入り、もう一度息を深く吸い込むと、バットをゆっくりと構える。バックスクリーンには今シーズンの萩原の輝かしい個人成績が表示され、プロ野球の各球団が送り込んだスカウト達は一斉に萩原に熱視線を投げた。相手の投手は捕手のサインに何度も首を横に振る。なかなか勝負を挑んでこない投手に、萩原は構えを崩さずに勝負を待った。投手がようやく頷くと、腕を大きく振り被って渾身の球を投じた。ボールは瞬く間に、捕手のミットに吸い寄せられた。主審の判定はストライクであったが、萩原の体は微動だにしなかった。しかし、誰も気付きはしなかったが、萩原は目だけを獲物を追う狩人の如く動かしていた。だからこそ、微かに投手の口元が緩んだのを見逃さなかったのだ。投手は次の捕手のサインには一回で首を縦に振り、再び大きく振り被ってボールを放った。

——やっぱり、来た！

一球目と同じ軌道の直球に、萩原はバットを最短距離で振り下ろした。〝カン〟と乾いた音を残して、ピンポン玉のように弾かれたボールは、あっという間にざわめく外野スタンドに吸い込まれた。ゆっくりとベースを一周しながら、萩原は閉じ籠もっていた殻から抜け出した。

本来ならば、これでチームに勢いが付いて試合を有利に進められるはずだった。ところが、試合運びに定評のある相手チームの思惑にまんまとハマり、終盤まで両軍は拮抗した。

九回裏のツーアウト。まだ、萩原のチームは一点差で勝っていた。だが、相手チームは三塁にまで走者を進塁させ、打席にはチャンスに強い巧打者を回している。萩原はショートの位置で守備につきながら、三塁ランナーを常に視野に入れていた。

――あいつを還したら試合は振り出しに戻ってしまう。あと一つのアウトさえ取れれば、やっと俺達に野球の神様は微笑んでくれるんだ。そして、俺自身にも……。

胸裏に秘めていたはずのプロ転向への渇望が湧いたこの時から、萩原は愚直なまでに勝利のみを欲した。幾多の重圧に耐えてきた強靭な精神力をもってしても、欲情には勝てず、自覚すらも無いままに内心の余力を使い果たしていた。

スリーボール、ツーストライク。味方の投手はグローブの中でボールを握り締めると、勝負を決める一球を投げた。難しいコースの直球ではあったが、打者は巧くボールをバットに当てて、内野と外野の中間地点へ打ち上げた。観客は総立ちになり、萩原は無我夢中で後方に運ばれるボールを追って行った。その時、外野からも須藤が猛烈な勢いでボールを追っていた。

「萩原、俺に任せろ！」

須藤は叫んだが、萩原は走りを止めなかった。いや、止められなかった。もはや、萩原にはチームメートの声も、ベンチからの声も、客席からの声すらも届いていなかった。

――これを取れば、勝ちだ……。

落下するボールの軌道はしっかりと見えていた。萩原は走りながらグローブを突き上げる。

取った。そう思った直後だった。全ての景色と音が、萩原から消えた。ボールは外野の芝生を静かに転がって行く。あれだけ放熱していたスタンドも、初めて静寂に包まれた。相手チームの走者と打者が共に生還し、試合の終止符は呆気なく打たれた。それでも、スタンドからの歓声は蘇ってはこず、球場全体に嘆息だけが充満した。倒れ込んだ萩原と須藤は、まだ動かない。観客も相手チームの選手も二人を案じて、誰一人として腰を上げる者は居なかった。しばらくして、須藤はチームドクターの手当てを受けて、何とか起き上がった。それを見守った観客は、須藤へ最大限の称賛を贈った。それから間もなく、萩原の意識も戻った。

「立てるか？」

チームドクターが萩原の顔を覗き込んだ。萩原は上半身に力を入れた。

「うっ……うう……」

萩原がそっと右足を押さえた。

蒼白な顔をした須藤が屈んで尋ねた。

「痛むのか？」

「足……足が……」

突然、脳天を突き刺すような激痛が萩原を襲った。尋常ではない痛がりように、チームドクターは急いで担架を要請した。萩原は呻き声を上げ、人目も憚らずに痛みで泣いた。

病室のベッドで過ごす生活は二週間にも及んでいた。手術は無事に終わったが、ギプスで固定された右足は自由を奪われ、萩原はまだ一人で動き回る事が出来なかった。退屈しのぎに毎日テレビをつけては、普段は見ないワイドショー番組を観るようになった。だが、自分の専門外の事でも、さも全てを知っているかのようにコメントをするコメンテーターを見る度に腹が立ち、頻繁にチャンネルを回す癖がついた。そんな萩原にも、唯一ハマり掛けている番組があった。今までは全く興味が湧く事の無かった、韓流ドラマだ。韓流ドラマの醍醐味については友人から聞いてはいたが、いざ観てみると、これがなかなか面白かった。日本のドラマとは一味違う箇素なストーリーと分かりやすい心理描写は、萩原を辛い現実から逃避させてくれた。

この日も韓流ドラマを観ていた。いよいよクライマックスに差し掛かり、一段とストーリーに入り込み始めた所で、ドアをノックする音が病室に響いた。萩原は陶酔を邪魔されて苛立ったが、テレビのスイッチを渋々切って顔を向けた。すると、チームの監督と某プロ野球チームのスカウトマンが入って来た。

「どうだ、調子は？」

監督が軽い声音で尋ねた。

「だいぶ、良いです」

萩原も軽快に答えたが、実際には自分の体の状態はよく分かっていなかった。精密検査の結果は、野球選手にはよくある『靭帯断裂』というものだった。萩原にはそれがどこまで回復してくれているのかが定かではなく、医師の診断にも何となく歯切れの悪さを感じていた。ただ、今後の選手生活の事を考えると、監督やそこに立つスカウトマンには深刻に受け止めて欲しくはなかった。

「それは良かった。お前の体は簡単には壊れないな」

監督は笑ったが、どことなく緊張している様子は伝わってきた。

「実は今年のドラフトの件なんだが……」

そう言いながら監督が横に目を向けると、間髪を容れずにスカウトマンが口を開いた。

「今年は諦めて下さい」

萩原にとっては、思っていた通りの通告だった。とは言え、想定はしていても現実に言われると、やはりショックを隠し切れなかった。

「分かってます。こんな体では迷惑を掛けるだけですから」

沈黙が病室を席巻して、重苦しい空気が萩原の右足を疼かせた。

そんな中、スカウトマンが一つの提案を示してきた。

「来季はリハビリに専念して下さい。リハビリで、また以前のようなプレーが出来る体に戻してもらえれば、次のドラフトで指名させてもらいます」

そう言い残すと、スカウトマンは監督と共に帰って行った。

萩原は半ば最悪の事態を覚悟していたが、十分に温情を与えてもらえた特別待遇にホッとした。リハビリさえ乗り切れば、子供の頃から夢見ていたプロ野球選手の道が開かれる。その白昼夢で、韓流ドラマのクライマックスを見逃した悔しさは掻き消えた。

退院後、萩原は死ぬ気でリハビリに精を出した。全身の神経に走る痛みに耐え続け、倒れても何度でも起き上がり、未来の栄光の為に努力を惜しまなかった。その甲斐あってか、萩原の体は予想よりも早い回復を見せ、怪我から三カ月足らずでボールを投げられるまでに立ち直った。そこから念入りに体を作り、一年を通して打撃と守備の技術を磨いた。

――間に合った。

ドラフトまで一カ月と迫ったある夜、萩原の携帯電話が鳴った。

「順調みたいですね」

相手はドラフト指名を約束してくれた、あのスカウトマンだった。

「はい。おかげさまで」

「ドラフトでは約束通り、指名させて頂きます」

「よろしくお願いします」

携帯電話を耳に押し付けたまま、萩原は深々と頭を下げた。

「ところで、一つ相談なんですが……」

スカウトマンは恐縮そうに話を続けた。

「萩原さんに、入団を前提としたテストを受けて頂きたいんですよ」

「テストですか？」

「ええ。でも、それはオーナーや首脳陣への挨拶も兼ねた、形ばかりのものです」

「はあ……」

萩原の社会人リーグの実績は申し分なかった。怪我にしても、地獄のようなリハビリで完全に回復している。それなのにテストを受けろというのは、萩原にとっては至極心外だった。

萩原の心情を電話口で感じ取ったのか、スカウトマンは今回のテストは、萩原の野球選手としての価値を高める上でも重要なものだと説いた。

「まあ、言い換えれば、あなたの実力を見せるチャンスでもあって、ここでアピール出来れば契約金や年俸も上がるし、もっと言えばスタメン構想の中にも入れる訳です」

勝負の世界に身を投じる以上、スカウトマンの言い分には一理あり、萩原は打診を受諾する事にした。すると早速、スカウトマンから一週間後に球場に行く段取りがつけられた。

テスト前日の晩は、心が躍って満足に眠れなかった。それでも、当日は早朝から入念にストレッチを始め、バットの素振りをして体の状態を確認した。萩原の心身は共に万全だった。

球場は球団幹部を筆頭に監督やコーチ陣が勢揃いしていて、重々しい雰囲気に包まれていた。萩原はテストを受けるのは自分だけだと思っていたが、意外にも二十人近い選手が集められている。中には社会人リーグで対戦した顔見知りも居れば、まだあどけなさが残る高校生も居て、その中に交じっている自分の姿に、萩原はどことなく違和感を覚えた。

テストはまず内野の守備を一人ずつ行い、それが終了次第、今度は打撃も同じように一人ずつ行っていくというものだった。球団の配慮かどうかは分からないが、萩原の順番は最後だった。そのお蔭で、自分の出番まで守備テストを受ける他の選手達の動きを、萩原は目の前でじっくりと観察する事が出来た。

――実力は、俺の方が上だ。

過信ではなく、萩原は観察の結果から明らかな実力差を肌で感じていた。プロとアマチュアの最大の違いは守備力だと、野球を始めてすぐに当時の監督から教わった。だからこそ、リトルリーグ時代から、守備の練習だけは誰よりも真摯に取り組んできた。そんな萩原にとって、目の前の選手達はアマチュアレベルの名手に過ぎなかった。

「次、萩原」

守備コーチに呼ばれ、萩原は颯爽と専門のショートの位置についた。

「お願いします」

帽子を脱いで一礼すると、コーチがバットで次々と活きたボールを転がしてくる。時には他のテスト生達が初めから諦めてしまった高難度のボールでさえも、萩原は軽快に捌いた。その度に球団の幹部や首脳陣からは感嘆が漏れる。それが、更に萩原の動きに躍動感を与えた。守備テストは文句の付けようのないまま、無難に終わった。萩原は一礼してベンチに引き揚げると、そこに例のスカウトマンが座っていた。

「さすがですね」

彼は満足そうに笑っている。

「久しぶりでしたが、何とか守備はこなせましたよ」

萩原も笑って答えた。

「バッティングも、あなたなら問題ないでしょう。スカウトした私も鼻が高い」

「気を引き締めて、最後まで頑張りますよ」

萩原は恩人にも一礼して、再びグラウンドに足を踏み入れた。

続いて始まった打撃テストでは、あどけなさの残る高校生が一番光っているように、萩原の目には映った。まだまだ荒削りな面はあるが、ダイヤの原石であると確信めいたものがあり、この子を連れて来たスカウトマンも、さすがはプロだなと感心した。

いよいよ出番が回ってくると、萩原はゆっくりとバッターボックスに立った。いつものように自分の世界に閉じ籠もり、大きく息を吐く。一球目は見送った。これもいつものスタイルで、まずはボールの軌道を確かめる事だけに集中した。天性の感覚でボールの軌道を摑んだ萩原は、バットを握っている手に力を伝導する。バッティング投手が投じた二球目も、やはり同じ軌道だった。そこへ素直にバットを振り抜いた。萩原は当然のようにボールの行方を遠くの外野に追った。ところが、すぐさまボールを見失ってしまった。間もなく、萩原はピッチャーが真上を見上げているのに気付いた。まさかとの思いはあったが、萩原も頭上に向き直った。落ちてきたボールは投手のグローブに、ぽとりと落ちた。

――えっ？

状況が飲み込めないままに、三球目がまた同じ軌道で投じられた。こんなのは目を瞑ってでも打てると思ったが、次は確実に外野に飛ばすべく、慎重にバットをボールに運んだ。しかし、そのボールも意に反して力なく内野を転がっただけだった。萩原は焦りを覚えた。次々にくるボール。それを、がむしゃらに振った。にもかかわらず、快音はおろか、一向にボールすらも飛んで行ってはくれない。先ほどまでの球団幹部や首脳陣の感嘆は、溜息に変わっていた。

――こんなはずじゃないんだ。

肩で息をしながら、萩原は握り締めている木製のバットを見つめた。プロで使用する為に新調したバットは、綺麗な艶を存分に残している。その光沢こそが、自分のバッティングの全てを物語っていた。フォームが崩れているのか。それとも、無意識に右足をかばっているのか。萩原はすがる思いでベンチに目を向けた。恩人の姿は、もうどこにも無かった。

「ラスト一球」

打撃コーチの声で萩原は我に返った。もはや、結果を出すにはスタンドに沈めるしかなかった。心を落ち着かせて、萩原はゆっくりとバットを構えた。ボールは一直線に、ど真ん中にきた。より速く、より遠くへ。望みを乗せたバットを、萩原はいつも以上に力を込めて大きく振り抜いた。聞こえてきたのは快音ではなく、体の悲鳴であった。あの衝突事故での激痛が再び全身を駆け巡り、萩原はバッターボックスに倒れ込んだ。

「うっ……うう……何でなんだよ……」

痛みで意識が薄れていく中、救急車のサイレンだけは、いつまでも萩原の頭の中で鳴り響いていた。


「怪我には気を付けないとな」

先生が転倒した板前を抱え起こしながら言った。板前は面目ないと、照れて笑った。

その様子を一人眺めていたショートは、苦虫を噛み潰したような表情を浮かべて呟いた。

「バカやろう。怪我は、付き物なんだよ」

ショートは見物人の輪の中から抜け出して、自宅へと戻って行った。


間宮倫子がインターネットで面白い動画を見付けたのは、単なる偶然だった。

間宮が働く大日新聞社は、地方都市で地方紙を発行している。それほど大きくはない規模の新聞社ではあったが、貴重な情報提供源として地元住民から一定の支持を得ていた。それ故、政界や経済界、スポーツ界に至るまでの様々な特ダネを、間宮は大手に負けず世に送り出してきた。そんな最前線で闘ってきた入社八年目の間宮が、先般新たに配属されたのが、この制作部三課だった。辞令が出された当初、存在すら知らなかった異動先に、間宮は多大な不満を抱いた。以前のような大きな事件や事故とは縁遠く、地元の農産物品評会の結果や、下部リーグに甘んじている地元のサッカークラブの試合結果などを伝える、まさに地元の地元による地元のための小さなニュース制作部であった。しかしながら、地元のネタなんてものは、そうそう毎日あるものでもない。だから日々、たった一人の同僚である安部光太郎と一緒に枯渇している地元ネタの情報をインターネットで拾い集めている。たまたま『最高のサッカーチーム！』と題された個人ブログの画像に目が留まったのも、地元のサッカークラブの情報を拾うべく、あれこれと検索していたからだった。

「ねえ、安部君。これ見てよ」

間宮の呼び掛けに、安部の返事は無かった。またかと間宮が隣の席に目を向けると、やっぱりパソコンの画面を見ている振りをして安部は寝ていた。しかも、微かな寝息まで立てている。

「ちょっと、安部君！」

間宮が苛立った声を出すと、安部は慌てて起きた。そして、寝ていないとばかりにカタカタとキーボードを適当に打ち始めた。同じような光景を何度となく見せられている間宮は、もう叱る気も起きなかった。

「おはよう。面白い動画を見付けたわよ」

注意をしたつもりだったが、安部は悪びれる様子も見せずに、寝起きの視線を間宮のパソコン画面に移した。

「どう思う？」

「どう思うって、何がですか？」

「この動画よ」

ようやく眠気が醒めたのか、安部は目を擦ると、今度は食い入るように画面を見つめた。

「何をやってるんですか？　この人達」

「サッカーでしょう。きっと」

間宮も画面に顔を近づける。

「サッカー？　僕には、どう見てもボールに遊ばれているようにしか見えませんが」

「そんな事はどうでもいいのよ。それより、この人達って、ホームレスよね？」

安部は画面に映るサッカーボールに弄ばれている三人の男を、まじまじと見て頷いた。

「そう、見えますね」

「だとしたら……」

「何です？」

「私、明日この人達を取材してくるわ」

久しぶりの出会いだった。この部署への配属以来、間宮は何度かやり甲斐が感じられそうなネタとの出会いはあった。だが、その度にそれらは地元のネタではないとの理由で他部署に吸い上げられてきた。そのせいか、ここ最近はジャーナリストとしての欲求不満が常に燻り続け、間宮はモヤモヤとしたまどろっこしい情緒に苛まれている。地元ネタも嫌いではなかったが、完全燃焼させてくれる力は無く、それを欲していた。この動画を一目見た時、間宮は自分の中に新たな火種が生まれたのを感じ、どこまでも燃焼させてくれる可能性を期待した。

「あっ！」

まだ動画を見ていた安部が、唐突に声を張り上げた。

「どうしたの？」

「間宮さん、これ地元じゃないですよ。ほら、このビル」

安部は動画の端に映っている高層ビル群を指した。間宮はそれが隣県に建てられているものだと最初から気付いていたが、あの気持ち良さそうに寝ていた顔を思い出して意地悪をした。

「本当だ。じゃあ、地元ネタは安部君に任せるね」

「え〜、俺一人でですか？」

「そうよ。あと、この件はまだ秘密だからね。何だか面白くなりそうな匂いがしてきたわ」

そう言うと、間宮は翌日の取材に備えて、楽しげに取材道具一式を鞄に詰め込み始めた。

安部は、またかと言わんばかりに溜息をつく。こうなっては、間宮はもう手が付けられない。

抗戦を断念した安部は、かったるそうに地元ネタの情報収集をカタカタと再開した。

組立作業中の社長は一切誰とも口を利かない。ただ黙々と拾い集めて来た廃材と睨めっこをしながら、頭の中に描いた設計図に従って形作っていく。この日も、朝からブルーシートの自宅前で大掛かりな物を作っていた。〝カン、カン、カン〟と金属音をひたすら鳴り響かせているが、その騒々しさに慣れている他のホームレス達は気にする様子を見せず、苦情を寄せる事も無かった。金属音が鳴り止み、久しぶりに社長の声がホームレス街に戻ってきたのは、夕刻の闇が迫る時間になってからだった。

「出来た」

社長は完成品を丹念に確認すると、笑みを浮かべた。

「おい、成瀬」

成瀬は道端で拾った破れたストッキングを使って、家の中でサッカーボールを磨いていた。

そこへ、また社長の声が届く。

「成瀬は居るか？」

磨き途中のサッカーボールを置いて、成瀬は狭い玄関から這い出た。

「何？　社長」

「お前にプレゼントがあるんだ。こっちに来い。先生と板前もだ」

厨房で空き缶を使って調味料を作っている板前が、反射的に缶を後ろに隠した。

「板前、今回は手ぶらでいいぞ」

それを聞いても板前は安心出来ない。先日のように、顔を汚されるのは願い下げだった。隣家の前に座り込んで、ショートが煙草を吸っている。板前はショートに缶を託した。

「悪いけど、持ってて」

「何だ、これ？」

中身を告げる事なく、板前は走り去った。ショートは気になって、缶の口に鼻を近づけた。

「うっ……」

生ゴミのような臭いに、ショートの鼻が悲鳴をあげた。

社長の前に集まった成瀬と先生と板前は、奇妙な物体を取り囲んだ。数本の鉄の棒で長方形の骨組みが作られ、背面部にはレースのカーテンが貼られている。大きさもかなりあって、縦の長さが約一m、横の長さが約二m、そして高さが約一・五mもあり、しかも自立型だった。

三人はその得体の知れない巨大物体の使い道について、考えを巡らせた。

「社長、これは？」

さすがの先生も、皆目見当がつかずに尋ねた。

「見りゃあ、分かるだろう？」

「さっぱり、分からん」

板前が腕組みを崩さないまま、首を捻った。

なかなか正解に辿り着かない三人に、社長は痺れを切らした。

「サッカーゴールだよ」

「サッカーゴール？」

三人が同時に社長に聞き返した。

「そうだ。しかも、こいつは頑丈に作ってあるから、ちょっとや、そっとの衝撃じゃ壊れないぞ。それに、組立式だから収納も楽だ」

「……なるほど」

先生は感心して呟くと、サッカーゴールを一周した。板前はゴールネットに見立てたレースのカーテンの張り具合を手で確認しながら、社長に向き直った。

「社長、助かるぜ。でも、サッカーゴールって、こんなに小さかったっけ？」

「まあ、ちょっと小ぶりだけどな。でも、練習には十分使えるだろう」

社長は胸を張って、我が子を撫でた。

「ゴール……」

成瀬はサッカーゴールをまじまじと見つめた。見つめているうちに、漠然としていた目標が、一気に判然とした目標になったように感じた。板前の言った通り、助かったのは言うまでもない。今まではボールを闇雲に蹴っていただけだったが、これで蹴り込む明確な場所が出来た。当然、それによって練習の効率もモチベーションも上がるはずだと、成瀬は心を躍らせた。

感慨深げにサッカーゴールを見つめる成瀬に社長が言った。

「言ったろう。志は応援するって」

成瀬は身が引き締まる思いで、社長に礼を述べた。

サッカーゴールの完成に沸く興奮気味の四人を横目に、ショートは吸い終わった煙草を板前から受け取った缶の中に捨てた。すると、何となく煙草を持たない手に寂しさを感じて、上着のポケットから野球の硬式球を取り出した。

「俺とお前は一蓮托生だな」

歴戦の跡が色濃く残る硬式球を見つめたまま、ショートは右膝を強く握り締めた。

繁華街のコンビニ前に設置してあるゴミ箱に、ロミオが頭を突っ込んで呻き声を上げている。往来者は汚らわしい物を見てしまったとでも言いたげに、嫌悪感を露わにした表情をロミオに向けていた。ようやくゴミ箱から顔を出したロミオは、ゴミの底に眠っていた酒瓶を太陽の光にかざした。瓶の中に残っていた琥珀色の液体が、光を反射してゆらゆらと揺れる。ロミオは思わずニヤけた。

「三日はもつな」

一仕事を終えたロミオは繁華街の路地裏に出向き、日の当たらない小さな店先の縁石に腰を下ろした。ここはロミオが狩りの途中に立ち寄る休憩場所で、メイン通りの騒音と暑苦しさが消えてくれて落ち着けた。ロミオは苦戦の末に獲得した酒瓶を上着のポケットから取り出し、使い古された皮の鞄からはラジオを取り出した。このお気に入りの場所で好きな音楽を聴きながらの一服は、ロミオにとっては、この上ない褒美であった。ラジオのアンテナの角度を微調整してチャンネルを回す。ノイズの向こうから女性MCの甲高い声が漏れた。ロミオは耳を傾ける。どうやら、特別企画として大物女優との対談が始まるらしい。ロミオはトーク番組には一切興味が無い。それなのに、最近のラジオ番組は音楽よりも無駄な喋りが多くて辟易している。舌打ちをして、ロミオは再びチャンネルを変えようとダイヤルに手を伸ばした。

「さて、本日のゲストは注目度ナンバー1の女優、海堂恵さんです！」

女性MCが紹介したゲストの名を耳にして、ロミオの手が止まった。

「こんにちは。海堂恵です。よろしくお願いします」

優美で透き通ったその声に、ロミオはまたしても舌打ちする。

「注目度ナンバー1か……」

女性MCと海堂との対談が始まったところで、ロミオはチャンネルを変えた。ノイズを放出したラジオが次に流したのは、激情を伴ったベートーヴェンの『運命』だった。ロミオはそれを拾って来た酒の肴にした。

この日、公園の広場にはいつもは姿を見せない多くの若者達が詰め掛け、異様な賑わいを見せている。きっかけは一本の個人ブログに載った動画だった。その動画は瞬く間に面白いと評判を呼び、それを見たネットユーザーが面白半分に集まっていたのだ。彼らは到着するなり、サッカーをしている三人のホームレスに熱視線を送った。成瀬と先生と板前は、何故こんなにも人が集まって来たのかと不思議に思い、注目をされながらの練習にやり辛さを感じていた。

　不慣れな状況の中、板前が覚束ない足捌きでボールを先生に向かって蹴った。だが、ボールは先生が通り過ぎたばかりの所に転がり、先生はだいぶ戻る羽目になってしまった。どうにかボールを足で捕らえた先生が顔を上げると、社長手製のゴールの手前に成瀬が立っているのが目に入った。

「成瀬！」

　先生は成瀬にパスを出したつもりだった。ところが、無情にも先生が蹴り出したボールは、成瀬を横切って、そのままゴールへと吸い込まれてしまった。

「おお、先生がゴールを決めた」

　板前は両手を上げて喜んだが、先生は恥ずかしそうに照れ笑いを浮かべた。

「今のは、パスだったんだけどなあ……」

「でも、俺達の記念すべき最初のゴールになったな」

　成瀬がゴールネットからボールを拾い上げて言った。

　集まった見物人からも一斉に拍手が送られ、先生は更に気恥ずかしくなった。

「ナイスシュート！」

不意に見物人の中から、わざとらしい歓声が飛んできた。

成瀬達は声の出所に目を向けた。小さなビデオカメラらしきものを露骨に成瀬達に向けて、その女は微笑んでいる。

先生は成瀬と板前に自制を促すように囁いた。

「周りは気にしないで練習しよう」

「そうだな」

成瀬はそう返すと、ボールを抱えたまま女に背を向けた。先生と板前も無言でそれに続く。

「あの、ちょっといいですか？」

女の呼び止めに、板前が反射的に振り返った。

「誰だ？　あんた」

「板前」

即座に先生が板前を制した。

「私、大日新聞社の間宮と申します」

板前に歩み寄った間宮が名刺を差し出すと、またもや板前はそれを反射的に受け取った。

「何か？」

成瀬は抑圧的に問い掛けた。

「何で、こんな所でサッカーをしているんですか？」

質問を無視された挙句、勝手にビデオカメラを向けられている。何なんだ、こいつは。憤りを感じた成瀬は、間宮との距離を縮めた。

「成瀬」

ここでも制したのは、先生だった。

「だけど、先生」

「俺に任せてくれ」

先生は成瀬をなだめると、間宮に向き直った。

「撮るのは、やめてもらえませんか？」

「すみません。つい癖で」

「私達に何かご用でも？」

どこまでも冷静さを崩さない先生に、間宮はビデオカメラの電源を切ってニコッと笑った。

「実は、あなた方にお願いにあがりました」

「お願いって、何だよ？」

苛立った板前が口を挟む。

「あなた方を取材させてもらいたいんです」

三人共、またかと思った。

近隣の都心部のホームレスが一斉掃討されたとの噂を聞いてから、何度となく新聞社を含めたメディアの連中が、この公園に住むホームレスに取材を申し入れに来た。一度、酒に酔った勢いでロミオがインタビューを受けた事があったが、質問内容が完全に役人寄りで、ホームレスは社会悪の根源とでも言いたげな言葉を浴びせられた。それ以降、ここに住むホームレスはメディアの取材は断固拒否している。

「申し訳ないですが、私達は取材については遠慮させてもらっています」

間宮の申し出を先生は丁重にお断りした。双方に不快を残さない物言いに、さすがは先生だなと成瀬は感服した。しかしながら、次の板前の一言が先生の善意を台無しにした。

「そうだよ。俺達はワールドカップで忙しいんだから」

「板前！」

成瀬の一喝は、時既に遅かった。

間宮は鞄からノートとペンを取り出すと、素早く何かを書き留めた。

「えっ、どうしたの？」

板前は自分の失言に気付かずに、黙って俯いている成瀬と先生の顔を交互に見た。

その有り様に思わず笑みを零した間宮は、またニコッと笑った。

「その、ワールドカップについての、お話を伺いに来たのですが」

板前はハッとして、自分の犯した過ちにようやく気が付いた。慌てふためく板前を余所に、成瀬と先生はどうやってこの場を切り抜けようかと必死に考えたが、ただ黙秘するという選択肢しか見付けられなかった。

　黙り込んだ三人のホームレスを見て、間宮は彼らの防御の甘さを見抜いた。あまたの修羅場を潜り抜けてきた間宮にとって、こんなものは朝飯前の交渉事だった。最後の攻勢に打って出よう。そう考えた時だった。突如、間宮はタイミングを見計らったように現れた刺客に、水を差された。

「はい、そこまで」

　今までどこに居たのか、成瀬も先生も板前も全く気付かなかった。

「ショート……」

　成瀬は肩の力を抜いて呟いた。予期せぬショートの出現に、先生と板前も呆然とする。

　ショートは両手を大きく広げて、三人のホームレスと間宮の間に割って入った。邪魔が入ったと間宮は歯を軋ませた。あと少しで、落とせた。それでも、考えようによっては取材対象が広がったと良い方に解釈出来なくもない。間宮は攻勢を続けた。

「あなたも、お仲間ですか？」

「このチームのエースストライカー兼広報担当です」

　目を丸くした板前が、先生に小声で尋ねた。

「いつからだ？」

「今からだよ」

先生は微笑を浮かべると、小声で返した。

「では、あなたが取材交渉の窓口という事ですね？」

突然の刺客に手強さを感じつつも、間宮は冷静に目的地に辿り着けるように計算していた。

「その通り」

ショートの堂々とした対応ぶりに成瀬達は目を見張ったが、この先どうなるのかと、大いなる不安も一方で感じた。

「ならば、話は早いですね。彼らが先ほど話していた、ワールドカップに関する取材を正式に申し入れたいのですが」

間宮はチャンスが萎まないうちにショートに迫った。

「ここでは練習の邪魔になりますから、話はあちらの私の家で伺いますよ」

ショートは広場の奥にある鬱蒼とした木々の先を指した。間宮がそこに目を向けると、木々の奥に何軒かのブルーシートや段ボールで拵えた家々が佇んでいる。

「あそこですか？」

「そうです。私の家は手前から二軒目です」

ショートが自慢げに答えた。

その家は取りわけ汚れが目立ち、見ているだけで鼻が曲がりそうな気分にさせられる段ボール製だった。間宮はたじろいだ。それでも背に腹はかえられないと覚悟を決めて、指定された交渉のテーブルを目指して歩を進めた。

「分かりました。お邪魔させて頂きます」

ショートが軽い足取りで間宮を追う。

「おい、ショート」

不安な面持ちで、自称、広報担当を成瀬は呼び止めた。

「大丈夫だ。俺は、こういうのに慣れてるんだ」

あんなに楽しそうなショートを成瀬は見た事が無かった。だから、どういう結果になろうとも、ここはショートに任せようと思えた。


「あの女、俺の話に興味津々で、新聞に連載させて下さい、だってよ」

虫が飛び交う街灯の下で、ショートが成瀬と先生と板前を集めて手柄を自慢している。結局、間宮には言い包められてしまったようで手放しでは喜べなかったが、チームのメンバーに加入してくれたショートを三人は快く迎えた。

「連載って事は、また来るんじゃないのか？」

一人離れて聞いていた社長が困惑して尋ねた。

「ああ、明日も来るって言ってたな。でも、安心しろ。新聞には本名を載せないし、写真だってNGにしたからよ。っていうか、社長はメンバーじゃないんだから関係ないだろう」

「それは、そうだけど……」

「何言ってるんだ。社長だって、チームの一員だぞ」

先生が傍に置いてある社長手製のサッカーゴールに触れながら言った。

「そんな物なら、幾らでも作ってやるぞ」

先生の心遣いに温もりを感じた社長は、落とした声を再び押し上げた。

「まさか、俺が新聞に載るなんて夢にも思わなかったな。そうだ、あの新しく作った調味料の宣伝もしてもらおうかな」

板前は嬉しそうに逸脱したビジョンも描き始めた。そんな中、先生はこの輪の中で一人だけ違う空気を吸っている人物が居る事に、ふと気付いた。考え事にふけっているだけに見えなくもなかったが、何かを思い詰めているような陰りも見て取れた。

「成瀬、どうかしたか？」

不意を突かれた成瀬は、急いで会話の流れに乗ろうと努めた。

「いや、何でもない」

そうは言ったものの、完全に乗り遅れた船には追い付けず、成瀬は社長から助け船を放り込まれる結果となった。

「心配事でもあるのか？」

今回の挑戦に皆を巻き込んだ責任もあり、成瀬は素直に悩みを吐露する勇気を持てなかった。

だが、打ち明けない訳にもいかなかった。

「練習の後に、これを貰ってきたんだ」

成瀬は大きな封筒を皆に見せた。

「何だ、それ？」

煙草に火を灯したショートが目を細める。

「ワールドカップの出場申込書だ」

「遂に、日本代表の誕生だな」

板前は目を輝かせたが、成瀬は表情を曇らせたまま封筒から書類を取り出した。

「何か問題でもあるのか？」

こういう時の先生は鋭いと、成瀬はつくづく思った。

「実は登録人数が足りないんだ。だから、まだ申し込めない」

沈黙が包み込んだ。街灯に集まった虫の羽音が耳まで届き、闇の足音さえ聞こえてきそうな錯覚に五人のホームレスは陥った。

忍び寄った闇を掻き消すようにショートが口を開く。

「あと、何人必要なんだ？」

「三人だ」

成瀬は申込書に記載されている選手登録欄の枠を見ながら答えた。

「三人かぁ」

先生は星が見え始めた空を仰いだ。

「社長、ここは一つ頼むよ」

板前が社長に懇願の目を向けた。それに釣られて、他の者も社長を見る。

「お前ら、そんな目で俺を見るなよ」

この光景に、社長は見覚えがあった。自分に向けられた八つの目の奥に、苦い記憶も見える。それ故に、社長は居たたまれずに立ち上がった。

「小便に行ってくる」

「おい、逃げるなよ」

板前の野次には無言のまま、社長は公衆トイレに向かって歩き出した。

「板前、無理は言うな」

先生が板前をたしなめた。

遠のいて行く社長の背中が、成瀬には何だか淋しそうに見えた。まるで敗戦の長のような佇まいで、その後ろ姿からしばらく目が離せなかった。

先ほど用を足したばかりで尿意は無かった。だからと言って、このまま帰る訳にもいかず、社長は意味も無く洗面台の水道の蛇口を捻った。すると、思いの外に大量の水が放出されて、その勢いに狼狽した。すぐさま、蛇口を反対側に戻そうと手を掛ける。

社長の動きが止まった。アスファルトの底に激しく叩き付けられる水音に懐かしさを覚えていた。それから、そのまま水音を聞き入った。思い出さないように雑念を振り撒いたが、何かに操られるように、社長はそっと目を閉じた。

――この音は……。

昭和天皇の崩御から数年後だった。

バブル経済が崩壊して、世の中は不景気のどん底を目の当たりにした。つい、この間まで道の真ん中を闊歩していたサラリーマンは、俯いて道の端を歩くようになった。不夜城の如く夜通し煌びやかだった街からは、人影と共に灯りも消えた。あの豊かさに満ち溢れていた数年間は一体何だったのか、夢でも見ていたのかと、現実を直視出来なかった者は社会の歯車から容赦なく切り落とされていった。

御多分に漏れず、富田製作所の社長、富田耕作もその一人であった。富田が二代目の社長に就任した当初は、次々と新しい技術を生み出して、売り上げは右肩上がりになっていった。大手電機メーカーもその技術力を高く評価し、富田製作所は電化製品の核となる部品の製造を任されるまでの信頼を勝ち得た。ところが、バブル経済の崩壊と同時に、懇意にしていた取引先からの受注は、ぱったりと無くなった。何とか立て直そうと敢然と先行投資を試みたが、仕入れた生産ラインの機械は、虚しい音を工場内に響かせるばかりだった。そんな過酷な状況下においても、富田は従業員の解雇には踏み込まなかった。先代からの付き合いという事もあったが、何よりも彼らの職人としての技術力を捨て去る事が出来なかったからだ。だから、銀行からの借金を重ねてまでも、富田は戦力を死守した。その意地と甘さが会社を傾かせていく大きな要因となったのは明白だったが、それを富田に指摘出来る者も、また居なかった。そんな中、久しぶりの仕事が富田製作所に舞い込んできた。受注規模は最盛期と比べると微々たるものであったが、働ける喜びを噛み締めて、富田も従業員も精魂込めて仕事に打ち込んだ。

一本の電話が鳴ったのは、製作所に活気が戻りつつあった矢先の事だった。

「社長」

経理主任の仁科栄治が、工場で作業中だった富田に駆け寄って声を掛けた。

「何だ?」

「総和銀行から、お電話です」

総和銀行には先日足を運んだばかりだった。それでも用件次第では、すぐにまた顔を出さなければいけない。富田は心積もりをした。

「分かった。すぐに行く」

富田は最も神経をすり減らしている借金の返済期間を思い起こした。

――大丈夫だ、まだ猶予はある。

恐らくは新たに申し入れた融資の件だろうと予測して、富田は高速回転している機械を止めて事務所に向かった。

「もしもし、富田ですが」

富田の予測は大外れだった。

「ちょっと、待って下さいよ。融資の打ち切りって、どういう事ですか？」

給与計算をしていた仁科の手が、ぴたりと止まった。

「そんな事を急に言われても困りますよ。頼みますよ、先代からの付き合いじゃないですか」

人情に訴えた主張は無駄だった。総和銀行の通達は冷酷で、感情が無く、一方的だった。

抵抗が虚しく砕け散った富田は、無力感に襲われて力なく受話器を置いた。その背中を見て、仁科は富田製作所の崩壊への発端を悟った。

しばらくは消費者金融からの融資で、富田製作所は急場を凌いだ。しかし、それも利息がかさみ、利息の返済すら滞りを見せた富田製作所に、消費者金融すらも融資を渋り始めた。焦りに焦った富田は手当たり次第に金策に奔走した。挙句の果てには、遠い親戚にも頭を下げた。差し伸べてくれる手は、どこにも無かった。

――このままでは帰れない……。

灯りの消えた夜の街で、富田は途方に暮れて歩いていた。いよいよ首を括らなければならない現実が差し迫る。富田は遺書の準備を考え始めた。そんな時、富田の目に闇の中にひっそりと温かく灯る一枚の看板が目に飛び込んできた。看板には『審査は一切なし』の文字が控えめに書かれており、それを目にした時には九死に一生を得た心地になった。

店内に一歩足を踏み入れると、そこは金融会社とは相容れない臭いが立ち込めていた。煙草の煙が充満し、女性の姿は一人も見えなかった。不安を覚えはしたが、疲れ切った富田の足に引き返す力は残されておらず、導かれるままに店の奥へと進んだ。染みだらけのソファに座らされると、富田の向かいの椅子には、どう見ても堅気には見えない男が座った。黒色の細身のスーツに、太い金の指輪はバブル時代の名残を思わせたが、それ以上に暴力的な印象を持った。富田が黙ったままでしばらく待っていると、男の前に札束と契約書が置かれた。

「こちらに印鑑をお願いします」

富田は操り人形のように、金策の為に所持していた社印を押した。従業員を路頭に迷わせる訳にはいかず、苦渋の決断だった。それでも、これで当面は凌げると思うと胸を撫で下ろせた。一刻も早く受注を伸ばし、この危険な借金を返済して再出発しようと富田は奮起する。

だが、それは絵空事に過ぎなかった。不景気は悪循環という強力な相棒を伴って、いつまでも社会に滞留した。その影響をもろに受けたのは、富田製作所のような中小零細企業だった。

部品加工をしている富田に、仁科が険しい表情で近づいて来た。

「社長、安心ローンの方が見えています」

富田は作業の手を休めずに応じた。

「分かった。少し待っててもらってくれ」

仁科が重い足取りで事務室に戻って行くのを見て、富田は両目の奥に痛みが走るのを感じた。

あの男が来るようになってから、富田は頭痛と吐き気に悩まされるようになり、仕事の精度も格段に落ちた。とは言え、病院に行く金なんてどこにも無く、日に日に悪くなる一方だった。

富田は持っていた部品を高速回転する機械で研磨し始めたが、その顔は歪んでいた。

富田が事務室に入ると、お決まりの黒色のスーツに金の指輪を身に着けたあの男が、ソファに深く腰を下ろして煙草を吸っていた。

「お待たせしました」

「社長、今日はきっちりと返してもらいますよ」

男は表情を一変させて、煙草を灰皿で揉み消した。

「悪いが、まだ工面出来てないんだ」

「はあ？」

不安な顔つきで机に向かっていた事務員達が、ビクッとして一斉に身構えた。怯えている従業員を助けてあげる事も出来ず、富田は社長として情けなさに押し潰されそうになった。

「いい加減にしろよ！　こっちはガキの使いじゃねぇんだよ。今日中に返せないんだったら、

「この工場は手放してもらうよ」

「待ってくれ。そんな事をしたら、従業員が路頭に迷ってしまう」

「それは、あんたの責任だろう」

富田は何の反論も出来なかった。男の言う事はもっともで、全てが自分の責任だった。こんなことなら、もっと早くに会社を手放すべきだったと、今更ながらに富田は悔やんだ。

「もう少し、もう少しだけ待ってくれ。頼む」

「これ以上は待てませんよ」

「頼む……頼む！」

気付いた時には、土下座をしていた。仁科や他の事務員達はその姿に驚いたが、富田には、もうこうする事しか出来なかった。

「顔を上げろよ、社長」

ゆっくりと膝を折って、男は契約書を富田の目の前でひらひらと揺らした。そして、笑った。

「悪いが、手遅れだ。社長、従業員には死んで償えよ」

男が事務室を出ていった後も、富田は床から頭を持ち上げる事が出来なかった。

「社長……」

仁科が恐る恐る声を掛けた。

富田はその声で我に返り、顔を上げた。すると、全ての事務員が立ち上がって自分を見つめていた。その眼差しは、どれも『何とかしてくれ』という哀願に満ちている。

「……すまない……すまない……許してくれ……」

許してはくれない事を承知で、富田は許しを乞うた。どんなに辛い事があっても泣くなと先代から叩き込まれたせいで、富田は社長に就いてから頬を涙で濡らした記憶が無かった。だが、防波堤は決壊したらしく、遂に今まで溜め込んでいたものが溢れ出た。事務室に反響している工場からの水しぶきのような機械音が、富田のむせび声と重奏した。


洗面台で顔を洗って、社長は公衆トイレを出た。

街灯に戻ると、成瀬達はまだメンバー不足の件で悩んでいる様子だった。何とかしてあげたいとの思いから、社長はトイレからの帰り途中にあれこれと考えを巡らせていた。その結果、自分が出来得る最大限の妥協案に思い至り、それを腰を下ろしながら話してみた。

「ベンチに座ってるだけでも、いいのか？」

「えっ？」

成瀬は社長の言わんとしている事が理解出来ずに、調子外れの声を出した。

「ベンチに座ってるだけでも、メンバーとして登録出来るのか？」

これは社長の参加表明だと成瀬はようやく理解して、急いで頷いた。

「ああ。試合に出なくても登録は出来る」

「それだったら、俺も協力する」

「社長……」

成瀬は肩の荷を一つ下ろしてくれた社長に頭を下げた。

「言っただろう。応援はするって」

板前が破顔して社長の肩を叩いた。

「恩に着るぜ、社長！」

「お前はしっかり練習しろよ」

板前に発破を掛けた社長の隣で、ショートは腕組みをして考え込んだ。

「残るは、あと二人か」

「成瀬、こうなったら、もう一度ロミオに頭を下げるしかないんじゃないか？」

先生は成瀬に決断を迫った。

「そうだな……」

「あとの一人は？」

ショートが先生に投げ掛けた。

「あとの一人は、くちなしだ」

一同は驚いて、一斉に先生を見た。

「あいつは、無理だよ」

板前が笑いながら言った。他のメンバーも珍しく板前に賛同する。

「いや、あいつだって、ちゃんと話をすればやってくれると思うんだ」

先生はあくまでも残り一枠はくちなしにと、こだわった。ところが、ショートや板前は先生の意見に賛成出来ずに反発した。成瀬は紛糾した議論を聞きながらも、まずはロミオという牙城をどう崩せるかと悩んだ。先生の言った通りに頭を下げただけでは、どう考えてもロミオが話に乗ってくれるとは思えなかった。それに、あのアルコール依存度を考えると、果たしてサッカーが出来るのかという不安もある。それでも、ここから前に進んで行く為には、ロミオの獲得は絶対条件であり、至上命題だった。

その夜、ロミオ攻略法についての課題で、成瀬の眠りは朝方近くまで訪れてはくれなかった。


寝坊した美穂は、急いで祐希の朝食を作り終え、すぐさま出勤の準備に取り掛かった。年々、手抜きを覚えていった化粧は、今では五分も費やさなくなった。あれこれと選ぶのが面倒になった洋服も、毎日似通った物を着るようになった。単に歳を重ねたせいなのか、それとも忙しい日々の生活に追われているせいなのか、外面を気にしなくなった理由は美穂自身にもよく分からない。しかしながら、人の目は気にならなくなったものの、女としての魅力が確実に減退している自覚には、一抹の寂しさを感じている。

最後にポストに閉じ込められたままの朝刊を取り込み、美穂は全ての支度を整えた。

「おはよう」

寝ぼけ眼を擦りながら、ようやく祐希が起きてきた。

「おはよう。お母さん、もう行くからね」

「うん」

祐希は椅子に座ると、冷蔵庫から取り出した牛乳をコップに注いだ。テーブルの上には、皿に載ったパンや目玉焼き、そして皺の無い朝刊がいつも通りに整然と並んでいる。それらを目にした祐希は、変わり映えしない朝に気分が晴れないまま、牛乳を一口飲んだ。

「試合、頑張ってね」

「うん」

美穂が靴を履いて慌てて玄関を出て行くと、台風一過のような静けさが狭い部屋に訪れた。

試合なんて、祐希にはどうでも良かった。チームには友達はおろか、話し相手すらも居ない。どう転んでも出場機会は訪れない。祐希にとって、試合は憂鬱でしかなく、一人で壁を相手にボールを蹴っている方が、よっぽど楽しかった。

——それなのに……。

祐希は溜息で乾いた口の中に、一気に牛乳を流し込んだ。空になったコップをテーブルに戻して時計を見る。試合が始まる時刻まで、それほど余裕は無かった。

「やばい」

冷めた目玉焼きを急いでフォークで口に運び、それと同時に朝刊にも目を落とした。どういう訳か、祐希は幾ら時間が無い時でも、朝刊だけは欠かさずに目を通す癖が物心が付いた頃からあった。祐希にとっては単なる習慣に過ぎなかったが、時々、美穂の視線が新聞を読む自分に向けられる。それも物心が付いた頃から不思議だった。

スポーツ欄を流し読みして、お気に入りの地元情報欄のページを捲った。この欄の一角には、テーマに沿って地元の有力者に関する連載記事が掲載されている。昨日までは地元の建築家の成功体験談が載っていたが、今日からはまた新しい連載が始まっていた。祐希はワクワクしながら目を通した。だが、今回の記事は地元に関するものではなく、趣も昨日までとはまるで違っている。少しがっかりしながらも、祐希は惰性で読み進めた。すると、気付いた時には没頭していた。サッカーを取り扱っているのにも惹かれたが、何よりも物語と登場人物が面白かった。写真も一枚掲載されていた。小さな写真ではあったが、何人かの人物がカラーで鮮明に映っている。

——あれ？

その写真の中のある人物を見た時、祐希は思わず目を擦った。

「これって……」

慌てて自分の部屋に戻り、机の引き出しに仕舞ってあった一枚の写真を持って戻った。その写真と新聞の写真とを照らし合わせた祐希は、間違いないと確信した。

新聞社は、まさに戦場と呼ぶに相応しい場所だった。時間を問わずに至る所で電話が鳴り響き、社員は原稿を銃のように抱えて、姿の見えない敵から逃れるように這いずり回っている。その中で、間宮と安部が所属する地元ネタ専門部隊は、そんな戦闘地域とは一線を画した平和地帯に陣営を構え、常々のんびりと職務に従事していた。ところが、『ホームレス　ワールドカップへの挑戦』の連載記事を出し始めて以降、その様相は一変した。

安部が長らく耳に当てていた受話器を戻した。

「連載の問い合わせ、殺到してますね」

「予想以上ね」

翌日分の記事原稿をパソコンに打っている間宮が、顔を上げずに答えた。

本来、この部署では地元のネタ以外は扱わない。ましてや数人のホームレスの話に、限りがある紙面を簡単に割けるものではなかった。どうしても載せたかった間宮は、客層の新規開拓の起爆剤になり得ると上層部を説得して、何とか連載の許可を下ろさせた。

「それにしても、知らなかったですよ。ホームレスの世界にもサッカーのワールドカップがあったなんて」

安部が一息つきながら言った。

「それに果敢に挑戦している、我が日本のホームレス達。ねえ、面白くなりそうな匂いがするって言ったでしょう」

そう言うと、間宮は打ち終わった原稿を確認しながら、冷めた缶コーヒーを飲み干した。

安部は自動販売機が設置されている廊下へと出た。

地元のニュース制作部に配属された当初、安部は真剣に転職を考えた。入社前は新聞社の花形である、政治部で腕を振るいたいと夢見ていた。それが予想だにしなかった経済部への配属となり、難しい経済学を先輩から徹底的に叩き込まれた。それでもいつかは政治部へとの野心を糧に、歯を食いしばって研鑽を積んだ。そのお蔭で、入社三年目には経済というものの実態が見え出し、面白さも分かり始めた。もっと深く追求していきたい。そう思えていた。

安部が突然の異動を言い渡されたのは、某大企業の倒産ニュースが全国を駆け巡った、雪の舞う日だった。異動理由は今でも分からないが、会社の方針には背く訳にもいかず、安部は憂鬱な気分のまま仕事に臨んでいた。しかし、その憂鬱は後から異動してきた間宮の部下になった事で、次第に解消されていった。そもそも、間宮のジャーナリストとしての資質は、ずば抜けていると社内では評判だった。その評判通り、間宮は地元企業の収賄容疑を誰よりも先に突き止め、役所が公表していた外国人不法労働者数の改ざんを見抜いた。それらはどれも主管部署送りとなってしまったが、間宮のネタを摑み取る嗅覚の鋭さを目の当たりにして、安部は恐怖さえ感じた。そんな先輩の姿を間近で見ているうちに、かつて抱いていたちっぽけな野心は消失し、自分も間宮のような一歩上のジャーナリストになりたいと、より大きな夢を見るようになっていった。

安部は自動販売機から持ち帰った温かい缶コーヒーを間宮の机に置いた。

「今日も行くんですか？」

「もちろんよ」

翌日の朝刊に載せる写真を楽しげに吟味しながら、間宮は毅然と言った。


公園の中央広場では、成瀬と先生、そして板前とショートが四角形の陣形を作り、パスの練習をしていた。その模様を、この日もどこからともなく集まって来た人々が見つめている。新聞の連載の影響で、日に日に見物人の数は増加傾向にあった。週末ともなると、毎週のように顔を出す固定客も居る。最初は見られる事に抵抗が強かった成瀬達だったが、徐々に見物人の目にも慣れていき、今ではほとんど抵抗感を持たずに練習が出来るようになっていた。

「こんな練習で、本当に上手くなるのか？」

足元にボールを止めたショートが、ぶっきら棒に成瀬に聞いた。

「最初に比べたら、俺はかなり上達したぞ」

自信満々に答えたのは板前だった。

しかし、ボールを蹴り合っているだけでは、とても試合など出来るようになるとは、板前を除く誰もが思っていなかった。だからと言って、チームにサッカー経験者が居る訳でもなく、以前に息子とやったという成瀬の曖昧な記憶に残る練習を実践するしかなかった。それ故に、練習の効果は期待出来るものではない事を成瀬も重々に承知している。

そんな成瀬の思いを察したのか、先生が口を開いた。

「ショートはスポーツ選手だったんだろう？　他に効率の良い練習方法は知らないのか？」

「俺は野球選手だったんだ。サッカーなんて、やった事ないし、ルールだって全然知らねえよ」

ショートのその一言で、成瀬は大きな落とし穴に落ちていた事に気付かされた。自分も含めて、ここで練習に取り組んでいる者はサッカーのルールを全く知らなかったのだ。幾ら技術を磨いても、ルールを知らなければ試合など出来るはずもない。練習方法よりも、むしろルールの習得方法を考える方が急務だと成瀬は痛感した。

——でも、どうすれば……。

成瀬は呆然と転がるボールを見つめていると、ふと、『ホーム』の立花の顔が思い浮かんだ。彼ならば、何とかしてくれるかもしれない。そう都合良く目算した成瀬だったが、その目算にどこか頼りなさも感じて、再び思案に埋没した。

「おい、何やってんだよ」

成瀬がショートの叱責を浴びた時には、既にボールは成瀬の足元をすり抜けていた。

「あっ、悪い」

成瀬は急いでボールの行方を追った。ボールは芝生を転々として、木陰に立つ少年に向かって行った。サッカーのユニフォームを着たその少年は、転がってきたボールを器用に足で掬い上げて手に取ると、成瀬を見つめた。成瀬は咄嗟に足を止めた。

見物人の中の子供が乱入して来たかと訝しがったショートが、手を上げながら横柄に言った。

「坊主、ボールを返してくれ」

ところが、少年はショートを無視して、成瀬を見つめたまま一向に動こうとはしなかった。

「何だ、あいつは？」

ショートは腹を立てながら板前に言った。板前は「さあ？」と首を捻って成瀬を見たが、成瀬もまた、棒立ちになったまま少年から目を離さなかった。

様子がおかしいと感じた先生は成瀬に歩み寄った。

「知り合いか？」

「……」

成瀬は一歩も身動きを取らずに、彫像のように立ち尽くしている。

「成瀬？」

目の前の少年が誰なのか、成瀬にはすぐに分かった。だからこそ、先生の声にも反応する事が出来ないほどに動揺を隠し切れなかった。

「おい、成瀬」

ショートの苛立った声を聞いて、成瀬はやっと口が開けられた。

「……祐希か？」

「そうだよ。忘れたの？」

久しぶりに聞く我が子の声に、成瀬は心が震わされた。

「忘れるもんか……大きくなったな」

二人のやり取りに、先生と板前とショートも固まった。ようやく状況は飲み込めたものの、彼らがこの局面に立ち入る隙は無かった。

「どうして、ここに？」

動転しながらも、成瀬は祐希に問い質した。

すると、祐希はリュックサックから一枚の紙切れを取り出して、怒ったように言った。

「この写真で分かった」

それは切り取られた新聞記事だった。そこには成瀬を含め、サッカーの練習に興じる先生やショート、それに板前が無邪気な笑顔を振り撒いている写真までもが掲載されている。成瀬は呆気に取られた。絶対に写真は載せないという話だった。それが、しっかりとカラーで載っている。成瀬はメディアとの窓口になった広報担当を睨み付けたが、ショートは慌てて首を横に何度も振った。

「俺はＯＫしてない」

出てしまったものは仕方がない。成瀬はそれ以上のショートへの追及はやめて、祐希に視線を戻した。

「すぐに帰りなさい」

「何で？」

「家の人が心配するだろう」

「平気だよ。お母さんは夕方まで仕事で帰って来ないし」

「駄目だ。すぐに帰るんだ」

四年ぶりに息子を叱った。当時の父親だった頃の感情が一気に思い起こされて、成瀬は久しぶりの感覚に切なさを覚えた。祐希は手に持っているボールに視線を落として黙った。あまりにも長い沈黙の中で、成瀬はもう一度帰宅を促そうと大きく息を吸った。

「……嫌だ」

はっきりとした拒絶。成瀬にとって、それは息子の初めての反抗だった。

「お父さんは、僕を……僕を捨てたんだから、僕に命令する権利なんか無いよ」

祐希の主張は紛れもなく正当なものだった。成瀬は何も言い返せなかった。それでも、幾ら罵られようが、このまま祐希を受け入れる事は絶対にしてはいけないと思った。今の自分の姿を見られたくないとの思いも当然あったが、何よりもここは祐希が交わってはいけない世界だったからだ。

そんな成瀬の思いを余所に、祐希は尚も反抗を続けた。

「それに、僕はお父さんに会いに来たんじゃなくて、サッカーを教えに来たんだから」

成瀬は愕然としたが、後ろで固まっている三人も驚かされた。

「サッカー、やってるの？」

板前が恐る恐る聞いた。

「僕、サッカー部だよ」

「それは頼もしいな」

先生は本心を漏らした。

「成瀬、せっかくの申し出だ。受けようぜ」

俄然、ショートも乗り気になっている。

成瀬は身勝手に流れるショートや先生の情動に狼狽えて振り返った。

「駄目だ。この子は……」

成瀬が言い終わらないうちに、眼鏡の位置を直した先生がレンズを鋭く光らせた。

「お前の気持ちは分かるが、素人の俺達には教えてくれる人が必要じゃないか？」

成瀬は拳を握り締めた。確かに、先生の意見はもっともだ。とは言え、指導者は別に祐希じゃなくても良い。やはり、ここは強引にでも帰そう。成瀬は再び祐希に向き直った。

「ここには、もう……」

「コーチ、こっちに来て俺達にサッカーを教えてくれ」

ショートの軽快な声が、成瀬の背後から響いた。

祐希がボールを抱えたまま成瀬を一瞥する。そして、無責任に笑顔を見せている三人のホームレスに走り寄って行った。成瀬はぶつけようの無い怒りに震えて、奥歯をきつく噛み締めた。

「どういう練習をすればいいんだ？」

ショートは祐希からボールを受け取ると、早く始めようと言わんばかりに急かした。

「最初はランニングからだよ」

「えっ、走るの？」

板前が一転して不満そうな表情を浮かべた。

「体力をつけないと、試合なんか出来ないよ」

そう言うと、祐希はゆっくりと走り出した。

「スポーツの基本だな」

久々のランニングに心を躍らせたショートが祐希の後に続いた。

「コーチの指示だ。行くぞ、板前」

先生もショートについて行くと、板前も諦めて足を前に運んだ。

練習風景を黙って背中で見ていた成瀬は息苦しさを感じて、自宅に向けて歩き出した。いつもよりも練習時間は短かったが、足が攣ったように痛かった。少しずつ小さくなっていく成瀬の後ろ姿。それを、祐希と三人のホームレスは走りながら見つめていた。

美穂は帰りが遅くなってしまった。家で一人で過ごすのに慣れているとは言え、祐希はまだ小学生だ。幾ら片親であっても、一人の時間が当たり前になってしまう家庭環境は健全ではない。少しでも祐希が一人になる時間を減らすべく、美穂は日が完全に沈むまでには帰宅するようにと、絶えず心掛けてきた。ところが、今日は着替えを済ませてロッカールームを出た所で、滅多に姿を見せない主任に呼び止められてしまった。長引く不況の煽りを受けて、勤めている魚下ろし工場にも人員削減の波が押し寄せているのは知っている。だから、勤怠管理をしている主任の顔を見た時、美穂は真っ先に『解雇』の二文字が頭を過った。

「相談というのは、勤務時間の件なんです」

「……はい」

「成瀬さんには、今は七時間で働いてもらっていますが、それを来月から六時間に変更させてもらいたいんです」

主任の話は想定した最悪のものではなかった。それで、美穂は一時胸を撫で下ろしたが、そう簡単に飲み込める話でもなかった。今の収入でも祐希に楽な生活をさせてあげる事は困難な状況で、最低でも現状は維持したいと強く願っている。しかしながら、拒否が出来る風潮は、もはやどこにも無かった。美穂は憂鬱な気分のまま夕食の買い物を急いで済ませた。

帰宅すると、祐希が熱心にノートに書き込みをしていた。

「ごめんね、遅くなって。今、ご飯作るからね」

美穂は慌てて夕食の準備を始めたが、すぐに異変を感じて祐希をちらっと見た。普段であれば、美穂が台所に立つと、隣に来て献立をあれこれと聞いてくる。それが、珍しく大人しかったのだ。学校で何かあったのかと心配になったが、あまり普段には見られない楽しげな様子から、むしろ良い事があったのだと思えた。その理由が、やたらと夢中になって書き込んでいるノートにある気がして、美穂はそれを覗き見た。

「何やってるの？」

「練習メニューを考えてるんだよ」

上の空の祐希がノートに目を向けたまま答えた。

「へえ、サッカーの宿題？」

「違うよ。僕がコーチに……」

祐希が慌てて言葉を切った。

「コーチ？」

「何でもない」

そう言ったきり、祐希はまたノートにペンを滑らせた。

——何か、隠している。

そう感じはしたが、美穂は詮索するのをやめた。本当に久しぶりに、何かに夢中になっている祐希を目にした。働き詰めで朝晩しか顔を合わせられず、祐希の事はいつも気に掛かっている。最近は少しばかり大人になって、母親に気を遣ってくれるようになったが、それがまた美穂には辛かった。だからこそ、少しでも打ち込める物を見付けてくれたのであれば、黙ってそれを見守ろうと思った。試合に出られない祐希の為に、サッカーの顧問の先生が新しい役割を与えてくれたのかもしれない。そう思いながら、美穂がまたノートを覗き込むと、祐希は鬱陶しそうな顔を上げた。

「集中出来ないから、向こうでやる」

ノートと鉛筆を持って、祐希が襖の向こうに消えて行った。

美穂は静かになった台所で味噌汁に入れる大根を切り始めた。そのうちに、祐希の軽やかな独り言が台所まで漏れてきた。その残響で体の芯が温まるのを感じた美穂は、職場から持ち帰った憂鬱な気分が幾分か晴れてくれた気がした。

夕闇が迫る公園の上空に一羽のこうもりが輪を描きながら舞っている。その輪の下では、七人のホームレスが夕食後の安息を楽しんでいた。折り畳み椅子に座って酒を嗜んでいるロミオは既に顔を赤く染めており、足元に置かれたラジオからは懐かしい昭和の歌謡曲が流れている。

「板前、コーチはどうだった？」

サッカーゴールを磨いていた社長は成瀬に気遣い、あえてコーチという肩書に包んで祐希の事を尋ねた。

空き缶で新たな調味料を作っていた板前は、手を止めて熱く語り出した。

「それがさ、あいつ、サッカー上手いんだ。教え方だって上手いし、俺達、すぐに上達するよ。なあ、ショート」

「……俺に話し掛けるな」

すぐ傍の段ボール製の家の中から、ショートが呻き声と共に苦しそうな声を上げた。

社長は尋常ではないその声を聞いて、ショートの家を覗き込んだ。

「どうしたんだ？」

「……体中が痛い」

ショートが横になったまま、太ももを優しく擦った。

「何だ、だらしねえな。お前、野球選手だったんだろう？」

社長は呆れ顔で言い放った。

「野球とサッカーは違うんだ」

ショートと社長のやり取りをじろりと見たロミオが、口から酒瓶を離して呟いた。

「くだらねえ」

先生は街灯の下にビールケースを置き、そこに座って先日拾って来た『罪と罰』を読んでいた。だが、時々顔を上げては成瀬の家にも目を向けている。成瀬が広場から引き揚げて以降、先生は成瀬と一切の言葉を交わしていなかった。他の者も同様で、気にしてはいたが、掛ける言葉が見付からずに、何となく成瀬と距離を置いていた。

悩んだ末に、先生は本を閉じて成瀬の家の玄関先まで進み、そこに屈んだ。

「成瀬、コーチが明日も来るそうだ」

先生の不意打ちに他のホームレス達は動きを止めた。それから、一斉に成瀬の家に向かって耳をそばだてた。

「そうか」

ブルーシート越しに成瀬の細々とした声だけが届く。その声色は辺りに緊迫した空気を散布したが、それでも先生は淡々と続けた。

「明日から、お前もコーチに教えてもらえ」

「俺は、いい」

先生には成瀬の気持ちが十分に理解出来た。もしも自分が成瀬の立場だったら、ここから逃げ出していたに違いないとも思った。しかし、成瀬はまだここに留まっている。一か八かの賭けではあったが、先生は攻める事を決めた。

「本当は、あの子はお前とサッカーがしたいんだよ」

「そんな事……」

寝転んで青い天井の汚れを眺めていた成瀬は、ふと、以前に住んでいたマンションの寝室の天井にあった染みを思い出した。

「……俺は、あの子を捨てた最低な父親なんだぞ。そんな父親とサッカーがしたいなんて思う子がどこに居るんだ？　俺はあの子を……祐希を捨ててしまったんだよ」

成瀬はこの四年間、ずっと心の奥底に潜ませていた気持ちを先生にぶつけた。

その心の叫びを耳にした先生は、成瀬の背負った十字架を垣間見た気がした。だからこそ、先生は次の言葉に精一杯の願いを込めた。

「お前、もう一度自分の人生と勝負する為にワールドカップに出たいって言ったよな？　あれは嘘だったのか？」

「嘘じゃない」

「だったら、どんな手を使ってでも勝負しろよ。俺はお前に、最後までやり抜く闘志があると思ったから付き合ったんだ」

成瀬は未だかつて、先生に咎められた事など一度も無かった。だから、ショックだった。頭を強く引っ叩かれたように感じて、軽い眩暈も覚えた。先生の言う通り、闘う道を選んだのは他の誰でもなく、自分自身だった。とは言え、こんな状況になるとは全くの想定外だったのだ。

成瀬は上体を起こすと、尚も鬱積した歯がゆい心情をブルーシートを介して先生にぶつけた。

「本当は俺だって勝負したいんだよ。でも、祐希と上手く付き合える自信が無いんだ……」

先生は軽く笑った。

「お前はただ、堂々とやりたいようにやればいいんだ。コーチだって、別にお前に父親らしい事を望んでなんていないよ」

　またもや、成瀬は先生に頭を叩かれた気がした。確かに、今の自分には父親の立場なんて考えるだけ無意味に思えた。先生には勝てないな。自嘲して薄笑った成瀬は、玄関を開けて表に出た。

「先生、俺……」

「やっと戻ったな。キャプテン」

　二人の会話に集中して耳を傾けていた社長が板前に囁いた。

「いつから成瀬がキャプテンに？」

「今からだよ」

　板前は空き缶に少量の水を垂らして、囁き返した。


　予想外の展開に祐希は緊張した。意気揚々と、またあの三人にサッカーを教える為に自宅を出て来たが、まさか成瀬が一人で待っているとは思ってもみなかった。

　祐希には父親の記憶があまり残っていない。ただ、僅かな思い出と昔の家族写真だけで、今まで都合の良い父親像を創って密かに楽しんできた。それが昨日、実際の父親を目にした。素直に接する事が出来ず、自分が置かれている境遇も改めて考えさせられた。沸き上がった感情に任せて、平気で『捨てられた』なんて事も言ってしまい、こうして同じ空間に居るだけでも辛い。きっと、また帰れと言われるに決まっている。誰でも良いから早く来て。祐希はそう心の中で何度も唱えたが、現れたのは杖をついて散歩をしている御爺さんだけだった。

「お母さんには、何て言って来たんだ？」

最初に口を開いたのは、成瀬だった。祐希は返答に迷ったが、素直に答えた。

「サッカークラブの練習に行くって。ここに来るとは言ってないよ」

「そうか」

「うん」

祐希は不思議だった。何年も会話をしていなかったにもかかわらず、こうやって話をしてみると、父親らしい威厳を感じる。だが、その一方で強烈な違和感にも襲われた。記憶に残る父親は、もっと整った顔立ちで、服装だってきちんとしていた。ところが、目の前に立っている人は全然違う。頬はこけて、髪はボザボザ。おまけに着ているボロボロの服は臭い。間違っても一緒に歩いているところは、誰にも見られたくなかった。

――この人は本当に、僕の父親なんだろうか……。

祐希はあまりの落差に失望した。

そんな祐希に向かって、成瀬は話を続けた。

「新聞を読んだのなら知ってると思うけど、今……」

それ以上、祐希は聞きたくなかった。新聞を読まなくとも、そんな姿を見せられれば誰だって分かる。祐希は耳を塞ぎたくなったが、そのままじっと耐える事しか出来なかった。

「……ホームレスなんだ」

「……うん」

祐希にとっては、これ以上ない悲しい現実だった。やっぱりこんな所に来なければ良かったと、後先考えずに取った自分の行動を後悔した。それと同時に、美穂の顔も頭に浮かんだ。こんな事が知れたら、きっと悲しむに違いなかった。このまま帰って、何事も無かったかのように振る舞い続けようと、祐希は思い直した。

「でも、変わらなきゃって思って……俺……お父さん、変わる為にワールドカップを目指す事にしたんだ」

自分の事を『お父さん』と表現した成瀬に対して、祐希は懐かしさを覚えた。それによって、失われていた幼い頃の記憶の一部も思い出した。

――あの頃は、楽しかった。お父さんは忙しくて、なかなか遊んではくれなかったけど、それでも毎日が楽しかった。一緒にサッカーの練習をした時には褒めてくれた。毎朝必ず食べる目玉焼きだって、今よりもあの頃の方がずっと美味しかった。お父さんがホームレスになった理由は分からないし、知りたくもない。でも……。

祐希は泣きたくなった。出来るならば、もう一度あの頃と同じような生活が戻って欲しい。もう一度、あの優しかったお父さんに……。

押し黙ったままの祐希に、成瀬は更に続けた。

「だから、祐希」

「うん」

祐希はこの日初めて、成瀬の顔を真っ直ぐに見て頷いた。

「お前にも、手伝って欲しいんだ」

「僕、僕……」

このまま走り寄って抱きしめたい。駆られた衝動を、祐希は必死に抑える。

「僕、手伝うよ」

そう言った瞬間、祐希は手足が自由になったように感じて解放感が全身を貫いた。だから、思いがけずに微笑みを零してしまった。祐希はそれが妙に恥ずかしくなって、零したものをすぐに引っ込めた。すると、ぎこちなくではあったが、成瀬が微かに笑った。その笑みを見た時、頭の中で思い描いてきた父親像と成瀬が少しだけ重なった気がして、祐希は無性に嬉しくなった。


祐希の指示のもと、成瀬達は本格的にサッカーの練習を始めた。体力強化の為のランニングや、ボールの蹴り方と受け方の基本動作を毎日徹底的に繰り返した。練習後は懸念材料の一つであったルールの習得にも充てた。正式にコーチに就任した祐希は、休日だけでなく、平日の放課後も広場に駆け付けては懸命に指導にあたった。そんな日々を送り、ホームレス達は徐々にではあったが、サッカーの基本動作が出来るまでには成長した。

「もう限界だ」

シュートを外した板前が、肩で息をしながら倒れ込んだ。

「板前さん、そんな事じゃあ、試合には勝てないよ」

祐希は必死に板前を鼓舞した。

「板前、しっかりしろよ」

そう言ったショートも辛そうではあったが、両膝に手を当てて、何とか倒れないように堪えている。足を引きずっている成瀬と先生は、視界にチラつく星を振り払い、板前が倒れている時間を利用して水分補給をした。

「板前さん、立って！」

倒れた板前を、祐希が小さな体で抱き起こした。

成瀬は大量の水を喉に流し込みながら、祐希の逞しいコーチぶりに目を見張った。

「先生は大丈夫か？」

「……」

一向に返事の無い先生に成瀬が顔を向けた。先生は顔を青白くさせて、まだ水を飲み続けている。練習は実践に近い形となり、体力との勝負も強いられている。失われてゆく体内の水分。

動かなくなる両足。呼吸困難。サッカーは熾烈な競技である事を、成瀬達はひしひしと思わされた。

「なかなか、厳しい練習ね」

間宮は楽しげに呟くと、手帳にペンを素早く走らせて練習内容を事細かに記録した。かれこれ数週間、間宮は広場に取材で通い詰めている。日に日に練習の質が上がっているのが素人の目から見ても明らかで、それが愉快だった。翌日の新聞掲載用の写真を撮ろうとカメラを向ける。間宮のレーダーが瞬時に反応を示したのは、カメラのレンズの前を一人の人物が横切った時だった。

——どこかで見た事が……。

思い出せないまま、間宮はカメラを片手にその人物に恐る恐る声を掛けた。

「あの」

何も聞こえなかったのか、その人物は何の応答も示さずに間宮から離れて行く。間宮は懸命に思い出そうとした。あの顔、あの佇まい、そして、あの……。

「あっ！」

記憶の欠片を強引に摑み取った間宮は、今度は確信を持って呼び止めた。

「もしかして、朝倉健二さんじゃないですか？」

ぴたっと立ち止まったロミオが、ゆっくりと振り向く。

「久しぶりに本名で呼ばれたぜ」

ロミオはニヤけ顔で酒瓶を口に運んだ。

「やっぱり、そうでしたか。私、昔から演劇が好きで、よくあなたの舞台も観に行ってたんです」

それは、全くの嘘だった。間宮は以前に一年間だけ、文化・芸術を扱う部署に配属された事があった。その時に『輝きを放ったスターたち』というコラム企画で、かつて演劇界で名を馳せた朝倉健二という俳優を、たまたまリサーチした経緯があっただけだった。

「今は、ご覧の通りの道化だ」

大げさに両手を広げたロミオは、深々と頭を下げた。

「朝倉さんもワールドカップに？」

「はあ？」

ロミオは苦虫を噛み潰したような顔をして、練習に目を向けた。

「くだらねえ」

吐き捨てるように言うと、またしても酒を口に含ませてロミオは歩き出した。

チャンスは逃すまい。間宮はロミオの背中に弓を引いた。

「サッカーとは関係なく、朝倉さんの事を記事にしてもいいですか？」

再び立ち止まったロミオは、鋭い眼光を間宮に向けた。ところが、何も言わずにまた前を向いて遠ざかって行く。間宮は的を外したかと思ったが、すぐに矢は命中していたのだと分かった。

「お好きにどうぞ」

ロミオの酒焼けした声に続いて、雄叫びが間宮の耳を突き刺した。練習に視線を戻すと、ゴールを決めたショートが喜びを爆発させていた。

「どうだ、これが元スポーツ選手の実力だ」

ショートの周りに成瀬や先生、それに疲れ切っている板前も駆け付けて、まるで子供のように喜びを分かち合っている。それを見ている見物人もまた、彼らに惜しみない声援を送った。その輪から一人外れて傍観していた間宮は、まだ武者震いが治まらなかった。

練習が終わって帰る準備をしていた祐希を、成瀬は広場のベンチに誘った。考えてみれば、再会後にじっくりと話をする機会が無かった。色々と話したい事は山ほどある。学校の事やサッカークラブの事。それに……。

「サッカー、上手くなったな」

口をついて出たのは、至って安直なものだった。

「まあね」

少し照れながら、祐希はそれを隠すように下を向いた。

その様子に、成瀬は祐希の頭を撫でてあげたくなったが、我慢した。

「毎日、ここに来てくれて助かってるけど、クラブは大丈夫なのか？」

祐希はいつも無断でサッカークラブを休んでいた。だからと言って、顧問の先生に注意される訳でもなく、チームメートから事情を聞かれるでもなかった。所詮、補欠は居ても居なくても関係ないんだと、祐希は開き直っている。

「うん、大丈夫」

「そうか」

そう言うと、成瀬はずっと知りたかった事を遠慮気味に尋ねた。

「……お母さんは、元気なのか？」

「うん」

祐希が来る度に、成瀬は美穂の事を思い出していた。美穂とは大学時代に知り合い、就職してすぐに結婚を申し込んだ。生活が苦しかった時でも文句一つ言わず、仕事で家に帰れなかった時でも、一人で家庭を守り続けてくれた。本当に良き妻であったと、成瀬は美穂の事を思う度に胸が締め付けられる思いがした。

一度、栓を抜いてしまった成瀬は、もっと知りたくなった。

「……新しい、お父さんは居るのか？」

「居ないよ」

長年、体内に寄生虫のように蔓延っていた霧が、瞬く間に晴れていくのを成瀬は感じた。だが、祐希のその答えは、美穂が一人で苦労を背負って生きている事を裏付けてもいた。成瀬は自分の抱いた未練がましい思いを恥じた。

「お母さんを助けてあげるんだぞ」

そんな事を言える資格が無いのは分かっている。分かってはいるが、居たたまれない胸中を成瀬は祐希に託したかった。祐希は頷いて見せたが、目を曇らせて足元のボールを拾い上げると、勢い良く成瀬を見上げた。

「帰って来ないの?」

いつか必ず問われる事だと、成瀬は思っていた。それは、至極当たり前の問いではあったが、その回答は今になっても用意が出来ていなかった。成瀬は改めて答えを必死に探したが、何度も空洞の思考回路を循環するだけだった。

「ごめん」

無言の成瀬に、祐希が俯いて謝った。

祐希の前から姿を消した時点で、成瀬は父親失格の烙印を自分で押した。そして今度は、今の『ごめん』によって、人間失格の烙印まで押されたように思えて息苦しくなった。苦しさに耐え切れず、成瀬は思わず口を開けた。

「ワールドカップが終わったら……」

成瀬はここで息ごと飲み込んだが、案の定、祐希は期待を込めた表情で次の言葉を待っている。しかし、それ以上の言葉は出てこなかった。祐希から視線を外した成瀬は、ビルの谷間に沈み行く夕日を見つめた。

「遅くなっちゃったな。お母さんに心配掛けないように、上手い嘘を考えろよ」

また、逃げてしまった。結局は自分が何も変われていない事を、成瀬は思い知らされた。

既に記者会見場は満席となっていた。会見場の後方では、何十台ものテレビカメラが逃げ道を塞ぐように黒い壁を作り、異様な圧力を放っている。そんな緊迫した空気の中で、報道各社のレポーターは身を乗り出して、本日の主役の登場を今か今かと待ち侘びていた。

つい先日、ここ数年で最も飛躍したと称される女優、海堂恵のスキャンダルが明るみに出た。ネタの出所は大日新聞社傘下のゴシップ雑誌だった。清純さが売りの実力派女優だけあって、他社もこぞって取り上げた。当初は頑なに沈黙を守っていた所属事務所も、無視出来ない騒ぎにまで発展したスキャンダルを収拾せざるを得なくなり、遂に記者会見という最終形まで突き進んだ。

一斉にフラッシュが焚かれた。会見場に颯爽と入って来た海堂は、一礼すると用意された椅子に静かに座った。

ざわめきが一段落した所で、同席した所属事務所の代表がたどたどしく挨拶を述べ始めた。

「えー、本日はお忙しい中、お集まり頂きまして、ありがとうございます。これから、世間をお騒がせしております、えー、海堂とある人物の関係性に関しまして……」

緊張を隠せない代表とは対照的に、微笑みすら浮かべている海堂の威風堂々たる姿に、会見場は一瞬にしてトップ女優の威圧感を植え付けられた。それでも、挨拶終了後に司会進行役から質問の許可が下りると、レポーター魂に火のついた各社の猛者どもの手が至る所で挙がった。

「以前に、お付き合いをされていた朝倉健二さんがホームレスで見つかりましたが、率直に、今どんなお気持ちですか？」

海堂は一呼吸置いてから、マイクに向かって口を開いた。

「お付き合いは、もうとっくに終わっていますし、その後は一度もお会いした事もありませんので、特に感想はございません」

間髪を容れずに、別のレポーターが立ち上がる。

「以前の恋人が、ホームレスになってしまった点については、いかがですか？」

「私は、まだ人の事を評せる人間ではありませんので、コメントは差し控えさせて頂きたいと思います」

そつの無い完璧な受け答え。集結したレポーター勢は徐々に勢力が弱められていく危機感を抱いて焦り始めた。

「もし機会があれば、再会したいと思いますか？」

「いいえ」

海堂は笑みを浮かべて、きっぱりと否定した。それを見た所属事務所の代表が大きく頷く。海堂の弱みを引き出す事は、もはや不可能だと悟った某週刊誌の男性レポーターは、別の角度から攻めた。

「朝倉さんもワールドカップに挑戦するかもしれないという噂があるのですが、それについては、どうお考えですか？」

この質問に、海堂の目が少しばかり泳いだ。それを見逃さなかったレポーター達は、海堂から発せられるコメントの一言一句を書き留めようと手帳にペンを置いた。黒い壁を築いている各社のカメラマンも、一斉に海堂をアップにする。

「もし、その噂が本当でしたら、私もサッカーの一ファンとして応援したいと思います」

所詮は他人事だとでも言いたげな回答に、期待に満ちていた会見場の熱は一気に冷まされた。

ところが、一瞬の沈黙の後に、海堂の口がまた動いた。

「でも」

不意を突かれたレポーターやカメラマンが慌てて臨戦態勢を整え直した。今しがた冷まされた会見場の熱が、またしてもグツグツと煮え始める。

「以前の朝倉さんは、随分とお酒に溺れていましたし、時には暴力的な言動もございましたので、その噂はちょっと想像が出来ません」

フラッシュの嵐が再到来した。会見の参加者にとっては期待以上の成果だった。今の話から、包み隠されていた海堂と朝倉の破局の原因が容易に予測出来る。これで、まだまだ各方面でこのネタを引っ張れると、報道各社は拳を突き上げた。

海堂はまだ微笑みを崩さなかったが、隣に座っている代表の顔は少し赤らんでいた。


家電量販店の店頭に並んでいる大型テレビを、ロミオは立ち止まって観ていた。画面には海堂の記者会見の様子が映し出されている。

「くそ、バカにしやがって」

はらわたが煮えくり返ったロミオは、その場を後にした。

——くそ……くそ……バカやろう……。

繁華街の至る所に設置してあるゴミ箱を、ロミオは次から次へとあさった。そのせいで、ゴミの悪臭と共に放たれるロミオの体臭は、周辺に多大な悪影響を及ぼした。通行人は鼻と口を押さえながら、急ぎ足で繁華街を抜けて行く。ゴミ箱をあさり始めてから三十分後、ようやくロミオは酒瓶を拾い上げた。乱れた息のまま太陽の光に翳すと、僅かに残っている酒が瓶の中で揺れた。蓋を開け、乾いた口に瓶を持っていく。

——うんっ？

ロミオは舌に妙な味を感じた。酒はまだ飲んではいなかったが、塩辛い液体が舌に触れている。手で液体の出所を探ると、目に行き当たった。そこで、ロミオは自分が泣いている事に気が付いた。

控え室に戻った海堂は、グラスにウイスキーを注いだ。目には濡れたタオルを押し当てる。職業柄、フラッシュに免疫があるとは言え、さすがにあれだけの量を浴びると堪えた。タオルを目に当てたまま、ウイスキーで喉を潤す。何故、あんな発言をしてしまったのか、自分でも理解が出来なかった。だから、事務所の代表から幾ら責められようが、理由を尋ねられようが、何とも答えようが無かった。だが、あの男性レポーターの質問で、何かを突き動かされたのは確かだった。一体、突き動かされたものは何だったのか。海堂はウイスキーで緊張が解れた頭で考えを巡らせた。

その直後、誰かがドアをノックした。何の整理もつかないまま、海堂はタオルを目から離して入室を促した。入って来たのは、マネージャーだった。彼も疲れているのか、冴えない顔をしている。

「急な会見になってしまって、申し訳ありませんでした」

「気にしないで。これも仕事だから」

海堂は濡れたタオルをテーブルに置いた。

「本当に、あのホームレスには参りましたね」

マネージャーは詫びのつもりで言ったのだろうが、海堂はその話をもうしたくはなかった。にもかかわらず、まだマネージャーは終わった会見をごちゃごちゃと言っている。聞き流そうと、海堂はグラスにウイスキーを注ぎ足した。

「あの」

まだ何かあるのかと海堂は苛立ったが、ウイスキーを口に含んで気を静めた。今回の件は自分の過去の人間関係から端を発したスキャンダルで、言わば会社には尻拭いをしてもらった形になってしまった。当然、その社員のマネージャーにも労をねぎらわねばならず、海堂は丁寧な口調を心掛けた。

「どうしたの？」

「念の為の確認ですけど、本当ですよね？　今は、あのホームレスとの付き合いは無いって事」

〝ズキン〟と、胸の内で耳障りな音が鳴った。そして、すぐに痛みが走った。

「本当よ！」

海堂は思わず強い口調で返してしまったが、マネージャーは気にも留めずに回答を受け取ると、笑顔を見せて控室を出て行った。これも彼の仕事だったのだと、海堂は侘しい人間関係の中で生きている事に虚しさを覚えた。まだ、胸の痛みは残っていたが、グラスに手を伸ばした。琥珀色の液体の中で、氷が静かに身を潜めている。海堂はグラスを回して、波打つウイスキーの淀みを見つめた。

「ジュリエット！」

悲痛な叫びが海堂の胸に響いた。振り返ると、苦悶の表情を浮かべた朝倉がスポットライトに映し出されている。『ロミオ！』、海堂もそう叫ぶはずだった。

「……」

朝倉のあまりの迫力に、叫べなかった。

朝倉が息吹を吹き込んだロミオは、完全に役を超越して舞台上に実在している。まさに朝倉がロミオであり、ロミオが朝倉であった。容姿も演技力も並みの俳優と決して違いはなかったが、朝倉には並々ならぬ人を惹き付ける不思議な魅力があった。その魅力が魅惑となって、他の舞台俳優の追随を許さない人気と集客力を誇示していると、批評家からも論評されている。

海堂は新人ながらもジュリエット役を射止めた。期待に胸を膨らませ、大型新人としての自信を漲らせて稽古に挑んだ。ところが、朝倉の圧倒的な存在感についてはいけなかった。自信が挫折へと変わった。毎日重圧に押し潰されそうになり、楽屋で一人泣き続けた。それでも、必死に食らい付き、鍛錬を重ねた。そのお陰で、この公演を通じて、海堂は女優として大きく成長出来たという自信を持てるようになった。

「ジュリエット！」

朝倉の魂の叫びが、再び劇場に木霊した。

観客は中世の悲恋を嘆き、非情な王政に怒り、権力と闘うロミオに陶酔した。

佳境に入った場面で、海堂は朝倉と見つめ合った。朝倉の瞳には、もはや演技ではない生身の感情が宿っている。海堂はその瞳に引き込まれて息を呑んだ。


千秋楽後の打ち上げは、赤提灯のぶら下がった居酒屋で行われた。庶民的な風情が、煌びやかな舞台の世界からの帰還を告げ、美酒の香りを隅々まで行き渡らせている。このような店で、朝倉がまだ小劇場演劇を中心に活動していた無名時代、仲間と毎晩のように飲み歩いていたというのは有名な話だった。地位も名声も手に入れた今でも、機会を見付けては行っていると、海堂も朝倉から聞いた事がある。

朝倉は上座に座って、気持ち良く酔っていた。すぐ近くで飲んでいた海堂も少し顔を赤く染めてはいたが、新人の身分を弁えて周囲を気遣う余力は残していた。

「私、まだまだですね。すみません、朝倉さんの足を引っ張っちゃって」

海堂は朝倉に軽く頭を下げた。

「そんな事ないよ。恵ちゃん、凄く良かったよ」

朝倉はグラスを置くと、真顔で言った。

「ありがとうございます」

たとえお世辞であっても、嬉しかった。何より、こうして朝倉と杯を交わしている事も信じられない気持ちで、海堂の気分は昂っている。

「芝居っていうのは技術も大事だけど、やっぱり、ここだからね」

朝倉は自分の胸をポンポンと叩いた。

「恵ちゃんも、ハートが良かったよ」

この演技に対する純真さと情熱こそが、朝倉の俳優としての地位を築き上げたのだと、海堂は納得した。果たして、自分にはそれだけの純真さと情熱はあるのだろうか。女優としての先行きに不安を宿して、海堂は僅かに表情を曇らせた。

「恵ちゃん、大丈夫だって。俺だって、毎回失敗ばかりしてるんだから」

「朝倉さんが失敗なんてするんですか？」

「もちろん、するよ」

そう言うと、朝倉はグラスに残っていた酒を一気に飲み干した。朝倉が酒豪である事も業界では有名だったが、海堂はその底無しのアルコール吸収力に感心させられた。

「恵ちゃんは、ここが良かった」

朝倉は、また自分の胸をポンポンと叩いた。その仕草に、海堂は思わず笑ってしまった。

「俺、何か変な事言った？」

海堂は笑いながら、急いで首を横に大きく振った。

「いいえ。朝倉さんって、本当にお芝居が好きなんだなあって思って」

朝倉も笑みを浮かべたが、ふと、煙草のヤニで汚れた壁に目をやったかと思うと、その顔から笑みが徐々に消えていった。

「好きだよ。自分が自分で居られる唯一の方法だと思ってるからね。それに、何よりも楽しい」

朝倉のどこか遠くを見つめる眼差しを見て、海堂は一体何を見ているのだろうかと想像した。


世代交代はどの業界にも訪れる。その中でも、殊に俳優を生業とする芸能界のサイクルは尋常ではなく、一年で次の世代にバトンを渡す事も珍しくはない。海堂はバトンを持ち続ける為に、必死に自分を磨いた。流行には乗り遅れまいと、舞台からテレビ、テレビから映画へと、あらゆる媒体を利用して海堂恵という女優の存在意義を示し続けた。惜しまなかった努力の甲斐があり、海堂は芸能界にある程度の居場所を確保し、安定した地位を確立する事に成功した。片や、朝倉は失敗した。舞台での経験の多さが仇となり、進出したテレビや映画の映像世界では演技がマッチしなかったのだ。そこで、更に演技力を磨けば良かったのだが、朝倉は居心地の良い舞台の世界へと安易に戻って行った。しかし、舞台の世界もそんなに甘くはなかった。既に次世代の俳優が演劇界を席巻していて、朝倉に元の場所は、もう無かった。

そんな朝倉を、海堂はずっと傍で見守ってきた。最初の頃は人並みに幸せで、いずれは結婚したいとも考えていた。ところが、その夢見た結婚生活は、気付けば過ぎ去った幻影となっていた。朝倉はいつまでも来ない仕事の依頼を待ち続けた。それが不憫で、海堂は何も言えなかった。俳優業しか経験のない朝倉は、俳優以外の職に就くのを拒み、少しずつ家に引き籠もる時間が長くなった。当然のように生活費は海堂頼みとなり、それを甘んじて受け入れた朝倉との破綻寸前の同棲生活が、かれこれ一年続いた。

海堂がもう駄目かもしれないと、半ば諦めかけていた時だった。珍しく外出していた朝倉が飛び跳ねるようにして帰って来た。

「おい、またシェイクスピアをやるぞ！」

「本当？　良かったね！」

朝倉は水を得た魚のように、はしゃいでいる。

「演目は何？」

「『ロミオ&ジュリエット』だよ」

耳を疑った。原点回帰の一環として、海堂も久しぶりに舞台の仕事を引き受けたのだが、その演目と同じだったのだ。しかも、海堂はジュリエット役が決まっていて、ロミオ役は演劇界で、今を時めく若手のホープだと聞いている。

巡り合わせの悪さを呪いながら、海堂は朝倉に一番の不安要素を確かめた。

「何の役？」

「いや、まだ分からないんだけど、役は確約されてるってマネージャーが言ってたんだ。でも、久しぶりにロミオをやりたいなあ」

こんなにも目を輝かせた朝倉を見たのは、本当に久しぶりだった。だからこそ、どうしても言い出せなかった。海堂は少しでも朝倉がメインに近い役が貰えるようにと願った。

数日後、舞台の台本を手にした海堂は、その願いが儚くも散った事を知った。


久々に舞台復帰を果たした海堂と、今を時めく若手俳優の共演は、チケットが即日完売となるほどの話題を呼んだ。古典演劇でこれだけの盛況を見せるのは、二人の主演俳優のずば抜けた人気と実力の証しだと、メディアも大いに盛り立てた。

客席がほぼ埋まった頃、海堂は控室で気持ちを整えていた。朝起きた時には、もう朝倉の姿は見えなかった。元来、仕事がある日は早めに家を出る習慣があったが、それにしても早過ぎる。配役を聞かされてから、朝倉はあからさまに態度を変えた。

同じ舞台に立つのは、実に三年ぶりだった。女優の道を進む決意を固められた、あの舞台以来だ。海堂は余計な雑念を抱かされて張り詰める中で、プロの女優として懸命に役作りに励み、私生活に惑わされないようにメンタルのコントロールに努めてきた。

「海堂さん、お願いします」

本番を告げるスタッフの声で、海堂は役に入った。ここ数年はテレビと映画の仕事が中心で、舞台上で自分がどれだけ観客を魅了出来るのか不安だった。不安を振り払うように、海堂は鏡の中の自分に向かって「あっ」と声を張り上げた。

幕が上がって漆黒の舞台に立つと、海堂は急に足がすくんだ。それでも、演じ続けていくうちに抱いていた不安は解消され、気付けば恍惚感に浸っている自分が居た。観客は洗練された艶のある海堂の演技に心を奪われ、鬼気迫るロミオ役の若手俳優の演技に圧倒された。

物語の佳境に入った所で、海堂と若手俳優がスポットライトの中で見つめ合った。恍惚感のせいか、海堂は若手俳優の瞳に吸い込まれそうな感覚に陥り、私生活の不安や不満が薄れていく心地の良さを感じた。海堂の演技の意識が乱されてゆく。突如、観客のどよめきが起こった。咄嗟に役に戻り、海堂は段取り通りに舞台の上手に視線を向ける。すると、そこにみすぼらしい容姿をした道化役が立っていた。朝倉だった。こんなにも深い悲しみ、憎悪に満ちた目の朝倉を、海堂は見た事が無かった。『久しぶりにロミオをやりたいなあ』、そう嬉しそうに話した時の朝倉の目を思い出し、海堂は本能的に道化の目から視線を外した。それは紛れもなく、演技の失敗を物語り、私生活の崩壊の前兆を意味した。

公演終了後、海堂は数日間の休みを貰っていた。リフレッシュの為、どこかに旅行でもしようかとも考えたが、朝倉の事を考えてやめた。道化を最後まで演じ切った朝倉だったが、あれから飲酒量が益々増えて、自宅に引き籠もる時間も更に長くなった。会話もほとんど無くなり、唯一の寛げるはずの我が家が、窮屈な檻に成り果てていた。海堂は仕方なく、自室で近日中に撮影が始まるテレビドラマの台本を覚える事に専念し、極力、朝倉と顔を合わせる事を避けた。今回のドラマはシリアスな物語で、海堂は登場人物の激しく移ろいゆく心情の理解に苦慮した。

携帯電話が鳴ったのは、台本から目を離して一息つこうかと考えていた時だった。着信表示を見ると、先日の舞台で共演した、あの若手俳優からだった。海堂は緊張感から少しだけ解放された心持ちになったが、声は少し落として電話に出た。

「もしもし、海堂です」

「おはようございます。先日の舞台では、お世話になりました」

「こちらこそ。機会があったら、また一緒にやりましょうね」

「はい、是非」

若手俳優は、そう言ったきり黙ってしまった。

海堂は不自然な間を嫌って、用件を尋ねた。

「どうかしたの？」

「あの、もし良かったら、ご飯でも一緒にどうかなと思いまして」

「これから？」

一瞬、朝倉の顔が頭に浮かんだ。しかし、躊躇なく、それを打ち消した。日々、窮屈さと緊張を強いられて、さすがに精神的に参っていた。そんな疲弊した心に、電話の向こうから一滴の冷たい水を滴り落としてくれたように感じた。久しぶりに胸が高鳴る。たまには息抜きも必要だと自分に言い聞かせて、海堂は外出を決めた。電話を切り、着替えを済ませて居間に入ると、朝倉がワイドショー番組を観ながら酒を飲んでいた。

「どこに行くんだ？」

朝倉がテレビを観たまま、海堂に尋ねた。

「食事に行ってくる」

同席者の名は伏せて、海堂は用件だけを簡潔に伝えた。何が機嫌を損ねたのか、朝倉は持っていたグラスをテーブルに叩き付けるように置いた。いい加減に嫌になった。文句の一言でも言いたくなり、朝倉の顔を睨んだ。ところが、そこにあるはずの表情が、無かった。

――このままだと、本当にこの人は駄目になってしまう……。

そう思い直した海堂は、テーブルのグラスを取り上げた。

「何するんだよ」

「ほどほどにしないと、体を壊すでしょう」

朝倉の顔がニヤけた。それを見て、もう駄目になってしまったのかと、海堂は怖くなった。

「……いいんだよ、壊れたって」

静かな口調だった。それが、海堂には妙に腹立たしかった。

「何言ってるのよ。あなた、いつも言ってたじゃない。役者は体が資本だって」

朝倉は徐にテレビに視線を戻した。そして、また静かに言った。

「俺は、もう役者じゃない。ただの道化だ。いや、最近は道化にもなれない……早く行けよ、遅れるぞ」

朝倉が海堂の手からグラスを奪い返した。

もう一度舞台で輝く朝倉健二を、海堂は見たかった。それなのに、再起を図ろうともせず、悲劇のヒーローに成り下がっているばかりで、立ち直る兆しを一向に見せてくれなかった。そんな男に期待を捨て切れない自分も、また滑稽でバカバカしく思えた。

「どうして、もっと真剣に自分の人生を切り開こうとしないのよ」

何とか立ち直って欲しい一心で訴えたが、逆効果だった。朝倉は持っているグラスを、いきなり壁に叩き付けた。海堂は小さな悲鳴を上げて、瞬時に固まった。グラスの砕け散った残響だけが、辛うじて無言の二人を繋いだ。その間、ワイドショー番組では人気絶頂のアイドルの熱愛報道が間抜けなイラストで紹介されていた。

「仕事が無いのに、どうやって人生を切り開けばいいんだよ？　なあ、教えてくれよ」

あまりのショックに何も言えず、海堂はただただ呆然としていた。

そんな海堂を、朝倉はまた顔をニヤけさせて眺めた。

「お前はいいよな。今や押しも押されもせぬ大女優だ。羨ましいぜ」

朝倉は酒瓶を直接口に付けた。喉の中を通る液体の鈍い音が微かに居間を通り抜ける。その音が、一つの幕の終焉を告げる合図だと海堂は感じ取った。

口から酒瓶を離した朝倉は大げさに両手を広げると、おどけて言ってみせた。

「女王様、この道化めに、何卒お恵みを」

完全に終止符が打たれた。もはや、修復の余地など残ってはいない。海堂は憐れな道化には脇目も振らずに、黙って家を出た。


あらゆる人や物、そして情感を受け入れる。そこに、決して差別は存在しない。だから、ロミオは繁華街が好きだった。大通りに出ると、大きな建物の中に大勢の人が吸い寄せられるのが見える。その建物の前まで行くと、入口に貼られているポスターがロミオの目に留まった。

――帰ろう。

ロミオは『マクベス』の舞台ポスターの脇に置かれたゴミ箱の上に、先ほど拾った酒瓶を置いた。そして、そのまま人混みの中に消えて行った。酒瓶の中では、まだ残っている酒が、ゆらゆらと揺れていた。

社長手製のサッカーゴールを、祐希が仁王立ちになって守っている。先生とショートはゴールを奪うべく、ボールをパスしながら祐希に向かって突き進んだ。だが、そうはさせまいと、成瀬と板前が二人の前に立ち塞がる。先生はドリブルを仕掛けながら、一瞬だけゴールに視線を向けた。シュートする。そう思った成瀬は、急いでボールを奪いに先生に走り寄った。

——引っ掛かった！

先生はしてやったりと、がら空きになったゴールの手前にボールを転がした。板前を振り切ったショートが、そこに走り出す。

「しまった」

成瀬は慌てて戻ったが、遅かった。

ショートが転がるボールを、そのままゴールに向かって蹴り込む。ボールは高速回転を伴って祐希の脇腹をすり抜けると、破れんばかりにネットを突き刺した。

「ヨッシャー！　見たか、俺のスーパーゴール！」

ショートが両手を上げて叫んだ。

「さすがだなあ」

先生はショートの瞬発力と決定力に心底感心して言った。

「先生のパスだって、良かったぞ」

成瀬はトラップを使った先生の高度なパスにも脱帽した。

ゴール前で喜びの輪を見つめながら、この短期間でこれだけのプレーを披露するメンバーに祐希も驚いていた。ほんの数週間前までは、成瀬達はボールの蹴り方もルールも分かっていなかった。それが、今ではパスやシュートだけでなく、勝負の駆け引きが出来るまでに成長している。彼らのワールドカップへの執念は本物なんだと、祐希は胸が躍った。

その時、喜びを分かち合っている成瀬達に聞き覚えのある、ぶっきら棒な声が届いた。

「俺に、ボールを寄越せ」

ロミオがゴールを睨み付けるようにして立っている。

浸っていた喜びを邪魔されたショートは、腹立たしい思いでロミオに近寄って行った。

「ワールドカップなんて、お前には関係ないんだろう？」

「いいから、早くボールを寄越せ」

ショートには目もくれず、ロミオは自分に向けてボールを転がすようにと、祐希に催促した。どうすれば良いのか分からずに、祐希は成瀬を見た。すると、成瀬は徐に頷いた。

「アル中なんかに、サッカーが出来るかよ」

ショートが捨て台詞のように吐き捨てた。

祐希は足元のボールを拾い上げてロミオに蹴り出した。転がるボールをロミオは射抜くように正視する。そして、大きく一歩踏み出すと、そのままゴールに向けてシュートした。空中に放たれたボールはぐんぐんと勢いを増して、一直線にゴールに突き進む。予想以上の速さで迫ってくるボールに、祐希は尻込みした。両足を踏ん張り、衝撃に備える。疾風と共に、祐希は何とか両手でボールを抱え込んだ。

「くそ」

ロミオは悔しがったが、成瀬達は驚きと戸惑いの表情を浮かべている。

「痛ってえ」

祐希は胸に殴られたような痛みが走り、息苦しさに耐えた。

「なかなか、いいシュートだったな」

先生が率直な感想を述べた。それに、成瀬も素直に頷いた。

「ああ」

ゴールから視線を戻したショートがロミオを咎めた。

「お前、サッカーやってたんじゃないか！　何で黙ってたんだよ」

「やった事なんて、一回もねえよ」

ロミオは悔しさを残したまま、ゴールに向かって歩き出した。

思わず、後を追った板前がロミオに興奮して聞いた。

「じゃあ、何であんなシュートが出来るんだ？　凄かったぞ、今のは」

「俺は元役者だぜ。ショートの蹴り方を見て、真似ただけだ」

ロミオは淡々と答えた。

真似ただけ？　あのシュートが？　成瀬は半信半疑でロミオを唖然と見つめた。

立ち止まったロミオがボールを抱える祐希を見下ろした。

「よく取ったな。コーチ」

「うん」

そのやり取りに、先生は成瀬にロミオのメンバーへの追加を暗に促した。

「これで、あと一人だな」

「そうだな」

ロミオの参加は諦めていただけに、成瀬の嬉しさはひとしおだった。しかしながら、まだ一つだけ、成瀬にはロミオに対する懸念が残っていた。

ロミオは祐希からボールを受け取って振り返ると、ニヤリと笑って言い放った。

「おい、ショート」

「何だよ？」

「言っておくが、俺はアル中なんかじゃないぜ」

「どういう事だ？」

ショートが怪訝な顔つきに変わった。

「やめたんだ、酒」

ロミオの言っている意味が分からずに、成瀬達は顔を見合わせた。それから間もなく、ロミオが酒を断ったという輪郭がおぼろげに見えてくると、その信じられない告白に一同は驚愕した。

「いつからだ？」

先生が驚きを抱えたまま尋ねると、ロミオはボールを先生に投げた。

「今からだ」

この瞬間、成瀬のロミオに対する最大の懸念が払拭された。これで本当にあと一人になった。

成瀬は残っている未加入のホームレスの顔を頭に浮かべた。


ベルトコンベアの動きが止まり、この日の仕事も無事に終わった。

工場の人員削減の影響から、美穂は主任から告げられた勤務時間の短縮を余儀なく受け入れた。一時は転職も考えた。新聞の求人広告や転職情報雑誌を読みあさり、新天地を求めた。だが、どこもまだまだ景気は上向いてはいないようで、条件の良い仕事は見付からなかった。収入が減って、生活は苦しくなった。気苦労も増えた。そんな暗然とした状況ではあったが、美穂にとっては一つだけ良い面もあった。ずっと憂慮していた、祐希と過ごす時間の短さが少しだけ改善されたのだ。今度の日曜日には、久しぶりにサッカーの応援にも行こうと思っている。

美穂は祐希のユニフォーム姿を想像しながら、工場の門を出た。

「成瀬さん」

門を出てすぐに美穂は呼び止められた。また勤務時間の変更の話かと冷や冷やしたが、振り返ると同じ作業場で働く主婦だった。

「ああ、どうも」

美穂は軽く頭を下げた。彼女の息子は祐希の同級生で、しかも同じサッカークラブに所属している。そういう縁もあって、美穂は彼女と工場内で比較的言葉を交わす機会が多く、一緒に帰る事も多々あった。

美穂は談笑しながら彼女と駅に向かった。

「ところで、祐希君、具合でも悪いの？」

「えっ？」

美穂は足を止めた。最近、祐希は体調を崩していない。どちらかと言うと調子は良い方で、今日もいつもと変わらずに登校しているはずだった。

美穂は眉間に皺を寄せた。

「どうしてですか？」

「祐希君がずっとサッカーの練習を休んでるって、うちの子が言ってたから」

寝耳に水の話だった。まさか、祐希がサッカーの練習に行っていなかったなんて、夢にも思わなかった。でも、変だった。祐希は毎日、汚れたユニフォームを持ち帰っては、それを自分で洗濯している。

美穂は彼女の話を上手く消化出来なかったが、何となく不吉な予感がして合わせた。

「ええ、でも大した事ないんですよ。すみません、ご心配をお掛けして」

「それなら良かった。私、これから買い物に行くけど、成瀬さんは？」

「私は、今日はこのまま」

「そう、じゃあまた来週ね」

彼女は手を振ると、軽い足取りで商店街に向かって歩いて行った。片や、帰路につく美穂の足取りは重かった。

日々、美穂は仕事と家事に追われて、祐希と過ごす時間が足りていないのは自覚している。だからこそ、一緒に居られる時には学校での出来事や、サッカークラブの事を聞くように心掛けてきた。それ故に、母親としての最低限の責務は果たしてこられたと思っていた。それなのに、今しがた聞かされた話は、胸が締め付けられるほどに残酷で、過酷なものだった。祐希は嘘をついている。やはり片親では子育てに限界があるのかと虚しさを感じつつも、帰宅後に待ち受ける真実と闘う覚悟を、美穂は決めた。


まさに育ち盛りの食べっぷりだった。祐希はテーブルに並んだ惣菜を次々と口に運び、二膳目のご飯を頬張り始めた。最近の祐希の食欲は、一段と旺盛になっている。

美穂は帰ってすぐに洗濯機の中を覗いてみた。確かに、汚れたユニフォームは入っていた。

――本当に、この子はサッカーの練習に行っていないのだろうか。

美味しそうにご飯を食べている祐希の顔からは、邪心が窺い知れない。美穂の中で芽生えた覚悟が揺らいだ。しかし、踏み留まった。このままでは偽りの家族になってしまうようで怖くもあったからだ。それは、四年前と同じ轍を踏んでしまう事でもあった。それだけは、絶対に避けなければならない。もしも、間違いであったならば謝れば良い。

美穂は湯気が立ち昇るお椀の上に、静かに箸を置いた。

「祐希」

「何？」

祐希は大好物の鳥の唐揚げを噛み千切った。

「最近、サッカーはどう？」

「どうって？」

「楽しい？」

美穂は意識的に微笑みを浮かべて聞いた。

「別に、普通」

鶏肉を喉の奥へと流し込んだ祐希が、感情を押し殺した言い方をした。そして、それを誤魔化すように、また一つ、美穂とは目を合わせずに鳥の唐揚げを箸で摘まみ上げた。

祐希の不自然な所作で、美穂の顔から微笑みが消えた。

「行ってないんだって？　練習」

祐希の箸が、ぴくりと止まった。その狼狽ぶりから、美穂は同僚の主婦からの話は事実だったのだと、溜息交じりに落胆した。

「……やめてもいいのよ」

美穂は諭すように言ったが、祐希は箸で唐揚げを持ったまま俯いただけだった。

「聞いてるの？」

返って来ない返事を聞いて、美穂はもうやめさせようと思った。祐希が誰よりもサッカーが好きなのは知っている。一人でもブロック塀を相手に練習しているのを、よく見るからだ。それなのに、一向に試合には出られない。ひたむきに練習しても、その成果を見せられる場が、祐希にはどこにも無かった。そんな状況では、やめたくなる気持ちも痛いほど分かった。嘘をついた祐希も悪いが、嘘をつかせてしまった責任は自分にもある。我が子の心の声を聞く力が足りなかったのだ。美穂は母親としての未熟さに罪悪感を抱いた。

「明日、先生に連絡しておくから」

美穂はお椀の上に置いた箸を手に取り、惣菜を一摘まみした。味がしない。それを無理やりに舌の奥に押し込む。完全に食欲は減退してしまったが、胃袋の中に何でも良いから入れたかった。一方、祐希は唐揚げを摑んだまま動かない。

「ご飯、食べよう」

「……やめないよ」

想定外の反応が返ってきて、美穂は再び箸を置いた。

「じゃあ、どうして練習に行かないの？」

祐希の気持ちが理解出来なかった。もどかしくて、情けなくて、美穂は何かに当たりたくなった。

祐希は持っていた唐揚げを、ご飯茶碗に入れた。

「用事が終わったら、また練習に行くよ」

「用事って？」

そこで、祐希はまた黙ってしまった。美穂は感情の昂りを感じて、それを必死に抑え込もうとした。だが、無駄だった。

「隠し事しないで、正直に話しなさい！」

こんなに本気で祐希を怒った事なんて、一度も無かった。つい、感情任せに怒鳴ってしまった。美穂はすぐさま反省したが、解き放った感情の余韻の中で、不思議な情緒も味わっていた。祐希と本当の親子になれたような、そんな感覚だった。

祐希が小さく口を開いた。

「……サッカーを教えてるんだ」

「サッカーを？　祐希が？」

「……うん」

美穂は瞬時に、ある事を思い出した。主任から勤務時間の短縮を言い渡されて、遅くなってしまった日だった。祐希が夢中になって、練習メニューをノートに書き込んでいた。その時に、自分がコーチになったと言っていたような気もする。

居たたまれずに、美穂は祐希を促した。

「誰に？」

「……」

「祐希、誰に教えているの？」

「……お父さん」

美穂の思考は、一瞬にして全停止に陥った。

――まさか、そんな……。

成瀬を筆頭に先生、板前、ショート、ロミオ、社長が小さな一軒の段ボール製の家の前に一塊になっている。皆どことなく緊張した面持ちで、これから戦場にでも赴くといったような物々しい雰囲気に包まれていた。

「いくぞ」

成瀬の号令に五人のホームレスが頷く。大きく息を吸い込んで、成瀬は角が破れた玄関扉をゆっくりと開けた。やはり、背中を見せて寝ていた。

「くちなし、寝ているところを悪いが、ちょっと起きてくれないか？」

反応は無かった。成瀬はもう一度声を掛けるべきか否かを迷って、すぐ後ろに立っている先生の顔を見た。すると、先生はずり落ちた眼鏡をぐいっと持ち上げて、大きく首を縦に振った。本当にいけるのかと成瀬は不安だったが、後戻りは出来そうもなく、再び家の中を覗き見た。

「くちなし？」

「……」

やっぱり無駄足だったかと、成瀬は肩を落とした。

「おい、くちなし。起きろ」

ロミオの荒げた声にも、くちなしは一向に反応を示さない。

「お前、無視するなよ」

ショートが苛立って玄関に入り掛けた時だった。くちなしが急にムクッと上体を起こして、寝ぼけ眼を向けた。成瀬達は驚いて一斉に後退りした。

「久しぶりに、あいつの顔を見たよ」

板前が社長に囁いた。

「俺もだ」

くちなしの顔をまじまじと見ながら、社長も囁き返す。

くちなしは小さな空間で背伸びをすると、のそのそと玄関から這い出て、その場に腰を下ろした。成瀬はくちなしの前で中腰になって、また息を吸い込んだ。

「悪いな、起こして。お前に相談があるんだ」

くちなしが寝ぼけ眼をこすった。聞いてくれている姿勢は感じられない。

成瀬は構わずに話を続けた。

「何となく知ってると思うけど、俺達、今サッカーをやっていて、ワールドカップを目指してるんだ」

興味を示すどころか、くちなしは退屈そうに大層な欠伸をした。

「それでな、メンバーが一人足りなくて、お前にもチームに入ってもらいたいんだよ」

くちなしが虚ろな目を成瀬に向けた。初めて示してくれた反応だったが、成瀬は物怖じした。暗く澱んだ目だった。くちなしの素性は知らない。ただ、この目が少しばかり教えてくれた気がした。こいつも……。成瀬は葛藤を追い払った。

「どうだ、一緒に挑戦してくれないか？」

くちなしは黙ったまま成瀬を見つめている。沈黙に耐え切れずに、板前が大きな音を立てて唾を飲み込んだ。くちなしの目が僅かに光った。

もう一押しだ。成瀬は語気を強めた。

「なあ、くちなし。俺達とワールドカップに行こう」

くちなしの唇に隙間が生まれた。これで、大会の申請に必要な人数が揃う。皆、そう思った。

ところが、くちなしは無言のまま、その場で再び背を向けて横になってしまった。

「こりゃあ、駄目だ」

社長が呆れて腕組みした。

深い溜息と共に腰を起こした成瀬に先生が尋ねた。

「どうする？」

どうすると言われても、この様子ではどうしようも出来ない。成瀬は途方に暮れた。

「こんな役立たずは放っておいて、他を当たろうぜ。この近くに、まだ何人か居るだろう」

ロミオは無意識に無いはずの酒瓶を上着のポケットに探しながら言い放った。

「賛成だな」

ショートもロミオの意見に合わせた。

確かにロミオの提案が一番の解決策だと成瀬も思った。しかし、何となく他を当たる気にはなれなかった。長年の隣人という事もあるが、くちなしのこの淋しそうな背中を見ていると、放ってはおけない気分になった。

「もうすぐ、コーチが来るよ」

そう言って板前が広場に足を向けると、他の者もそれに続いた。

くちなしの前に立ち尽くして動かない成瀬に先生が言った。

「大丈夫だ、こいつはやってくれるよ」

たまに先生は根拠の無い自信を見せるが、それがどういう訳か、いつも細やかな安心感を与えてくれる。それが教育者の資質なのかもしれないと思いながら、成瀬は軽く頷いて先生と共に広場に向かった。成瀬と先生の足音が遠ざかり、小鳥の囀りや木の葉の擦れる音がその場に届くと、くちなしは閉じていた目を開いて空疎を眺めた。

物心が付いた時、三井隼人は自分の喋り方が変なんだと気付いた。

同年代の近所の子供達は、すらすらと喋る事が出来るのに、自分にはそれが出来なかった。言葉を出し辛そうにしている我が子を見て不安を抱いた両親は、三井を街で一番大きな病院へ連れて行った。そこで初めて、三井は『吃音症』という病名を知った。当時の医者は大人になれば治るからと笑顔で説明し、両親はそれを聞いて安心した。それ故、何の治療も受けずに、ただひたすらに症状の回復を待った。しかし、幼稚園に入園しても、小学校に進学しても、どもる喋り方は一向に回復の兆しを見せなかった。どもった喋りは友達のいじめを誘い、教師の躾の餌食となり、初恋の人からの嘲笑を買った。喋るという行為に疲れた三井は、徐々に周囲の人間を遠ざけるようになり、一人でも楽しめる空想の世界にふける子供に育った。空想世界では自分の喋りたいように喋る事が出来た。英雄にだって、悪の黒幕にだって自由になれた。三井は唯一の安住の地である家庭と空想世界を行き来するうちに、それ以外の世界では口を閉ざすようになっていった。だから当然、学校では特異な子として扱われるようにもなった。

二時間目の授業は国語だった。三井は教科書を開きながらも、一時間目の授業中に育て上げた空想上の人物を、また思い浮かべて楽しんでいた。

「それでは、この時のちーちゃんは、どんな気持ちで空を見上げたのかな？」

担任の女性教師が教科書の一文から目を上げると、生徒に問い掛けた。

その途端、大勢の生徒が一斉に挙手をして目を輝かせた。教師は生徒を見渡して誰に答えさせようかと吟味したが、教室の隅で一人だけ俯いている三井に目が留まった。

「三井君、たまには答えてみようか」

名前を呼ばれた瞬間、三井は強制的に空想世界から現実世界へと引き戻された。予期せぬ現実に頭は真っ白になり、体が硬直する。

「三井君？」

三井はびくびくしながら顔を上げると、周りの生徒がバカにしたような笑みを向けていた。その視線が痛くて、耐え難かった。

学校では空想に明け暮れた三井だったが、自宅では復習と予習を毎日欠かさず行い、勉強はそこそこ出来た。だから、今の質問にも簡単に答える事は可能だった。だが、答えたくても、肝心の言葉が出てこなかった。三井は膝の上で拳を強く握り締めて、教師が業を煮やして他の生徒に質問を回してくれるのを待った。ところが、教師は辛抱強く待っている。このままでは終わりは来てくれそうもない。三井は諦めて、意を決して口を開けた。最初の一字が思ったよりも順調に出て、ホッとした。それから次の一字へと移り、それが出たらまた次の一字へ移る。時間は掛かってしまったが、三井はやっとの思いで答えを吐き出した。これで、終われるはずだった。それなのに……。

「聞こえませーん」

教壇の近くに座っていた男子生徒が大きな罵声を飛ばした。他の生徒もその罵声に便乗して、同じような言葉を吐き捨てた。

――聞こえなかったんじゃなくて、聞いていなかっただけだろう。

三井は怒りが込み上げたが、言い返したいはずの言葉は喉の下の方に蹲ったままだった。

「三井君、もう一回頑張って」

教師は励ましたつもりだった。……もう一回？　三井にとっては、それは励ましではなく、体罰だった。どうあがいても、もうこれ以上の言葉が出てくるとは思えない。そんな事は先生だって分かっているはずだ。三井はこのまま走って家に帰りたくなった。

「みっつい！　みっつい！　みっつい！……」

黙り込んだ三井に向けて、教室中で三井コールが沸き起こった。しかし、これはエールなどではなく、からかいである事を三井は知っている。心の中で『うるさい！』と叫んだ。そして、もうどうにでもなれと自棄になった。

「か、か、か、悲しい、き、き、気持ち……」

三井にしては上出来だった。この緊張感の中で、思った以上に言葉が出てきてくれた。胸の内で、安心感と達成感を味わった。しかしながら、その味わいはすぐに苦味へと変わった。

「か、か、か、悲しい、き、き、気持ち……」

保健委員を務めている男子生徒が三井の答え方を真似た。

一瞬の静寂の後、教室は一気に爆笑の渦に飲み込まれた。

「こら、皆、笑わないの」

そう言いながら、教師も冷笑を浮かべている。

一人渦中から抜け出した三井は、明日は仮病を使って学校を休むという設定で空想の世界に帰って行った。

待ち望んでいた終業式が終わった。学校では辛く嫌な事も多かったが、学業成績は今までで最高の評価だった。早く両親の喜ぶ顔が見たい。三井は冬休み前に通る最後の通学路を勇み足で歩いた。家に着くと、たまたま非番で仕事が休みだった父親の秀雄も居てくれた。三井は脇目も振らずに通知表を秀雄に見せた。母親の幸枝も台所仕事を途中で放り出して、秀雄の隣に座った。三井は向かいに座って、二人からの褒め言葉を楽しみに待った。ところが、いつまで経っても褒め言葉はやってはこなかった。それどころか、秀雄の表情がどんどんと険しさを増していく。

――そんな……。

一体、何がいけないというのか。三井は不満と怒りを覚えた。

険しい表情のまま、秀雄は三井を見据えた。

「成績は良いけど、生活面の成績が悪いな。特に協調性と意志表示能力の評価が極端に低い」

秀雄は厳格な性格ではあったが、ほとんどの教科で最高点を獲ったにもかかわらず、まさか褒め言葉の一つも無いとは、予想し得なかった。期待感が反抗心に変わった三井は、憎しみを込めて秀雄への視線を外した。

そんな三井に同情の目を向けた幸枝は、秀雄に向き直った。

「でも、お父さん。隼人は勉強頑張ったんだから」

「幾ら勉強が出来ても、人と上手く付き合えない奴は社会に出た時に信用されなくなるんだ」

秀雄は叱るように幸枝に言った。幸枝は溜息交じりに「そうね」と言って小さく頷くと、もう何も言わなくなった。

社会っていうのは、何がそんなに偉いんだ。三井は沸々と沸き立つ怒りの矛先を得体の知れない、その社会とやらに向けた。

「ぼ、ぼ、ぼ、僕……」

「隼人、もっとゆっくり喋ってみなさい」

秀雄は三井の言葉を遮り、通知表を閉じた。

三井は悔しくて泣いた。泣きながら、懸命に喉の奥から言葉を摑み出した。

「う、う、上手く、こ、こ、言葉が、で、出てこないんだよ」

「大人になったら治るから、大丈夫よ」

やっとの思いで吐かれた三井の悲鳴に、幸枝は遥か昔にどこかの医者から言われた言葉を反芻しただけだった。

——そんな保証が、どこにあるんだよ……。

三井は心の中で嘆き続け、悲しみに暮れた冬休みを過ごした。


大学生活も後半に入った頃に、ようやく三井の喋り方はまともな状態になりつつあった。口の形に意識を注ぎながら、一語一語をゆっくりと話す。そのような地道な訓練を、あの冬休みの時からずっと続けてきたお蔭だった。努力が実って、何とか就職活動にも間に合った。長かったトンネルの先に光を見出した三井は、秀雄、幸枝と共に胸を撫で下ろした。世の中は就職氷河期という単語が頻繁に飛び交っていた。多くの学生が行き詰まりを見せていたが、大学の教授は常に上位の成績を修める三井の一流企業への就職に太鼓判を捺してくれた。周囲の期待を一身に受けて、三井は面接の猛特訓に励む日々を送った。

三井が最初に就職試験を受ける企業に選んだのは、名のあるスポーツ用品メーカーだった。この企業は様々なスポーツイベントの協賛に名を連ね、何よりもサッカーの日本代表の冠スポンサーとして有名だった。決して、三井はスポーツが好きだった訳ではない。むしろ、子供の頃からスポーツには無縁で興味も無かった。真っ先に試験を受けようと決めたのは、単に社のロゴマークが格好良くて好きだったという理由だけだった。

　筆記試験は上々だった。問題は、この後に待ち受ける面接試験だったが、今までの訓練の成果を信じて三井は待合室で待っていた。

「三井さん」

「はい！」

　係員の呼び掛けに、三井は緊張を引き連れて面接室へと入った。面接室には、まだ三十代前半に見える若い男性社員が長机に座っている。この若さで人事を任されるのかと、三井は世界に冠たるスポーツメーカーの懐の深さに胸を弾ませた。

「それでは、まず、三井さんが当社を選んだ理由から教えて下さい」

「はい。私は御社の製品を子供の頃から使っておりまして……」

　三井は想定問答を何度もイメージトレーニングしてきた。大学の教授を実際の面接官に見立てた仮想面接も、不安が拭えるまで繰り返した。にもかかわらず、本物の面接官の全てを観察するような鋭い眼光は、三井の喋りのリズムを徐々に狂わせ始めた。

「わ、私も、御社の製品作りに、た、携わってみたいと思ったからです」

　少々どもってしまったが、何とか切り抜けたと三井は安堵した。誰だって緊張すれば、あのくらいどもってしまう事はあるはずだ。口の形に気を付けて、落ち着いて喋れば大丈夫だ。三井は次の質問に身構えた。

「三井さんが当社に入社した場合に、やってみたい事はありますか？」

ゆっくりと、ゆっくりと。そう心の中で念仏のように唱えた事で、却って三井は自分に足枷を嵌めてしまった。

「わ、わ、私はお……御社で……」

三井は慌てた。慌てたせいで、おとなしくしていた病魔が騒ぎ始めた。

――ゆっくりと、ゆっくりと……。

顎が痛み出し、膝に置いた手を強く握り締めた。言葉が……。三井は頭の中に用意しておいた回答文章から、矢庭に一番出しやすい単語を探した。

「ス、ス、スポーツの、さ、さ、さ、更なる発展に……」

面接官の表情が曇ったのは分かっていたが、三井は前に進むしかなかった。

「き、き、き、寄与して……」

「はい、分かりました」

面接官は三井の言葉を遮断した。それは、紛れもなく不採用の通達だった。三井は血走った眼を面接官に向けたまま、痛みが走るまで舌を噛んだ。

その後の就職試験もことごとく散った。三井は大学教授の太鼓判なんてものは、何の手形にもならない虚しい空論だった事を思い知らされた。

大学は主席で卒業した。それが、前代未聞の事態となってしまった。一流の仲間入りをしている大学の主席卒業生が、就職活動では完敗したからだ。その余波は、三井の汚名だけに留まらず、大学の汚名にまで発展する結末となった。


三井は部屋に閉じ籠もった。自分に課せられた残酷な運命を呪いながら、毎日のようにテレビゲームに明け暮れた。特に好んでやったのはサッカーゲームで、弱小チームの日本代表をワールドカップの決勝トーナメントに進出させるまでに上達した。ゲームは空想世界と同じだった。思うがままに生きられて、思うがままに羽ばたける。

決勝トーナメントの大事な初戦で、三井は試合開始のホイッスルと同時にコントローラーのボタンを押しまくった。前半戦は絶好の得点機会があったものの、惜しくも相手キーパーの好セーブに阻まれて無得点に終わった。後半戦に入ると、三井の集中力は一段と増した。さすがに対戦相手も決勝トーナメントまで勝ち進んだだけあって、手強い。試合も終盤に差し掛かり、三井は更に画面に集中した。

そこへ、ドアがノックされる音が聞こえた。だが、無視した。

「隼人、いい加減に部屋から出てきなさい」

秀雄の声は大音量で流れるゲームの音楽によって瞬く間に掻き消された。ドアに鍵は付いていなかったが、秀雄も幸枝も決してドアを開けようとはしなかった。

ここ一カ月くらい、三井はトイレと風呂以外は一歩も部屋から出ていなかった。だから、ほとんど両親とは顔を合わせていない。幸枝は食事を部屋の前までそっと届け、秀雄はこうしてたまにドアをノックする。それが、数少ない接点だった。

「お前が甘やかすから、いけないいんだ」

いつものように、部屋の外では秀雄が幸枝を叱責している。

「隼人……」

幸枝の悲痛な声が微かに部屋まで届く。しかし、その声もゲームの中で沸き起こった歓声に呆気なく消された。三井はコントローラーを床に置いた。均衡を破って、遂に日本代表がゴールを決めていた。秀雄と幸枝の声は、もう聞こえない。シュートを決めたプレーヤーが、画面を縦横無尽に走り回って喜びを爆発させている。その胸元には、かつて憧れたスポーツ用品メーカーのロゴマークが誇らしげになびいていた。

〝バタン〟と階下で物音がしたのは、ちょうどサッカーゲームの試合で勝負がついた時だった。最初は気にならなかったが、徐々に妙な胸騒ぎを覚えた。三井はトイレに行くついでに階下に下りた。台所には誰もおらず、居間を見渡した。そこにも、誰の姿も見えず、特に変わった様子も無い。やはり気のせいかと部屋に戻ろうとした時だった。どこからか呻き声らしきものがした。三井は恐る恐る居間の中央まで足を運んだ。すると、ソファの横に倒れた秀雄が、もがき苦しんでいた。「お父さん！」。三井は声にならない声を発して、しゃがみ込んだ。

「……救急車……救急車……」

秀雄が虫の息で必死に呟いた。

三井は慌てて電話がある廊下に飛び出した。受話器を取り、ダイヤルボタンを見つめる。救急車は……。錯乱する手で、一一九番を押した。僅かなコール音のすぐ後に女の声がした。

「はい、こちら一一九番です。どうされましたか？」

三井は緊急事態を告げるべく、口を開けた。だが、言葉が出ない。

「もしもし、こちら一一九番ですよ」

「……」

「もしもし、大丈夫ですか？」

「……」

「何も無ければ電話を切りますよ。宜しいですか？」

――待ってくれ、もう少しで言葉が……。

〝プー、プー、プー〟。耳元で鈍い電子音が流れ始めた。三井はやり場の無い怒りで、叩き付けるように受話器を置いた。その時、玄関のドアが開いて幸枝の声がした。

「ただいま」

三井は玄関まで駆け出した。

買い物袋を提げて靴を脱いでいた幸枝は、顔面蒼白の三井を見て驚いた。

「どうしたの？　隼人」

三井は秀雄の危機を伝えようと、口を開けた。しかし、尚も口から言葉は出てきてはくれなかった。幸枝は三井の様子から何かが起こったと察知して、急いで居間に入った。

「お父さん！　お父さん、しっかりして」

買い物袋が床に落ちた。幸枝は倒れている秀雄に走り寄って、腕を擦った。

「隼人、救急車は呼んでくれた？」

幸枝は泣きそうな声を出して、呆然と突っ立っている三井を見上げた。言葉を失った三井は、小刻みに首を横に振った。

「何で呼んでくれなかったの！　お父さんが死んじゃったら、どうするのよ！」

幸枝はヒステリックに三井を責めた。

取り乱した母親も、倒れている父親も、そして世の中の何もかもが怖くなり、三井は身の危険を感じて逃げるように家を飛び出した。

何かが背中に当たった気がして、くちなしは目を覚ました。

成瀬達が引き揚げた後、あのまま、また路上で一眠りしていた。嫌な夢を見たようで気怠かったが、くちなしは背中に当たった物が気になって、のそっと上体を起こして振り返った。

——確か、あの子は……。

見覚えのある少年が、すぐ傍に立っている。背中に当たったのは、どうやら近くに転がっているサッカーボールのようだった。あいつが、こっちに向けて蹴ったのだろうか。くちなしは訝しげな表情を少年に見せた。すると、その少年は徐に転がっているボールまで近づいて来て、くちなしを見下ろした。生意気な奴だと、くちなしは一瞥をくれてやったが、少年が着ているサッカーのユニフォームの胸元に目が行った。そこには、あの好きで堪らなかったロゴマークが太陽の光で輝いていた。


「どうだ」

当然のようにロミオが言った。

ボールは間違いなくゴールを外れる軌道を描いて飛んでいた。だから、キーパーの成瀬は動かなかったのだ。ところが、成瀬が軌道の終着点に目を向けると、ボールは無情にもゴールネットを突き刺して、人を小バカにしたようにそこに転がっている。

「まぐれだよ」

ロミオのマークに付いていたショートが負け惜しみを前面に出した。

「バカ言え。狙ったんだよ」

信憑性の薄いロミオの主張に、そこに居る誰もがショートと同様に偶然だろうと推察した。

それでも、今のロミオのシュートはチーム内に多大なインパクトを与え、待ち受ける本番への勇気を確実に植え付けた。

「いいぞ、ロミオ」

近くで練習を眺めていた社長も鼓動の高鳴りを感じて、大声で賛辞を贈った。

そんな中、先生は先刻より気掛かりだった事を口にした。

「それにしても、コーチは遅いな」

先生の言う通り、この時間になっても来ないのは変だと成瀬も思っていた。

「何かあったのかな」

そう言うと、板前があからさまに不安な表情を浮かべた。

「学校で居残りでもさせられてるんだろう」

皆を安心させようと、成瀬は努めて明るく振る舞った。

「……あなた」

どこかで聞き覚えのある声だった。近くて、遠い、そんな声。振り向いた成瀬は、直後に体を一瞬で凍りつかせた。

「今度は誰だ」

ショートは続けて『また面倒な事は御免だぞ』と言い掛けたが、固まって動かない成瀬の背中を見て、それを飲み込んだ。

一変した様子に、社長が何事かと近づいて来た。

「どうかしたのか？」

「さあ、またどこかの記者でも来たんじゃないか」

少し嬉しそうに板前が答えた。

それを聞いたロミオは乱れている呼吸を整えて、取材攻勢に向けた表情を急いで作る。ただ一人、先生だけは察しがついていた。ずり落ちている眼鏡をぐいっと上げる。あの人はきっと……。成瀬とそこに佇む女との波乱を見越して、先生は心の準備に取り掛かった。

「……祐希に聞いたのか？」

息苦しそうに成瀬は美穂に尋ねた。

「こんな所で、何をしてるの？」

震える声で美穂が尋ね返す。

この二人の短いやり取りだけで、先生以外の者も十分に事態を把握した。すると、主役が困っている時は脇役のサポートが重要だと、ロミオが思い上がって動いた。

「成瀬の奥方とお見受けしましたが、私達は彼の……」

「私は、この人と話をしてるんです！」

ロミオの誤った手助けは、事態をより一層悪化させただけだった。

呆れ果てたショートが頭を抱えて呟く。

「全く、余計な事を」

撃沈された挙句に意気消沈したロミオは、その場で体を縮こまらせて俯いてしまった。

美穂は周りのホームレス達を一瞥すると、成瀬に畳み掛けるように言った。

「どういうつもりなの？　私と祐希をずっと放っておいて、何やってるのよ」

「……すまない」

「謝って済む問題じゃないでしょう！」

謝って済む問題ではない事くらい、成瀬も分かっている。だが、かつて苦楽を共にした美穂の目に溢れている深い悲しみと怒りを、今の成瀬には受け止める気力も慈愛も持てなかった。

――やはり俺には、こんな事に挑戦する資格は無かったか。

空洞化した頭の中で、成瀬は知らず知らずにまた逃げ道を探し始めていた。

「キャプテン」

ぼそりと放った先生の一言は、成瀬の心をじわじわと巣食い始めていた魔物の牙を折った。

――そうだ、俺は変わるんだ。

美穂を見つめながら、成瀬は自分自身への勝負に挑んだ。

「……ワールドカップに出るんだ」

「あなた、何を言ってるの……」

「変われるかもしれないんだ。俺」

「……そんな事を聞きたくて来たんじゃない。あなた、自分のした事が分かってるの？」

美穂は努めて抑揚的に振る舞っている。それが却って成瀬には辛く、いっそのこと、取り乱すくらいの衝動をぶつけて欲しかった。

「私達が今までどれだけ大変な思いをしてきたか……」

「……」

返す言葉が、成瀬には見付からなかった。

新聞記事や祐希の言動から、いつかは自分の所在が美穂にも伝わってしまうだろうと不安はあった。もちろん、心積もりもしていた。だが、いざその機会が訪れてみると、一切の余裕は消え失せて、ただ苦しいだけだった。このままではロミオと同様に撃沈してしまいそうで、成瀬は反射的に後ろに控える仲間のホームレス達を見た。皆、何も言わず、一様に成瀬の次の言葉を待っている。

成瀬は彼らの想いにも報いなければと、敗北も覚悟の上で最後の望みを美穂に伝えた。

「すまない。でも、もう一度だけ甘えさせてくれないか？」

「……何も、分かってないのね……もう、いいわ」

分かり切っていた答えだった。だから、美穂の出した結論を責めるつもりはない。誰だって、こんな我がままを許す筈がなく、成瀬は敗北を素直に認めようと思った。

「……すまない」

この四年間のホームレス生活の中で、常に心の奥底で共存してきた妻子と完全に決別をすべく、深く頭を下げた。これで正真正銘のホームレスになるんだな。成瀬は頭を垂れたまま、妙な感慨に浸りつつあった。

その時、美穂が感情的に打ち震える声を初めて出した。

「でも……」

息を止めて、成瀬は頭を上げた。

「でもね……あの子が……祐希がどうしてもあなたをワールドカップに連れて行くって言って、私の言う事を聞いてくれないのよ」

美穂が泣いていた。

「祐希が？」

犯した過ちは、一生かかっても償い切れるものではない。どう償えば良いのかも分からない。ただ、それを見つける唯一の方法がワールドカップへの出場に思えた。もう絶対に逃げない。成瀬は美穂の涙に誓った。

「コーチが来たぞ！」

板前が広場に伸びている並木道を指しながら叫んだ。

一斉に並木道に目を向けた成瀬達は、そこに浮かぶ光景に誰もが目を疑った。

「おい、くちなしも居るぞ！」

社長が驚きの声を上げると、ショートも戸惑ってロミオを見た。

「どうなってるんだ？」

「知らねえよ」

吐き捨てるようにロミオは言ったが、その光景の違和感に思わずニヤけた。

祐希がくちなしの手を引っ張りながら広場へと入って来る。成瀬は友軍の大将のように勇ましく登場した祐希を、じっと見つめた。

――一緒に……一緒にワールドカップに行こうな。

成瀬にとって、この瞬間からワールドカップへの出場は単なる夢ではなく、ゴールすべき明確な目標へと変わった。


思わぬ伏兵によって、くちなしという最後の砦が陥落して間もなく、成瀬達は念願のワールドカップへの申し込みを行う為に『ホーム』を訪れた。カウンターの前に一列に並んだ祐希と七人のホームレスは、申込用紙に記されている自分の名前を緊張を押し隠せずに見つめている。

「それでは、これは私から事務局に提出しておきます」

立花は不備が無い事を確認して書類を封筒に収めた。これで、やっと段取りが整えられた。

一息ついた成瀬は、立花に丁寧に頭を下げた。

「ところで、コーチ」

いつまでも封筒を目で追っている祐希にショートが声を掛けた。

「どうやって、くちなしを口説いたんだ？」

皆、この件が気になって昨晩くちなしに問い質したが、くちなしは一向に口を割らなかった。

祐希は隣のくちなしの顔をちらりと見上げると、微笑みを浮かべた。

「内緒」

成瀬も楽しそうな祐希を見て微笑んだ。

「成瀬さん」

成瀬がカウンター越しに視線を戻すと、立花が神妙な面持ちで見つめている。

「実はワールドカップに向けて、一つ問題があるんです」

問題？　人数は確保した。コーチだって、ここに居る。まだ試合が出来るレベルではないかもしれないが、一生懸命に練習はしている。この期に及んで、どんな問題があるというのか。

成瀬は胸騒ぎを覚えた。

「何でしょうか？」

「今回の開催地はロンドンです」

「シェイクスピアの聖地だ」

ロミオが興奮気味に語ったが、誰も耳を貸さなかった。

「それの何が問題なんですか？」

成瀬には立花が何を言いたいのか見当が付かなかった。開催地がロンドンである事は、『カムバック』の特集記事を読んで分かっているし、他の参加者にも早々にその事は伝えてある。

首を傾げている成瀬達を前に、立花は説明を続けた。

「ロンドンに行くにあたっては、必ず解決しなければならない事があるんです」

先生はハッとして、思わず口を開いた。

「パスポートですね？」

「はい」

立花が大きく頷いた。

先生以外の者はパスポートの何が問題なのかが分からず、答えを求めて一斉に先生を見た。

しかし、先生は深刻な表情で、ずり落ちた眼鏡を正しただけだった。

「パスポートって、申請すれば誰だって貰える物なんでしょう？」

誰しもが思っていた事を、板前が何の疑問も持たずに立花に聞いた。

「そうなんですが、申請するには、それなりの費用と戸籍が必要なんです」

「費用と戸籍……」

成瀬も、ようやく事の重大さが分かってきた。

先生は誰に言うでもなく、ホームレスにとって至極当たり前の事をぼそりと言った。

「俺達には、金も住所も無い」

成瀬達は誰一人として、その当たり前の事実が、今の今まで海外遠征の大きな障壁になるとは思ってもみなかった。成瀬はここまで行き当たりばったりに進めてきてしまった事を反省したが、今となっては踵を返す訳にもいかなかった。

「また、壁にぶち当たったな」

ショートの一言に、七人のホームレスと祐希は意気消沈して言葉を失った。重苦しい雰囲気がカウンターを漂い始める。

「皆さん」

唐突にいつもの笑顔を見せた立花が再び話し始めた。

「私は前からその問題を解決する為に、皆さんが住み込みで働ける企業を探しています」

立花の話はホームレスである成瀬達にとっては、実に突拍子も無いものだった。

「冗談だろう」

いち早く拒絶反応を示したのはロミオだった。それに続いて板前やショートも愚痴り始める。

騒然としたカウンター前に、騒ぎを耳にした何人かの事務員が慌てて奥から出てきた。

立花は同僚を制して、忍耐強く説明を続ける。

「そうすれば住所も確定しますし、給料も支払われるので、パスポートを申請する為の費用や遠征費用だって確保出来るんです」

ホームレス・ワールドカップというのは、実に良く出来たシステムだと成瀬は思った。確かに大会はホームレスを自立させる目的で開催されている。だから、大会に出場するという事は、必然的にこのように半ば強制的に社会に通じる道を歩かされる事にはなる。だが、成瀬は申請段階でここまで社会と直面する事態になるとは想定しておらず、メンバーからの反感を買う事が目に見えていた。せっかく開けた道の先に、成瀬は茨が敷き詰められていく光景が映った。

「でも、そんな簡単に俺達を受け入れてくれる所なんて見付かるのか？」

憂鬱な表情を浮かべている社長に、立花は笑顔を崩さずに説得に当たった。

「決して、簡単ではありません。ですが、私は皆さんの熱意を伝えて、善意ある企業を絶対に見付けたいと思っています」

「随分とお人好しな奴も居るもんだな」

ショートはたっぷりの皮肉を込めて言ったが、立花は諦めなかった。

「どうですか、皆さん。もし、話がまとまったら、受けてもらえますか？」

「俺、仕事なんて出来っこないよ」

板前が不安に満ちた声を出した。

その不安は伝染病のように他のメンバーにも蔓延して、各々に恐怖を伴った苦痛を全身に感じさせた。ここ数年、成瀬達はまともな労働をしていない。唯一、成瀬の雑誌販売は仕事と呼べるものではあったが、それだってただ雑誌を掲げて立っているだけの、子供にでも出来るものだった。ましてや、俳優業や野球業しか経験のないロミオやショート、更には極度の無口でコミュニケーション能力が欠落しているくちなしのような、サラリーマン文化をほとんど知らない者が揃っている。果たして仕事なんかが務まるものかと、チーム内にどす黒い影が潜んできた中、祐希が一人快活な声を発した。

「大丈夫だよ！　あんなにサッカーの練習を頑張ってやれてるんだから、仕事だって、絶対に頑張れるよ！」

「……コーチ」

先生が祐希を見つめた。

「皆でワールドカップに行くんでしょう？　僕も頑張るから」

「そうだよな。俺達、ワールドカップに行くんだもんな」

例の如く感化されやすい板前に、持ち前の明るさが戻ってきた。

「しょうがないか」

ショートも何かを吹っ切って顔を上げ、ロミオにもニヤけ顔が戻った。社長は何が面白いのか、一人で笑っている。その中で、くちなしだけは小刻みに手を震わせて俯いていた。祐希は何も言わず、その手にそっと手を合わせた。すると、徐々に震えは治まっていった。成瀬は彼らを見て、このチームは初めて一つの方向を向いたと確信した。そして、もはやチームの成長には祐希の力が必要不可欠である事も痛感した。

一気に花開いたホームレス達のやる気と情熱を、立花は笑顔のまま迎えた。

だが、現実は厳しかった。立花は毎日、足を棒にして社会貢献活動に熱心に取り組んでいる企業を回った。新聞の連載記事の助けもあって、興味を示してくれる所は幾つかあった。ところが、いざ住み込みで働かせるとなると、どこも首を縦に振ってはくれなかった。

成瀬達もいつでも仕事に取り掛かれるようにと、心構えはしていた。サッカーの練習にも励んだ。それでも来ない吉報に、徐々に焦りが募り始めていた。

何の前触れも無く、その朝は訪れた。

「すみません」

初めて聞く声で、成瀬は目を覚ました。

「ちょっと、宜しいですか？」

そう言い終わらないうちに、ブルーシートが捲られる音がした。顔に朝日が直撃して、痛い。成瀬は慌てて上体を起こすと、中を覗き込んでいる人物が目に飛び込んできたが、逆光で表情は分からなかった。

「何か？」

成瀬は強張った声を出した。

「お話がありますので、外に出てもらえますか？」

丁寧な言葉遣いではあったが、強制力を伴った口調だった。不吉な予感がした。

成瀬は言われるがままに外に出ると、薄ら笑いを浮かべた作業着姿の男が待ち構えていた。辺りを見回すと他の連中も出された様子で、成瀬達を大勢の作業員が取り囲んでいる。「早く説明しろ」。ロミオの怒号だ。板前やショートも近くの作業員に詰め寄っていて、一帯は不穏な雰囲気に包まれていた。

「すみませんね、お休み中に」

成瀬の家を覗き込んだ男は形式的な謝罪を済ませると、櫻庭と名乗った。それから、自分達は役所の公園整備局の者だと話した。

「何の用ですか？」

素知らぬ顔で聞いたが、成瀬には何となく先方の用件は想像がついた。それは、成瀬だけではない。他のホームレス達も、この状況から何となく察しはついていた。

「早速ですが、近隣住民から苦情が寄せられていましてね」

櫻庭は薄ら笑いを浮かべたまま、話を続けた。

「ご存知の通り、この公園は自治体で管理している公共財産です。ですから、私共も放ってはおけずに、こうして話をしに来た訳ですよ」

「苦情って何だよ？　俺達が何かしたのか？」

怒り心頭のショートが櫻庭に詰め寄る。

「何もしていなかったら、わざわざ来ませんよ」

櫻庭の眼光はショートを仰け反らせた。

「私達が、何をしたと？」

先生が冷静に尋ねた。

再び薄ら笑いを浮かべた櫻庭は、成瀬達をじろりと見回した。

「不法占拠ですよ」

「不法占拠？」

板前は櫻庭の言った意味が、いまいち理解出来なかったようで聞き返した。

「そうです。あなた方は公共の場所を不法に占拠してるんです」

「バカ言え、ただ住んでるだけだ」

吐き捨てるようにロミオが言った。

「何が、バカだ！」

櫻庭の怒号が公園全体に木霊した。その迫力に成瀬達は凍り付いて、息を飲み込んだ。

「この公園は住む場所ではないんです。憩いの場なんですよ」

「だから、俺達にどうしろと？」

張り詰めた空気に耐え兼ねて、成瀬は迫った。

「今すぐ、立ち退いて頂きたい」

櫻庭は冷たく言い放った。

遂にこの公園にも魔の手が伸びてきた。近隣の都心部でホームレスが一斉掃討された話を耳にしてから、成瀬達が常に恐れていた事ではあった。それでも、どこかでまだ大丈夫だとあぐらをかいていた。しかし、現実に抗えない波は、こうして押し寄せた。

「でも、私達には行く当てが無いんです」

先生がすがるように櫻庭に言った。

「そこまで役所は面倒を見られませんよ。まあ、どこか相談に乗ってくれる民間団体はあると思いますが、そこを頼ったらいかがです？」

成瀬は立花の顔を思い浮かべた。彼なら救ってくれるかもしれない。

「それと」

櫻庭の注文は尚も続いた。

「広場での運動もやめて下さい」

「えっ、サッカーも駄目なの？」

板前が本当に悲しそうな表情を浮かべた。

「ええ、駄目です」

「それは、おかしい」

先生はずり落ちた眼鏡を元に戻した。それを見た成瀬は、先生が櫻庭を論破してくれる期待を持った。

「どうして、おかしいと思われるんですか？」

櫻庭は険しい顔付きで、先生に向き直った。

「広場で運動をしてはいけないというルールはありますか？」

「いいえ、ありません」

「あなたは、先ほど公園は公共財産と仰った」

「はい」

「ならば、私達も広場で運動する権利はあるんじゃないですか？」

「残念ながら、ありませんね」

「何故ですか？」

先生の声量が一気に上がった。

「あなた方が、ホームレスだからですよ」

「ホームレスが公共財産を使用する権利は無いと？」

「権利そのものはありますが、治安が乱される可能性がある点から、私共はその権利を認めません。それに、公共財産は国民の税金で維持されている。あなた方は税金を払っていますか？」

あの先生が黙ってしまった。

「もう、宜しいですか？」

誰も反論出来ない。これで万事休すだと、成瀬は項垂れた。地面には一列に並んで移動している蟻が居た。きっと、あの蟻には家があり、目的があり、夢もあるに違いない。それなのに、自分達にはそれすらも許されないのかと虚しくなった。

「では、これから、あなた方の家を撤去させてもらいます」

そう言うと、櫻庭は作業員にホームレス街の解体を命じた。

成瀬達は体を盾にして抵抗した。「ここは、俺たちの家だ！」社長が叫ぶ。その社長の家が真っ先に嘆声を発した。続いて先生の家も……。プロの解体集団には、歯が立たなかった。板前は大切な調理道具を抱えて逃げた。先生は書棚に覆い被さった。ショートは野球の硬式球を上着のポケットに仕舞い込み、ロミオは社長と共にサッカーゴールを運んだ。くちなしは、ただ崩される街を見つめている。

舞う土埃。段ボールの潰れる鈍い音。ハンマーを振り下ろす人の影。

成瀬には、それらが全て虚構に映った。人の営みが、こんなにも簡単に消されるはずがない。

そう、思った。でも、全てが現実だった。現実に、家がもう無いのだ。

あれだけ苦労して建てたにもかかわらず、解体はあっという間に終わった。静けさが戻ったホームレス街の跡地に、先生の声が空しく反響する。

「これから、どうする？」

「どうするって言われてもなあ……」

社長が困惑して返した。

「もう、最悪だ」

板前は落ち葉の上に不貞寝した。

成瀬は切り株に座って、皆の顔を見つめた。また、情けないホームレスの顔に戻っている。

――せっかく、同じ方向に向いたばかりだというのに……。

ふと、成瀬は自分の顔に触れた。彼らと同様の顔をしていた。

「とりあえず、もうここには居られない。祐希が来たら、立花さんに相談しに行こう」

吐き出す息に、成瀬は一縷の望みを乗せた。

また一つ、ホームレス街がこの世から消えた。その事実を目の当たりにしたのは、そこに住む七人のホームレスと、朝の散歩で訪れた杖をついている御爺さんだけだった。


成瀬達が『ホーム』に行くと、立花は外出中だった。そのまま帰るのを待っていても構わないと事務員に言われたが、成瀬は遠慮した。駅に向かう道すがら、板前とロミオは待つべきだったと反発した。他の者は黙ってはいたが、暗黙が二人への同調だと窺い知れた。きっと、立花は今も自分達を住み込みで働かせてくれる所を探してくれている。それを思うと、これ以上は甘えられなかった。メンバーとの摩擦も承知の上で、成瀬は物憂い足を前に進めた。

祐希と駅で別れた後、成瀬達は久しぶりに駅前広場で夜を明かそうと乗り出した。しかし、そこには既に寝支度を整えている何人ものホームレスが居た。

「ここは俺達の縄張りだ。他を探せ」

見知らぬホームレスから乱暴に退けられた。

仕方なく、成瀬達は駅構内を歩いて寝床を探した。ところが、再開発が進んだ駅に、七人のホームレスを寄せ付ける場所はどこにも無かった。

「くそ、バカにしやがって」

ロミオは口癖を吐き捨てたが、他の者は無言で足を前に進めるだけだった。

ようやく辿り着いた寝床は、神社の境内だった。誰も何も言わず、ただ体を横にする。そして、腹の虫の音を聞きながら、眠った。

明くる日、成瀬達は神社の鈴の音で目が覚めた。一晩眠って、若干の体力は回復したものの、気力までは戻らなかった。

「そこ、どいてもらえますか？」

七人が見上げると、箒を持った巫女が見下ろしていた。

「参拝者の邪魔になりますから」

参道で寝ている訳ではなかった。ただ、ひっそりと境内の隅で身を潜めて居ただけだ。それなのに、邪魔か……。成瀬達は何も言わずに、腰を上げた。

再び七人が『ホーム』を訪れたのは、その日の夕方だった。

「どこに居たんですか？　昨日から捜してたんですよ」

立花が血相を変えて、奥から出て来た。

「色々ありまして……」

成瀬は公園での一件を立花に悟られないようにと、言葉を濁した。

「大変でしたね。ニュースで見ましたよ」

「ニュース？」

「ええ、昨晩のニュースで皆さんが公園を追い出された事を知ったんです」

ロミオが驚いた。

「そんな事がニュースになっていたのか？」

ショートは解体現場を思い起こした。

「でも、あの時、あそこには俺達しか……」

「いや、待て」

社長が声を張り上げる。

「爺さんも居たぞ」

それを聞いた先生は、合点がいったと頷いた。

「そうか。恐らく、あの爺さんが通報したんだな。それで、情報が漏れたんだ」

立花は一人ひとりに同情の目を向けた。

「とにかく、無事で何よりでした」

「大丈夫です。俺達は、どこでも生きていけますから」

そうは言ったが、成瀬の声は疲れ切っている。

「それを聞いて安心しました。実は今日、こちらにある企業から支援の申し出があったんです」

立花からの願ってもない話に、七人は身を乗り出した。

「たまたま昨晩のニュースを観た方からです。その方はこの近くでゴミの収集会社をされてるんですが、皆さんを住み込みで働かせてくれるそうです。但し、重労働です」

「ゴミの収集？　俺達が？」

板前が不満げに言った。

「いかがですか？　滅多に無い申し出です。受けてもらえませんか？」

立花の必死の説得に、七人は顔を見合わせた。ゴミ漁りは日常茶飯事だったが、収集となると相当な体力を消耗するだろう。それでは、サッカーどころではない。とは言え、拒否して、また寝床探しで邪魔者扱いをされるのも御免だった。重労働でも寝床を確保するか、それとも彷徨い続けるか。苦渋の選択だった。

「キャプテン、受けよう」

先生がはっきりと言い切った。

成瀬はメンバーを見つめた。誰も情けない顔をしてはいない。それで、決断した。


世の中、こんなにも物が溢れ返っていたのかと、ロミオはゴミ集積所に集められているゴミの山を見ながら思った。普段は食べ物や酒だけを探していたから気が付かなかったが、まだまだ使えそうな電化製品や日用雑貨が無残な姿で所狭しと晒されている。これらは近いうちに誰にも見向きもされない場所に埋められる事になるのだが、その末路と自分の人生が重なって、ロミオは数奇な運命を辿るゴミに悲哀を感じた。

「おい、ロミオ。早く上げろよ!」

トラックの荷台に大きなゴミ袋を載せたショートが切らした息で怒鳴った。

「ああ、悪い」

ロミオも急いで手近なゴミから手を付けた。あっという間に集積所を更地に戻すと、ショートとロミオはトラックの助手席に乗り込んだ。エンジンを唸らせたトラックが、ゆっくりと動き出す。

「慣れると、結構楽しいもんだな」

ショートは袖で額の汗を拭いながら晴れやかな面持ちで言ったが、ロミオは自分の手の臭いを嗅いで顔をしかめた。

「そうか？　俺はこの臭いに、どうしても慣れない」

「それはゴミの臭いじゃなくて、お前の臭いだよ」

冗談ではなく、ショートは本気でそう思った。そのやり取りを横で聞いていた年配の運転手が大声で笑い出した。

先生と板前もペアになって、近隣のゴミ集積所を回っていた。板前は不法投棄されている電子レンジをやっとの思いで荷台に載せて、その場にしゃがみ込んだ。

「もう、限界」

「頑張れ。練習時間が無くなるぞ」

先生が大量のゴミ袋を抱えながら板前を見下ろした。

「これじゃあ、練習する時には、もう体力なんて残っちゃいないよ」

板前は立ち上がると、目の前に転がっているゴミ袋を蹴っ飛ばした。

社長とくちなしのペアは街中のゴミ集積所ではなく、工場が出す産業廃棄物の回収を担当した。社長にとって工場はまさに宝の山で、工作で使えそうな物を発見しては、遠慮なくポケットに納めた。くちなしは、いつも寝ている割には体力があった。老体に鞭を打って作業をしている社長を十分に補えるだけの働きを見せ、意外にも会社の信頼を最も早く勝ち取っていた。

成瀬はゴミの収集作業の他に、時々事務の仕事も担った。本来は中年の男性社員がその仕事をしているのだが、最近になって年老いた母親の介護に追われるようになり、止むを得ず会社を休みがちになっていた。そこで、成瀬の過去の職歴を知った上層部は、その社員の代役として成瀬に白羽の矢を立てたのだ。ところが、最初は久しぶりのデスクワークに戸惑い、戦力にはならなかった。一番の古株である中年の女性社員からパソコンの入力方法を一から教わったものの、簡単な資料の作成ですら手こずった。だが、徐々に昔の感覚を取り戻してくると、周りの手を煩わせる事も少なくなり、成瀬はどうにか独り立ち出来た。

社内に休憩時間を知らせるチャイムが鳴った。成瀬は食堂に行って、特別に用意された賄い食を摂りながら、『カムバック』のワールドカップの特集記事を眺めた。

――もうすぐ行ける。

成瀬のワールドカップへの思いは、住み込み労働を始めてから日に日に強くなっていった。

七人のホームレスの勤務時間は午前八時から午後二時までだった。これは通常よりも短い勤務時間だったが、会社の計らいで午後二時以降はサッカーの練習時間に充てさせてくれていた。練習場所も公園の広場から会社の中庭へと移り、見物人は不特定多数の公園の来園者から特定多数の会社の従業員に変わった。がらりと環境が変わってサッカーに集中出来るようになると、祐希のコーチとしての熱も日を追う毎に上がっていった。成瀬達は仕事の疲労を抱えながらも、毎日懸命にサッカーボールと向き合う日々を送った。

メディアの動きも活発になった。某大手放送局は成瀬達のゴミ回収作業や練習風景を撮影し、夜のニュースの一コーナーで流した。テレビの取材の話があった時、成瀬達は断固拒否した。これは過去に公園で受けたインタビューでの苦い経験からだったが、新たなスポンサーの獲得や様々な援助物資獲得の足掛かりになり得るとの立花の助言があって、渋々受け入れた。その結果、立花の予想は見事に的中し、スポンサーに立候補する企業が幾つか現れて功を奏した。ただその半面、メディアのとてつもなく大きな影響力のせいで、瞬く間に七人のホームレスは日本中の注目を集める存在となっていった。それを知らなかったのは、仕事と練習に専念してテレビやインターネットが発信する情報に触れていなかった成瀬達だけであった。

中庭を通り掛かった若い女性社員がゴールを決めた先生に声援を送った。

「先生、ナイスシュート！」

先生は照れながらも手を振ってそれに応えた。

先日、遂にパスポートの申請も終えた成瀬達に、いよいよワールドカップへの序曲が確実に聞こえ始めていた。

事務室の隣にある十五畳ほどの従業員専用の休憩室が、居住地として成瀬達に提供された場所だった。これまでと違って、畳の上に敷かれた分厚い布団での寝心地は格別だったが、社長の騒音とも呼べるイビキだけは不快極まりなかった。しかし、これもワールドカップの為だと、耳栓をしたり布団の中に潜ったりと対策を講じながら、皆辛抱した。ただ一人、くちなしだけはいつも真っ先に眠りに落ち、今夜も既に軽い寝息を立てている。

「あー、疲れた。俺、本当に限界かも」

板前が倒れ込むように布団に横たわった。

弱音を吐く板前に、仰向けになって裸電球を眺めていたショートが言った。

「疲れるけど、不思議と気持ち良くないか？」

「そうか？　でも、まあ確かに言われてみれば、そんな気もするけど」

板前が何度か頷くと、先生は読んでいる本から顔を上げて微笑んだ。

「それは、良い汗を流している証拠だよ」

「俺は早く勝負を終わらせて、こんな重労働から解放されたいぜ」

そう言い終わると、ロミオはグラスに泡立っている黄色い液体をゴクゴクと飲み始めた。

それを目の当たりしたショートが、慌ててロミオを睨み付けた。

「お前、禁酒したんじゃなかったのかよ」

「美味い」

気にする様子も見せず、ロミオは半分に減ったグラスの液体をまじまじと見つめた。

他の者も驚いて、ロミオの手に持たれているグラスに目を向けた。あれは、どこからどう見てもビールだった。酒を断つと決めたロミオの意志は固いと、誰もが信じて疑わなかった。実際、禁酒宣言以降に酒を飲んでいる姿を見ていない。それ故に皆のショックは大きく、信じられない光景に成瀬も落胆して肩を落とした。

「これは、酒じゃねえよ」

ロミオは上唇に残した泡を舐めると、ニヤけながら言った。

そのふてぶてしい態度に腹を立てた板前がグラスを顎で指した。

「じゃあ、何だよ？　それは」

「これは、ビールテイスト飲料ってやつだ」

「ビールテイスト？」

聞き慣れない名称を成瀬は繰り返した。

「見た目も味もビールに近いが、アルコールは入っちゃいない」

「ああ、あれか。俺も拾って飲んだ事がある」

板前がポンと手を叩いた。

「俺が禁酒したって、新聞に載っただろう。それで、どこかの心優しい俺のファンが贈ってくれたんだ。初めて飲んだけど、なかなかイケるぜ」

ロミオは美味しそうにグラスの中身を一気に飲み干した。板前とショートは騙されたと機嫌を損ねたが、先生は疑ったお前達が悪いと二人を笑い飛ばした。成瀬はホッとしたせいか、急に眠気を覚えて欠伸が出た。

「よし、出来た！」

社長の弾けた声で、成瀬の睡魔は早々に退散した。

ここ数日、社長が黙々と何かを作っているのは、皆知っていた。何を作っているのかも気にはなっていたが、あまりにも夢中になっている社長に誰も話し掛ける者は居なかった。

ようやく工作を終えた社長に、板前が苦笑いを浮かべて尋ねた。

「社長、今度は何を作ったんだ？」

「お前ら、今回もきっと喜ぶぞ」

社長が嬉しそうに見せたのは、手持ちサイズの小さな金属棒だった。

「また、変なものが出てきたぞ」

ショートは訝しげにその棒を眺めたが、それが何なのか皆目見当が付かなかった。

「聞いて驚くなよ。これはな、マッサージ機だ。お前らが練習で疲れてるだろうと思ってな、作ってやったんだよ」

五十代も後半に差し掛かった社長だって、産業廃棄物の回収仕事は誰よりもしんどいはずだと、皆分かっている。それなのに、毎晩遅くまで縁の下の力持ちとして共に闘ってくれている社長の心意気が、成瀬には堪らなく嬉しかった。

「おっ、いいね。俺にやってくれよ」

板前は一目散に飛び起きて社長の前に座った。

「いつも、お前が一番だな」

大声で笑った社長は、「じゃあ、早速」と金属棒の先端を板前の右肩に当てて、赤いボタンを押した。次の瞬間、凄まじい勢いで金属棒の上部が振動した。

「痛てててっ」

板前が悲痛な叫び声を上げた。

電源を止めた社長は板前には目もくれずに、振動部分を触って確かめた。

「あれ、ちょっと強過ぎたかな」

成瀬達は堪らなく可笑しくなって、腹の底から笑った。その笑いに誘われるように、半べそになっていた板前も、右肩を押さえながら「エヘヘ」と笑い出した。

そこへ、ドアをノックする音と共に年配の警備員が顔を出した。

「先生は居ますか？」

笑いながらドアに目を向けた先生に、警備員は続けて言った。

「お客さんですよ」

先生の笑顔に陰りが帯び、部屋全体が水を打ったように冷たく静まり返った。

「……俺に？」

「はい」

皆、黙ったまま先生を見つめる。先生は無理して作り笑いを見せたが、戸惑いは隠せずに徐に立ち上がった。

成瀬は不安になって、遠慮を控えて言った。

「先生、俺も行こうか?」

「いや、俺一人で大丈夫だ」

そう言うと、先生は警備員と一緒に部屋を出て行った。

「こんな時間に誰なんだろう」

板前が心配そうに言った。

成瀬は美穂の顔が頭に浮かんだまま、鈍い音を立てて閉まったドアを見つめた。


薄暗い事務所に先生が入ると、応接スペースの一角だけ灯りが残っていた。その仄かな灯りが先生の緊張を更に高める。あそこで誰が待っているのだろうか。かつての家族か、それとも……。先生は腹をくくって、鉛のように重たくなった体をそこへ向けた。灯りの中にソファが浮かび上がる。そこに佇む小さな背中が見えた。

その背中に、先生は思わず足を止める。

——あれは……。

顔を見なくとも、先生には来訪者が誰なのかが分かった。だからこそ、なおさら憂鬱になり、根を生やした足を動かすのに苦労した。

来訪者が背後の先生の気配に気付いて振り向いた。心拍数が先生にまで聞こえそうなほどに緊張している様子だ。来訪者は慌てて立ち上がると、一気に表情を崩した。

「……先生」

「……お久しぶりです」

先生はゆっくりと頭を下げた。

早川は口に手を当てて、涙と一緒に漏れる嗚咽を抑えた。


何となく社内で話をするのは気が引けて、先生は早川を近所の遊歩道に誘い出した。月明かりの下で、先生は若き日に味わった幸福と絶望を錯綜させながら、久々に早川と一緒に歩いた。何故、今頃になって訪ねて来たのかと気になったが、その事には触れずに黙って早川の言葉を待っていた。

「先生、凄いですね」

昔とちっとも変わらない話し方に、先生は動揺して声が上ずってしまった。

「何が凄いんですか？」

「だって、新聞にもテレビにも出ていて、有名人じゃないですか」

「あまりテレビは観ないから、有名人だなんて実感は無いですよ」

「そうなんですか」

早川は少し淋しそうに俯いた。

先生は早川の少し後を歩きながら、今こそ積年の想いを伝えねばと思った。しかし、それをどう伝えれば良いのか分からず、幾ら考えてみても頭に浮かぶ言葉はどれも言い訳にしか思えなかった。このままでは出口の無い迷路を歩き続けてしまうような気がして、先生は突破口を見出すべく、歩みを速めた。

「早川さん」

「……」

先ほどまで笑っていた早川が、俯いたまま何も応えてくれなかった。代わりに、近くの木に止まっていた蟬が羽をばたつかせた。新聞やテレビで観ているとは言え、この変わり果てた自分の姿が、早川を落胆させてしまったのかもしれない。いよいよ、迷宮に入ってしまいそうになった先生は、怖気づいた。

だが、いつまでもこうしている訳にもいかず、先生は再び呼び掛けた。

「早川さん？」

「……」

早川が肩を小刻みに震わせている。先生はその震える肩を見て、二の足を踏んだ。

「大丈夫ですか？」

「……先生」

早川はようやく応じてくれたが、悲しみに満ちた声に、先生は息が詰まった。

「敬語はやめて下さい。それに私を呼ぶ時は、麻央でいいです」

早川の凛とした言動に、先生はまたもや緊張した。そんな事を言われても、昔のように振舞う事など出来る訳がなかった。狼狽えながらも何とか気持ちを落ち着かせた先生は、早川の期待には少しでも添うようにと心掛けた。

「……麻央さん」

「麻央でいいです」

強情な所も昔とちっとも変わっていないと、先生は更に狼狽えた。

「いや、やっぱり、その……」

「お願いします。そうして下さい」

その強情さに、先生は昔と同じように折れた。

「じゃあ……麻央」

「何ですか？」

早川の一点の曇りも無い澄んだ瞳が、真っ直ぐに先生を捉えた。先生はその瞳を見て、全ての雑念が吹き飛んだ。

「……本当に、すまなかった」

先生は辛い思いをさせてしまった早川に、きちんと詫びていなかった事を、長年後悔していた。その後悔を晴らす千載一遇の機会が訪れたが、絶えず頭で考え続けた謝罪の言葉は影を潜め、先生はただ一言だけを発して深く頭を下げた。

「私ね、高校を卒業してから、ずっと先生を捜していたんですよ」

先生が驚いて顔を上げると、早川は満天の星を見上げていた。

「どうして？」

「だって私、ずっと先生の事が好きだったから」

その告白に、先生も天を仰いだ。

あれから十年近く経った今でも、まさか想い続けてくれていたとは、夢にも思わなかった。教え子の体を弄んでは傷つけ、無責任に命を創っては消してしまった。にわかには受け入れられない現実。犯した罪の重さに耐えかねて、逃亡犯のように逃げ続けた。そんな俺を、どうして……。先生は激しい空虚感を突き付けられた。

「どう償えば……」

胸の内を、先生は反射的に吐き出した。

「そんな事はいいんです。私が勝手にした事ですから」

早川は微笑んだ。屈託の無い笑みだった。先生は自分の残像を呪った。もう、断じて早川を縛る事は許されない。

「もう、俺は君の先生でも何でもなく、ただのホームレスだ。だから、俺の事なんてもう相手にしないで、新しい人生を歩んで幸せになって欲しい」

「新しい人生を歩むのは、先生も一緒でしょう？」

先生にとって、その問いはまさしく光明だった。ホームレス・ワールドカップ、それこそが贖罪。かつて、心の底から愛した人の導きによって、先生は体の芯から漲る力を感じて頷いた。

「そうだね」

頭を下げた時から落ち掛かっている黒縁眼鏡を、先生は片手で元の位置に戻した。それを見て、早川が笑った。

「どうかしたか？」

「先生、眼鏡を上げる癖、まだ直ってないんだね」

癖があるなんて思ってもみなかった。言われてみれば、確かによくやっている仕草だ。先生は妙に恥ずかしくなった。

「先生。私、ロンドンまで応援に行くからね！」

早川は楽しそうに言った。

遥か上空では、突如流れ星が出現した。その光は二つの明るい星の間をすり抜けて、瞬きをする間も無く消えて行った。

授業の合間の休み時間が、祐希は嫌いだった。前日のくだらないバラエティー番組の感想の言い合いや、流行りの文房具の見せ合いのどこが面白いのか、さっぱり分からなかった。それに、一日の大半を同じ連中と過ごさなければならないのに、休み時間まで付き合ってはいられないという気持ちも強かった。だから、授業が終わった途端にクラスメートとの接触を避けて、本を読んだり、仮眠をとったりしている。それが、最近はホームレス・ワールドカップに挑むコーチとして、来るべき勝負の時に向けて練習メニューを考える時間に充てていた。そのお蔭で嫌いだった休み時間が、今では学校生活の中で最も楽しい時間に変わっている。

　そろそろ、メンバーのポジションを決める必要があるなと考えていた祐希は、一時間目の授業が終わると、早速練習ノートを広げた。まず、七人のホームレスの一人ひとりの名前を書き留め、その横に適任と思われるポジションを記した。

「祐希」

　この声はあいつか。どうせ、ろくな用件ではないと思ったが、仕方なく祐希はノートから顔を上げた。やっぱり、同じサッカークラブの細貝篤志と島根航、キャプテンの西城恭介だった。この三人はいつも一緒に居る。

　細貝がニヤニヤしながら、祐希に茶々を入れた。

「お前の父ちゃん、乞食なんだろう？」

　島根と西城も意地の悪そうな笑みを浮かべている。祐希はカッと顔が熱くなり、鉛筆を握っている手に力が入った。

「何か、恵んでやろうか？」

そう言うと、島根はズボンのポケットから消しゴムの欠片を取り出して、祐希の机に転がした。祐希は悔しくて、悔しさのあまりに目が霞んだ。でも、こいつらには何を言っても無駄だと、黙って耐えた。

「やめなよう。先生がその事は、成瀬君には言わないようにって、言ってたでしょう」

前方に座っている学級委員の女の子が三人を注意した。

祐希は、それで驚いた。自分の知らない所で、担任教師は箝口令を敷いていたのか。怒りが、じわじわと込み上げる。

――皆で、バカにしやがって。

祐希は目の前の三人組を睨み付けた。

「あのさ」

西城が机に両手を付いて、祐希を間近で見下ろした。

「乞食のワールドカップに出るなんて日本の恥だから、やめろって、父ちゃんに言っておけよ」

殴り掛かろうとした時、チャイムが鳴って担任教師が教室に入って来た。三人組はそそくさと自分の席に戻り、何事も無かったかのように授業を受け始める。周りで見ていた生徒達も、何食わぬ顔で黒板に目を向けていた。

祐希は島根が机に残して行った消しゴムの欠片を見つめ、鉛筆の先を力任せにそこに刺した。ポキリと音を立てて、朝、削ったばかりの芯が折れた。

横切った車が水溜まりを弾いて、美穂のズボンを泥水で湿らせた。昼過ぎから、急に雨脚が強くなった。買い物袋の中にも、雨水がぽたぽたと滴り落ちている。早く着替えて体を温めたい。美穂は傘を打つ雨音に合わせて歩調を速めた。

アパートの前に差し掛かると、祐希が傘も差さずに、ブロック塀に向かってサッカーボールを蹴っていた。全身、びしょ濡れだった。

美穂は驚いて、声を飛ばした。

「何やってるの？　風邪ひくでしょう」

聞こえていないはずはなかった。だが、祐希は振り向きもせずに、一心不乱にボールを蹴り続けている。何かあったのだと、美穂は直感した。

「祐希？」

差している傘を祐希の頭上にかざす。小さな肩が激しく動き、体中から蒸気が放たれている。

美穂は買い物袋を濡れた地べたに置いて、しゃがみ込んだ。

「どうしたの？」

祐希は顔を皺くちゃにして泣いていた。

――この泣き顔……。

幼い頃に父親の事件の事で、友達にからかわれた時に見せたものと同じだった。この子は本当に父親が好きなんだと、美穂は事の成り行きを安易に想像出来た。

「もう、お父さんの所に行くのはやめよう」

「行く！」

祐希は近所にも聞こえるくらいの泣き声を上げた。

これほどまでに祐希を苦しめた子を、美穂は叱り飛ばしたい衝動に駆られた。しかし、この苦しみを与えている確信犯は、紛れもなく自分であり、父親であった。これ以上続けさせると、もっと深い傷を負わせる事になる。美穂は鬼になろうと決めた。

「お父さんと会えば会うほど、辛い思いをするのは祐希なんだよ」

祐希は止まらない涙を何度も拭った。

「お母さんから、ちゃんと話しておくから」

真っ赤な目が、美穂を真っ直ぐに見据えた。

「嫌だ」

「祐希！」

咄嗟に美穂は怒鳴ってしまった。

祐希は止めどなく流れ出る涙を雨で流しながら、再びブロック塀に向かってボールを蹴り始めた。そして、しゃくり上げながら言った。

「だって、約束したんだもん。お父さんと一緒に、ワールドカップに行くって！」

美穂は後悔した。祐希は思っている以上に強くて、思っていた以上に自分自身と闘っている。

だから、決して祐希の進みたい道を閉ざそうとしてはいけなかったのだ。

美穂は立ち上がって、傘を畳んだ。それから、祐希がボールを蹴るのをやめるまで、雨と共に見守った。


ロミオのシュートは大きくゴールの枠から外れた。

「どこに蹴ってるんだよ」

ゴールを守っていた板前が、ブツブツ文句を言いながらボールを拾いに走った。

公園で練習していた時に一度だけ、ロミオは大きな弧を描いてゴールネットを揺らすボールを蹴った事があった。その時は狙ったと見栄を張ったが、全くの偶然だった。だが、偶然の、あのシュートの美しさにのめり込んだロミオは、曲がるシュートの練習を密かに重ねていた。それを試してみたのだが、そんなに容易く成功するはずもなかった。

ショートは腰に手を当てると、肩で息をしながら言った。

「酔っぱらってるのか？」

「うるせえ」

ボールを抱えて戻ってきた板前が、中庭に立て掛けてある大きな時計に目をやった。

「コーチはまだか？」

日曜日の練習の開始時刻を午前九時と決めたのは祐希だったが、既にその時刻は大幅に過ぎている。

「コーチが遅刻しちゃあ、駄目だよな」

ベンチに座った社長がおどけて言うと、隣に座っているくちなしが中庭の出入口を見つめた。誰の姿も無く、現れる気配も無い。

「コーチだって、色々と都合があるんだ。たまには休んでもらったって、構わないだろう。なあ、成瀬」

先生はそう言うと、成瀬に向けてパスを出した。

「そうだな」

ボールを受け取りながら、そうは答えたものの、何かあったのではないかと成瀬は少し心配になっていたところだった。詳しくは聞いていないが、巻き込んでしまったせいで、祐希に嫌な思いをさせてはいないだろうかと危惧している。友達にからかわれていないか。美穂との関係はこじれていないか。あれこれと考えているうちに、成瀬の不安は増幅した。

「おっ、噂をすれば何とかだ」

ロミオが中庭の出入口を見ながら言った。

ようやく姿を見せた祐希はいつもと変わりはなかったが、珍しく美穂を連れて来た。ロミオは公園での一件を思い出して、体を硬直させる。

「コーチ、遅いじゃないか」

ショートが笑みを浮かべて声を張り上げた。

「ごめん」

軽快に走って来た祐希に、成瀬はボールを蹴って渡した。

「コーチ、今日は何の練習をするんだ？」

板前が目を輝かせながら祐希に走り寄る。

「今日はコーナーキックの練習だよ」

祐希が練習ノートを広げると、瞬く間に祐希の周りに輪が出来た。

成瀬は輪の外からその様子を安堵の表情で眺めていたが、すぐ傍まで美穂が近づいて来たのを見て、まごついた。

「いつも、こんなに楽しそうに練習してるの？」

「ああ」

「……そう」

穏やかな声だった。今までに感じた事の無いその雰囲気に、成瀬はつい横顔を覗いた。そこにあったのは、吸い込まれるほどに澱みの無い、深く透き通った眼差しだった。

「ねえ」

ドキッとして目を逸らした成瀬に、美穂はうっすらと光らせた目を向けた。

「あの子の事、よろしくお願いします」

先日の美穂とは、まるで別人だった。落ち着き払った表情や慎ましい話し方は、どことなく、美穂が完全に自分とは無関係な人間になってしまったように思われた。

物悲しさを覚えた成瀬は、つい口走った。

「何か、あったのか？」

「ううん」

それっきり、美穂はホームレスと無邪気に走り回る祐希を見ては、クスクスと笑うだけだった。何かがあったのは間違いない。でも、今はそれを確かめる時ではないと、美穂の淑やかな笑い声を聞きながら成瀬も祐希に目を向けた。


朝一番に編集部から原稿訂正の指示があり、間宮は大いに機嫌を損ねていた。編集部の言い分としては構成に問題は無いが、不適切な表現が幾つか交じっており、それらの修正が必要との事だった。間宮は激怒した。指摘された部分は、間宮がどうしても残したい、ホームレス達の活きた言葉だったからだ。ホームレスの世界をリアルに伝えるには、多少の汚い表現を使うのは致し方ないとの思いがあり、あえて彼らの言葉をそのまま載せた。にもかかわらず、その意図を無視される結果となった間宮は、憤慨が治まらなかった。そんな間宮の鬱憤を出社早々から見せられていた安部は、インターネットで地元ネタをコツコツと探す事に専念していた。

電話がけたたましく鳴ったのは、安部が地元生産の野菜がヨーロッパで評判を呼んでいるとのブログを発見した時だった。どうせ、またホームレス・ワールドカップの連載記事についての問い合わせだろうと、安部はパソコンの画面に目を向けたまま、片手間に受話器を上げた。

「はい、大日新聞社、制作部三課です」

「あの……」

「はい」

「……」

「こちら大日新聞ですが、どちら様でしょうか？」

先方の名前と用件を耳にした途端、安部は読んでいたブログから目を離した。電話口の向こうに居たのは、ただの興味本位で掛けてきた新聞の購読者ではなかった。それどころか、今後の連載記事に面白みと深みを与えてくれるかもしれない重要な人物だった。安部は急いで先方の話を中断させた。

「少々、お待ち下さい」

安部は電話機の保留ボタンを押した。

「間宮さん」

呼び掛けには応えず、間宮は原稿から目を離さずに頭を抱えたままだった。

無視かよ……。受話器を持ちながら、安部は焦りが積もった。

「間宮さん！」

「何よ？」

間宮が原稿を見たまま苛立った声を発した。

やっと相手にしてくれた間宮に、安部は受話器を差し出した。

「この電話、対応して欲しいんですけど」

「誰から？」

「記事に写っているホームレスが、自分の息子かもしれないって言う女性からです」

「早く、言いなさいよ！」

間宮はそう言って反射的に立ち上がると、安部が握っている受話器を奪い取り、素早く保留を解除した。片手には、紙とペンがある。安部はその一寸の狂いも無駄も無い動作に、やはりこの人には勝てないなと溜息を漏らした。

「お待たせしました。間宮と申します。もしもし……もしもし……」

応答は無かった。間宮は静かに受話器を置いた。

「切れてましたか？」

「うん」

果たして、誰の母親からの電話だったのだろうか。間宮は机の上に乱雑に広がっている七人のホームレスの写真に目を落とした。それから、電話機のボタンを一つ押した。ディスプレイに着信番号が映っている。間宮はもう一度彼らの素性を洗い直すべきかどうかを、その番号を見つめて悩んだ。

〝ブチ〟という鈍い音が聞こえた。幸枝は薄暗い廊下で、受話器を耳に当てたまま横を向いた。

「お父さん……」

フックスイッチに手を掛けた秀雄が静かに言った。

「やめるんだ」

「だって、隼人かもしれないのよ」

秀雄はフックスイッチから手を離すと、返事をせずに廊下の階段を上り始めた。

「お父さん！」

「お茶を持って来てくれ」

「あれは、絶対に隼人よ！」

「違う！　隼人は……隼人は、死んだんだ」

冷たい廊下の床が、一層冷たくなったように幸枝は感じた。

「……どうして、そんな事を言うの？」

「やっぱり、お茶はいい」

背中を向けたまま、秀雄が不機嫌に言った。

幸枝はその物言いに止めどない怒りが込み上げて、叩き付けるように受話器を戻した。それでも、秀雄は顔を見せない。幸枝は息苦しくなって、居間に駆け出した。間もなく、幸枝の啜り泣く声が階段まで届いた。秀雄は悲痛に満ちた声を聞いているうちに、軽い立ち眩みを覚えた。咄嗟に階段の手すりを摑む。「お父さん！」。倒れた時と同じ声が聞こえた。ゆっくりと腰を下ろして、こめかみを押さえる。

「……隼人は、死んだんだよ」

秀雄の顔は歪んでいた。

新しい日付に変わった頃、強力な吸引器であらゆる物を吸い込んでいるような騒音が、休憩室の外の廊下にまで響き渡っている。

「もう、勘弁してくれよ……」

ロミオが耳栓を更に耳の奥へと押し込めた。

社長が発するイビキ対策は各々で行っていたが、隣で寝る者にとっては、それも限界があり、苦痛である事に変わりはなかった。そこで、公平性を保つ為に、毎夜くじ引きで社長の隣席を決める事にしていた。今夜、運悪くババを引いたのがロミオだった。長時間に及んだ騒音が、少しだけ小さくなった。ようやく、ロミオが浅い眠りにつき始める。練習と仕事で疲れた体が敷布団に沈み込む。

突然、社長がムクッと起き上がった。

「くそ、歳取ると便所が近くて敵わねえ」

社長はロミオの掛布団を踏み付けて、その下にある何かを踏んだ。その刹那、ロミオが「うっ」と声を上げた。社長は足に柔らかい物が当たった感触はあったが、気にする素振りも見せずに部屋を出た。しーんと静まり返った部屋に、今度はロミオの唸り声が、しばらくの間続いた。

用を足した社長は、スッキリとした表情で休憩室に戻っていた。ふと足を止めたのは、その途中の渡り廊下だった。〝パン、パン、パン〟と甲高い乾いた音が中庭の方から響いている。こんな時間に何をやっているんだ？　社長は気になって中庭に向かった。中庭を見渡せる場所まで辿り着くと、暗い中で誰かが壁に向かってサッカーボールを蹴っているのが見えた。

「……あいつ」

社長は腕組みをして、シュート練習をしているくちなしを見つめた。ひたすら壁に向かって、くちなしは一人でボールを蹴り続けている。しばらくすると、ボールと壁の衝突音に混じって、社長はすぐ傍に静かな足音を聞いた。そこに目をやると、暗闇に紛れて中庭に目を向けている成瀬が居た。

成瀬はくちなしを見つめたまま言った。

「あいつ、まだ死んでなかったたな」

「あの若さで死ぬのは、まだ早い」

社長もくちなしに視線を戻して答えた。

くちなしはシュート練習を終えると、休む間も無く、今度はドリブルの練習を始めた。決して上手いとは言えないボール捌きだったが、懸命に足にボールを慣れさせようとボールと共に走った。荒々しい息遣いが、成瀬と社長にまで届く。

大抵、夜のこの中庭は暗闇の支配下に置かれる。しかし、この夜はくちなしの練習の為に、月が柔らかな光をいつまでも照らし続けてくれていた。


飛行機が細く長い雲を吐き出している。中庭の上空を横断する雲を、小さな輪を作った七人のホームレスと祐希が見つめていた。やがて、雲は消え、空の模様が青一色に戻る。

成瀬は大きく息を吸い込むと、輪を彩る一人ひとりに目を向けて言った。

「いよいよ明日、ロンドンに出発だ」

この場に集ったホームレス達は、成瀬にとってはただの隣人だった。それがいつしか戦友となり、一人では決して乗り越えられない幾つもの大きな壁を一緒に乗り越えてくれた。だからこそ、こうしてスタートラインの一歩手前まで辿り着く事が出来たのだ。成瀬の胸は感慨深い思いに満たされた。

そんな成瀬の思いには御構いなしに、板前がまたもや弱気な声を上げる。

「あー、緊張する。俺、本当に試合なんて出来るかな」

「大丈夫だよ！　板前さんだって、やるだけの事はやったんだから」

祐希が健気に板前を励ました。

四年ぶりに再会した時、思った以上に立派に成長している祐希に、成瀬は驚かされた。祐希の登場は自分にとっては誤算であったが、チームにとっては皮肉にも救世主となった。祐希が居なければ、当然このチームは存在すらしておらず、誰もこうして立ち上がる事もなかったに違いない。成瀬はこの瞬間を作ってくれた小さな救世主の存在意義を改めて強く感じた。

「コーチの言う通りだ。俺達はやった」

先生らしい一言だった。

それに安心したのか、板前が先ほどとは打って変わって、明るく笑った。

「そうだよな。俺達、結構サッカーが上手くなったもんな」

「お前は、本当に調子がいいな」

社長が茶化すように言うと、他の者も板前を茶化し始めた。小さな輪が瞬く間に弾ける。

花びらのように散った仲間を見ているうちに、成瀬は抑え切れない衝動に駆られた。

——今、言おう。

「皆……」

一同は笑顔のまま、成瀬に向いた。

「……ありがとう」

心の底から成瀬は言った。ところが、弾けていた笑いが一斉に途絶えた。成瀬は伝えるべき言葉を間違えたのかと思った。一人ひとりの顔をまじまじと見つめる。

すると、可笑しさを堪え切れないとばかりに、急にロミオが笑い出した。

「バカだな、お前。礼は終わってから言うもんだろう」

ロミオは成瀬目掛けて、ボールを軽く蹴った。それを両手で受け止めた成瀬が顔を上げると、また皆の顔に笑顔が戻っていた。こいつら、本当に……。

「今のは、忘れてくれ。よし、最後の練習だ」

成瀬は飛行機雲が途切れた空にボールを思いっきり蹴り上げた。それを、皆は一斉に追った。楽しそうにボールを追い駆け、蹴り飛ばし、精一杯に走った。


祐希がトイレから戻ってくると、中庭の出入口に見知らぬ男が立っていた。白髪交じりで、大きな背中をしている。祐希はこの男が会社の従業員ではないと、すぐに分かった。どこか職人を思わせるような身なりで、手には大きな風呂敷包みを持っていたからだ。練習を見つめたままで、中庭に入る様子が無い。

祐希は不審に思いながらも、男に近づいた。

「おじさん、何か用ですか？」

男が祐希を見下ろした。厳つい顔立ちの中に光る鋭い眼には、凄みがあった。この男はただ者ではないと直感した祐希は、たじろいだ。その直後、不意に男が風呂敷包みを押し出した。

思わず、祐希は縮こまって顔を逸らす。

「お弁当の差し入れだよ」

「えっ？」

祐希が逸らした顔を戻すと、男は優しく笑っていた。祐希は状況が飲み込めずに戸惑ったが、確かに風呂敷包みからは食欲をそそられる美味しそうな匂いが漏れている。

「事務所は、この先ですよ」

「いや、これは君達にだよ」

「僕達の？」

「そうだよ」

男は嘘を言っているようには見えず、祐希は唾液が充満した口で叫んだ。

「ねえ、お弁当の差し入れだって！」

ボールを止めて祐希に視線を移した成瀬が、息を切らしながら聞き返した。

「何だって？」

「この、おじいさんがお弁当を持って来てくれたんだって！」

祐希が言い終わるのを待ってから、男は成瀬達に向けて深々とお辞儀をした。

「誰だ？　あの、おっさん」

ショートは首筋に流れる汗を拭いながら周りを見た。「さあ？」という声の中で、板前だけが表情を強張らせて後退りした。尋常ではないその様子に、先生が聞いた。

「板前、知り合いか？」

今にも泣き出しそうな震える声を板前が絞り出した。

「親方だ……」

佐橋拓馬が鋭い眼光を向けながら中庭に足を踏み入れた。板前は更に一歩、二歩と下がる。越えなければならない壁が、まだ残っていたのか……。成瀬は乱れた息を懸命に整え、迫り来る最後の刺客を待ち構えた。


幼い頃から粕谷勇は料理が好きだった。

肉の切れ端やゴツゴツした野菜が、たちまち大好きなカレーやオムライスに変わる。料理は粕谷にとっては、魔法だった。自分もそんな魔法をかけてみたいと、食事の手伝いを率先してやり、テレビの料理番組も好んで観た。粕谷が料理人としての才能を一気に花開かせたのは、料理学校に入学してからだった。他の生徒が蔑ろにした野菜の皮むきや栄養学の授業もまじめに取り組み、知識と技術を存分に吸収した。努力は夢見た以上に実った。粕谷は料理人を志す者なら誰もが憧れる、東京の下町に鎮座する老舗料亭『花鳥』の門を潜る事が許されたのだ。すぐに料理の腕を試せると、意気揚々と『花鳥』に入門した粕谷ではあったが、大いなる期待は立ち所に萎んでいった。

厨房に入ると、一日中皿洗いをさせられた。それは夏の暑い日も、冬の寒い日も延々と続いた。その上、少しでも汚れが残っている調理器具や食器があれば、親方の佐橋拓馬や先輩の板前に怒濤のごとく叱られた。そんな日々が一年間ほど続いたある日、粕谷が待ち侘びていた新人が入って来た。これで、やっと悪夢のような生活から抜け出せると胸を撫で下ろした。ところが、粕谷の悪夢は終わらなかった。その新人は、先日まで『花鳥』と同格とされる料亭に勤めていた腕の立つ料理人だった。それ故、必然的に追い回しである粕谷を飛び越えて、焼方を任された。粕谷は抜け出せない蟻地獄の中で、もがく力を失い、ただただ堕ちてゆく砂の中に身を任せるようになった。仕事の質は当然のように落ちる一方で、罵倒も今まで以上にされた。それでも粕谷は、住み慣れた蟻地獄から抜け出す方法を見出せなかった。

ある日、粕谷はその新人の焼方から蓮根の皮むきを指示された。『俺よりも新人のくせに……』と粕谷は無性に腹が立ったが、考え方によっては思わぬ機会を与えられたと、すぐに思い直した。料理学校時代に毎日のように鍛練を積んできた経験から、皮むきには絶対の自信があったのだ。これが最後のチャンスだと、自分の持ち得る技術の全てを注ぎ込んで、瑞々しい蓮根の皮をむいた。見た目は完璧だった。粕谷は胸を張って、それを新人の焼方に見せた。

「もう一度、やり直せ」

新人はちらっと見るなり、呆気なく命じた。

「はあ？」

「聞こえなかったのか？　もう一度、やり直せと言ったんだ」

粕谷は蓮根を見た。やはり、完璧な出来栄えだった。

「どこが、悪いんですか？」

激高した感情のままに詰め寄った粕谷に、新人は存分に罵声を浴びせた。

「バカやろう！　やり直せと言ったら、やり直すんだよ！」

その瞬間、粕谷は何もかもが嫌になった。

――こんな所、辞めてやる。

粕谷はその足で佐橋の元を訪れた。開店前の店のカウンターで、佐橋は一人で丁寧に包丁を研いでいた。普段は、孤高すら漂うその姿を目にしただけで怯んだ。しかし、つい今しがた受けた新人からの仕打ちが、粕谷に普段は無い気概を与えた。

「親方……」

佐橋は粕谷を見ると、淡々と言った。

「仕事は、どうした？」

「……今日で、辞めさせて頂きます」

怒鳴られる覚悟を決めていた。それが、意外にも佐橋は「分かった」とだけ言うと、再び包丁を研ぎ始めた。粕谷は拍子抜けしたのと同時に、少しも引き止めてくれなかった佐橋を憎んだ。

粕谷は必死になって就職口を探した。老舗料亭で辛酸をなめさせられた体験から、伝統や格式とは無縁の大衆向けの料亭に目を付け、しらみ潰しに当たった。だが、たったの一年で追い回しを辞めて訪ねて来た板前を引き取ってくれる所は、そう簡単には見付からなかった。仕方なく、粕谷はチェーン展開している居酒屋でアルバイトをして食い繋いだ。そこでは料理の腕を磨く機会などは無く、温めた冷凍食品を綺麗に皿に盛り付けるだけの、料理とは呼べない代物と向き合う毎日だった。

そんな生活が数年間続いたある日、粕谷の元に料理学校の同期生から宴席への誘いが届いた。迷いに迷ったが、日頃の鬱屈が粕谷の足を向けさせた。案の定、宴で盛り上がったのは互いの近況報告だった。ある者は追い回しから、ようやく揚場になったと嬉しそうに話し、またある者は祖父の代から続く小料理屋を引き継いだと控えめに語った。宴もたけなわになった頃、口を噤んでひたすら酒を飲んでいた粕谷に、酔いの回った一人の同期生が絡み始めた。

「お前は、いいよなあ」

面倒臭いとは思いながらも、粕谷は同席した手前付き合った。

「何が、いいんだよ?」

「だって、お前はあの超一流の料亭で働けてるんだぞ。俺だって、働きたいよ」

粕谷は耳を塞ぎたかった。まさか修行が辛くてなんて理由が言えるはずもなく、『花鳥』を辞めた事を誰にも話していなかった。

「粕谷なら当然だろう。学生時代から優秀だったんだからな」

別の同期生も乗っかってくると、粕谷は否応なく話の中心人物となってしまった。

「お前なら、もう焼方くらいにはなってるんじゃないのか？」

小料理屋を引き継いだ同期生のその一言で、粕谷はあの忌まわしい新人との一件を思い出した。鬱陶しい……。早急に苦々しい記憶を消し去ろうと、グラスに半分残っている焼酎を一気に飲み干した。グラスを置くと、同期生達はまだ興味津々の顔を向けている。それらも、また鬱陶しくなった粕谷は軽い気持ちで嘘をついた。

「ああ、焼方でやってるよ」

「おお！　やっぱり！」

小料理屋を引き継いだ同期生が、目をきらきらと輝かせた。

「出世して稼げるようになったら、お前の料理を絶対に食べに行くからな」

揚場に昇格した同期生が嬉々として言うと、同期生達は粕谷を誇らしげに讃えた。

宴は粕谷の出世話で更なる盛り上がりを見せ、夢の語らいが夜深くまで続いた。


――入るしかない。

押入れに仕舞い込んでいた包丁を携えて、粕谷は二度と目にする事は無いと思っていた門の前に立っていた。威厳に満ちた門構えは、世相を完全に切り離す独自の世界を内に秘め、潜るには相応の覚悟が要求されているように感じる。

先日の宴席の帰り道、一向に晴れない気分を抱えたまま、粕谷は今後の事を真剣に考えた。つい、軽弾みでついてしまった嘘。それが、数時間後には確実に自分の首を締めていた。苦しみの末に導き出した選択肢が、『花鳥』に戻るという一点だった。くよくよ考えていても仕方がないと、粕谷は意を決して門を潜り、板場に直行した。

板場では開店前の準備で、忙しなく板前達が動いていた。そこへ粕谷が姿を見せると、板前達の動きが一斉に止まった。粕谷は物怖じしながらも、「エヘヘ」と笑って挨拶をしたが、返してくれる者は一人も居なかった。

「何の用だ?」

煮方の板前が冷たく言った。

粕谷はここでの辛かった出来事が走馬灯のように蘇った。この板前にも奴隷のような扱いを受けた事、手を止めてこちらを見ている先輩達に、人格すらも否定された事。沸々と怒りが呼び覚まされたが、ぐっと抑えて板場を見渡した。親方の姿は無かった。それに、因縁のあの焼方の姿も。

「あの……親方は?」

「店だ」

粕谷はお辞儀をして早々に板場を出た。店に行くには客が使う正面玄関から入るか、もしくは板前が使うカウンターに通じる廊下を進むかだったが、粕谷はあえて後者のルートを選んだ。店に入ると、佐橋はあの時と同じようにカウンターで丹念に包丁を研いでいた。相も変わらず、佐橋の威圧感と店の品格ある佇まいは、特別な緊張感を作り出している。以前は嫌で仕方がなかったその空気が、今の粕谷には心地良く感じられた。

粕谷は佐橋の広く大きな背中に声を掛けた。

「親方……」

佐橋はその声で、包丁を研ぐ手を止めた。

「親方」

粕谷は震える声で、もう一度呼んだ。

「もう、あなたの親方ではありませんよ」

振り返る事なく、佐橋はまたゆっくりと包丁を砥石に滑らせた。

「……」

そう簡単に許してくれるとは思っていなかった。だからと言って、宴席で嘘偽りを吹聴してしまった件もあり、このまま引き下がる訳にはどうしてもいかなかった。粕谷は砥石で擦れる包丁の音を聞きながら、土下座した。

「親方、すみませんでした。もう一度、もう一度、ここで働かせて下さい！」

ぴたりと、包丁が研がれる音が止まる。粕谷は顔を上げて佐橋を見上げた。

――親方は、きっと許してくれる。

そう思い始めた時だった。聞き覚えのある声が静かな店内に木霊した。

「親方、戻りました」

あの新人の焼方だった。彼は土下座している粕谷を見下ろすと驚いたが、「ああ」と些細な事でも思い出したように呟くと、すぐに顔を上げた。

佐橋は労いを込めて、彼に優しく言った。

「ご苦労さん。じゃあ、そっちを頼む」

「はい」

焼方だった新人は、次板まで登り詰めたようで親方の傍に付いた。完全に粕谷は蚊帳の外に放り出され、二人の背中を見つめるしかなかった。

「……親方」

ボソリと呟いた粕谷の声が聞こえたのか、初めて佐橋が粕谷に顔を向けた。

「邪魔だ」

その夜、粕谷は包丁を捨て、世間を捨てた。

「やっぱり、プロの味は違うよな」

ショートは薄口の出汁で丹念に煮込まれた里芋を頬張ると、満足そうに言った。

先生やロミオ、それに社長やくちなしも箸を少しも休める事なく、黙々と差し入れ弁当に舌鼓を打っている。

「お母さんの料理よりも美味しい」

鶏の唐揚げを丸ごと口に入れた祐希が、両頬を膨らませて笑った。

「そんな事、お母さんに言うなよ」

そう言うと、成瀬は板前と佐橋が座っている中庭のベンチに目を向けた。もう随分と時間は経過しているが、二人して座っているだけで一向に話をしようとしない。この状況がいつまで続くのかと冷や冷やしていたが、次の惣菜に箸を伸ばした時、唐突に佐橋の声が成瀬の耳にまで届いた。

「飯は、ちゃんと食えてるのか？」

「……はい」

板前の緊張は頂点に達していた。あれから佐橋も歳を重ねたはずだが、威圧感に衰えは見えず、むしろ凄みが増している。いつ叱り付けられるのかと、板前はビクビクしながら俯いていた。

「そうか」

ちらりと板前が目を向けると、佐橋は何度も頷いていた。

「テレビで観たけど、明日出発だってな」

「……はい」

「俺は店があるから応援には行けないけど、頑張ってこいよ」

「……はい」

「お前、さっきから『はい』しか言ってないな」

「はい」

思わず、佐橋は吹き出した。恰幅の良い笑い声を隣で聞きながら、板前は修行時代の事を思い出して目を瞑った。

「なあ、粕谷」

笑い終えた佐橋が、俯いている板前を見つめた。

「修行、辛かったか？」

『邪魔だ』。その言葉が頭の中で反芻して、板前は瞑っていた目を堪らずに開けた。

「……はい」

「そりゃあ、辛いに決まってるよな。俺も若い時分は辛かった」

板前は無言のまま、佐橋の話に耳を傾けた。

「でもな、俺がお前に厳しくしたのは、お前に見込みがあったからだぞ」

驚いて顔を上げた板前を、佐橋は鋭い眼差しで見据えた。

「俺はな、見込みの無い奴には厳しくしない」

「でも、親方……」

「お前は心の底から料理が好きだった。それだけでも、十分に見込みがあった。だけど、お前には過信もあった。俺は、その過信が料理人としてのお前の邪魔をすると思ったから、それを取り除きたくて厳しくしたんだ」

板前は目を真っ赤に染めて、ムキになった。

「親方はそうだったかもしれないけど、他の奴らは俺を苦しめるだけ苦しめたんだ」

「俺がそうしろと頼んだんだ。挫折はするだろうが、お前なら耐えられるって説得してな」

板前は耳を疑った。

——あの焼方の新人も、あの煮方の板前も、他の先輩も、俺を育てる為に?

板前の中で何かが、抜け落ちた。落ちた物が何だったのかは、分からない。ただ、まだあの『邪魔だ』だけが引っ掛かっていた。

「じゃあ、何で、俺が戻った時に……」

「お前は一度逃げた。だから、本当にやる気があるのかを試したんだ。でも、お前は……まあ、昔の話はいい。食え」

佐橋は板前の膝の上に載っている弁当を目で指した。

「はい」

板前は弁当の蓋を開けて、綺麗に焦げ目の付いた焼き魚を口に入れた。ほど良い塩加減と焼魔法だった。まさに、き加減が、魚の旨味を絶妙に引き出している。

「どうだ?」

「美味いです!」

頬に無数の滴を垂らしながら、板前は佐橋の味を堪能した。

「料理人としては、一番嬉しい言葉だよ」

親方は心底嬉しそうに、また笑った。

「美味いです……美味いです……」

「分かったから、もう泣くな」

「はい……」

口の中で魚と混ざり合った涙も、また格別な調味料だと板前は思った。

成瀬は一心不乱に弁当を食べ始めた板前を見て、これでようやく全ての壁を乗り越えられたと胸を撫で下ろした。

「本当に美味いぜ」

ロミオは弁当箱の隅に取り残された最後のお新香を口に入れると、名残惜しそうに言った。

ロンドン郊外のサッカー場は、異様な熱気に包まれていた。世界中から集まったホームレスが一堂に会し、開会式は始まった。雲一つない真っ青な空の下で、それぞれの国の特色に沿った色鮮やかな無数のユニフォームが光り輝いている。成瀬達も日本を発つ直前にゴミ収集会社の重役から、ワールドカップ用のユニフォームを贈呈された。本物の日本代表のユニフォームを真似てブルーに統一された物だが、胸元には決して格好良いとは言えない会社のロゴマークが縫い付けられている。

各国から多数のテレビクルーも派遣されていた。大小様々なテレビカメラが選手達の周りを取り囲み、慌ただしく開会式の様子を衛星放送で本国に伝えている。その中に、大日新聞社の代表として間宮も駆け付けていた。

――いよいよね。

公園の広場で初対面した時、間宮は成瀬達に対して、ジャーナリストとしての興味しか持ち合わせていなかった。それが、いつしか一個人として向き合うようになった。七人のホームレスは、ひたすらにサッカーボールを追い駆けていた。その姿を見ているうちに、知らぬ間に心の奥底に仕舞い込んでしまった、何か大切なものを思い出させてくれたように感じたのだ。それ以来、成瀬達を単なる取材対象としては扱えなくなった。この大会で日本のチームがどのような結末を迎えるにせよ、最後の最後まで公正な報道魂を示す事が責務だと、間宮は握っているペンに力を込めた。

開会式は佳境に入り、開催国のイギリスの国歌が流れ始めた。すると、社長が落ち着かない様子で周りを見渡しながらショートに言った。

「やっぱり、本場は凄いな」

「ああ」

返って来たショートの声は、緊張で震えていた。

「俺、ちびりそうだよ」

板前が腰をくねらせて、ロミオの肩に手を置く。

「我慢しろよ」

そう言ったロミオも、催した尿意をずっと我慢していた。開会式の前に、緊張を解す為に飲んだビールテイスト飲料のせいだった。

国歌の演奏が終わり、会場が静まり返った。周りの息遣いに釣られて、先生が大きく息を吸い込む。突如、大音量でファンファーレが鳴り響いた。旋律に乗せて、各国の国旗がゆっくりと、高々に掲揚される。開幕を告げる合図だった。成瀬は風でなびく日の丸を見つめながら、ここまでの道のりを追想して胸に手を当てた。

予選の対戦相手は、開会式前のくじ引きで決まった。日本は第一戦目がベルギー、第二戦目がチリ、そして第三戦目が優勝候補筆頭のイングランドとなった。この三カ国に日本を含めた四カ国が総当たりで争い、勝率の高い上位二カ国が決勝トーナメントへと進出する。試合はフットサル用のコートで十分ハーフの計二十分で行われ、オフサイドのような難しいものはルールの適用外となっていた。一度に試合に出られるのは五人までだったが、より多くのホームレスに活躍の場を提供するべく、交代は自由に行う事が許されている。

成瀬達がサッカーを始めたのは、ほんの五カ月前の事で、この大会に出場するのが最大の目標だった。だから、決勝トーナメントに進出するなんて野望は、イギリスに上陸するまでは誰も持ってはいなかった。ところが、掲げられる日の丸を目にした時、その野心が一人ひとりに芽生えた。七人のホームレスにとって、この大会は単なる参加する事に意義がある大会ではなく、人生を賭けた一世一代の大勝負の場に変貌を遂げていた。


作業終了のチャイムが鳴り、美穂は魚の脂まみれになった道具を水で洗った。どこかの政治家は、景気は上向いていると言う。でも、現実は違う。昨日もまた同僚の一人が、不況の煽りで会社を去った。いつ、自分も同じような立場に立たされるか分からない。作業量が増える一方の仕事を黙々と熟す毎日に、美穂は疲労感も増す一方だった。

――祐希はロンドンに着いた頃だろうか。

そんな事を考えながら着替えを終えて、美穂はロッカールームを出た。上の空だったからか、廊下の階段を下りる手前まで呼ばれていた事に、全く気が付かなかった。

「成瀬さん」

何度目かの呼び声で、美穂はようやく気付いて振り返った。事務室から顔を出して呼び止めていたのは、あの主任だった。

「成瀬さん、少しだけお時間ありますか？」

遂に自分に番が回ってきたのか。美穂は押し潰されそうな圧力に体を強張らせた。

事務所に入った美穂は、主任席の向かいの椅子に腰を下ろした。主任はすぐに話には入らずに、コーヒーを口に含んだ。言い出しにくい事を話さなければならない方も気の毒だと思い、美穂は主任から話を切り出すまで辛抱強く待った。

「息子さんは今朝、ロンドンに発ったんですよね？」

コーヒーを喉に流し込むと、主任は気さくに言った。美穂は早く本題に入って欲しかったが、止むを得ずに適当な相槌を打った。

「いや〜、立派な息子さんだ」

そんな主任の機嫌取りに段々と嫌気が差して、美穂はいよいよ本題を促した。

「あの、仕事の事で何か？」

「あ〜、そうそう。実はですね、成瀬さんの業務内容についてなんですが」

「はい……」

「今は魚下ろしの仕事をやって頂いていますが、成瀬さんがもし嫌でなければ、本社で広報の仕事をして頂けないかなあと思ってましてね」

「……広報？」

全くもって、予期しない話の展開だった。

美穂の薄い反応を窺い見た主任は、急いで話を先へと進めた。

「正直言い辛いんですが、来年でこの工場は閉鎖になる事が決まってるんですよ」

「えっ？」

次から次へと想像もしていなかった話が進み、美穂の頭は混乱した。

「でも、成瀬さんには是非とも本社で、もっと力を発揮して頂きたいと思いましてね」

本社の広報と言われても一切のイメージが湧かず、美穂は率直な疑問を投げ掛けた。

「そこでは、どのようなお仕事をするんでしょうか？」

「簡単に言えば、うちの商品のＰＲです。近々、新たにスポーツ飲料を販売する予定なんです。そこで、成瀬さんには正社員になってもらって、そのＰＲ活動を行って頂きたいという事になったんです」

美穂にとっては、まさに青天の霹靂だった。まさか正社員になって、しかも本社の広報の仕事に就く事など、夢にも描いていなかった。だが、どうして毎日魚を下ろしているだけの自分が、そんな大役に抜擢されたのかが不思議だった。

美穂は、それを主任に尋ねた。

「どうして、私にそのようなお話を？」

「日頃の勤務態度を見ていて、成瀬さんしか居ないって思ったんですよ。私の推薦もありましたが、本社の人事部も成瀬さんが適任と判断したとの事です」

何となく、主任にはぐらかされているように感じた。大体、何故行った事もない本社がそのような決裁をしたのか。腑に落ちない部分はあったが、美穂にとっては魅力的な誘いである事は確かだった。

「勤務時間は？」

「土日は休みで、時間は今と同じです」

それであれば、祐希が一人になる時間が増える心配も無さそうだった。

「いかがですか？」

人付き合いは煩わしい。去った夫についての聴取も覚悟しなければならないだろう。それでも、正社員になれば、今よりも生活はずっと楽になる。祐希に美味しい物だって、食べさせてあげられる。

美穂は恐る恐る首を縦に振った。

「私で良ければ」

「良かった！」

主任はホッとした表情を浮かべて笑った。

「それでは早速なんですが、パスポートはお持ちですか？」

「パスポート？」

確か、本社はこの工場から少し都心に近づいた所にあるはずだった。美穂は話の筋が見えずに、戸惑った。

「持ってますが、必要なんですか？」

「ええ、必要なんです。急ですが、明日の朝、ロンドンに行って頂きたいんです」

「ロンドンに？」

美穂は上ずった声を出したが、主任は構わずに話を続けた。

「ロンドンで、あるイベントが開催されるんです。そこで、本社から届いたスポーツ飲料の試供品のＰＲをお願いしたいんです」

唐突な指示だった。しかし、それで美穂は腑に落ちなかったものが漠然と見えてきた。今、日本中で話題になっているサッカーチームがある。ほぼ間違いなく、その話題に便乗したいという魂胆だった。広報として白羽の矢が立ったのも、チームのキャプテンの妻としてメディアに追われて顔を露出した事があるからだ。その妻をＰＲの先鋒者にすれば、宣伝効果は格段に上がる。この人事異動は、したたかな会社の計算にほかならなかった。

先ほどまでの高揚感が消え失せた美穂は、一転して不審感を抱いた。


「これが、フォーメーションだよ」

試合直前の控室で、祐希が練習ノートを長机に広げた。

祐希も、この日の為に闘ってきた。母親と衝突をしても突っぱね、クラスメートからの冷やかしを受けても耐えた。辛くても続けてこられたのは、成瀬やその仲間が好きだったからだ。コーチとして参加するからには、一点でも多く取らせてあげたい。その一心で、練習ノートに書いては消して、また書いては消してと策を練ってきた。

「俺とショートが、フォワードだな」

ロミオが足首を回しながら、自分のポジションを確認した。

そこへショートが歩み寄り、ロミオの肩に手を置いて冗談交じりに言った。

「俺の足を引っ張るなよ」

「お前こそ」

ロミオは肩の手を鬱陶しそうに払い除けた。

「ディフェンスは、お父さんと先生だよ」

祐希が練習ノートに書いた成瀬と先生の名前を指し示した。

「あれ、何で俺がキーパーなの？」

板前はノートを食い入るように見つめた。

「板前さんは手先が器用だから」

「それは、関係ないんじゃないの？」

気落ちした様子の板前を茶化すように、社長が祐希に言った。

「良い布陣だ。さすがはコーチ」

社長の賛辞に、祐希は得意げな表情を浮かべた。

「ところで、対戦相手は強いのか？」

練習ノートから顔を上げた先生が、祐希に聞いた。

「どの国も強いと思うけど、特に最後のイングランドの実力は世界トップクラスだと思う」

「そうか」

先生は神妙な顔をして考え込んだ。すると、他の者もそれに釣られて黙り込んだ。控室の空気に淀みが混じる。重圧。それが七人のホームレスに伸し掛かる。

「でも」

祐希が開いていた練習ノートを〝パタン〟と強く閉じた。

「でも、日本だって強いよ」

祐希はニッコリと笑った。成瀬はそれで、硬直していた肩から一気に力が抜けた。

「そうだ、ここまで来たんだ。絶対に勝って、決勝トーナメントに進むぞ」

成瀬の号令に一同が力強く頷くと、瞬く間に淀んでいた空気が掻き消された。

それから間もなく、ドアをノックする音が控室内に響いた。早々に準備運動を終えていたショートがドアを開けると、立花が満面の笑みで入って来た。

「皆さん、準備はいいですか？」

成瀬は見慣れた笑顔に、軽く頭を下げて言った。

「今回は本当に色々とありがとうございました。もし立花さんが助けてくれなければ、俺達、今もどこかを彷徨っていたと思います」

「いいえ、私は何も。皆さんの努力の賜物ですよ。頑張って下さいね。私もベンチで皆さんの勇姿を、しっかり収めておきますから」

立花は嬉しそうにビデオカメラを掲げた。

「あの、立花さん、頼んでいたものは？」

浮かれている立花に、先生が遠慮気味に尋ねた。

「そうでした。すみません、遅くなりまして」

そう言うと、立花はゴーグルのような物を先生に手渡した。

「ありがとうございます」

先生は徐にレンズの欠けた黒縁眼鏡を外して、受け取った物を装着した。サッカーでは眼鏡の使用が禁止されている。その為に、先生は前もってサッカー専用のゴーグルの発注を立花に依頼しておいたのだ。

「なかなか、似合ってるな」

ショートの言った通り、さまになっている。

「あと、そこにあるのは、皆さんへの差し入れだそうです」

立花が長机に置かれた段ボール箱を指した。祐希が興味津々にその箱をこじ開ける。中に入っていたのは、大量のスポーツ飲料だった。

目を丸くした板前が、立花に聞いた。

「これ、全部飲んでもいいの？」

「ええ、もちろん。ちなみに、そちらは成瀬さんの奥様からです」

驚いた一同は、一斉に成瀬を見つめた。……美穂が？　成瀬は錯乱した。

祐希が立花に駆け寄った。

「お母さんも来てるの？」

「観客席で応援するって言ってましたよ」

立花は祐希に優しく微笑んだ。

成瀬は温もりを感じた目を閉じて、心の中で『ありがとう……ありがとう……』と、何度も呟いた。

——こんな男と一緒になったが故に、平凡な生活どころか、世間から後ろ指を指される情けない人生を歩ませてしまった。それなのに……。

目を開けると、周りに輪が出来ていた。先生にショート、板前にロミオ、それに社長や祐希、皆が笑みを向けてくれている。だから、成瀬も笑った。これから始まる厳しい戦いに向けて、また家族がチームを一つにしてくれたと、成瀬は嬉しくなった。

どこからか〝カチッ〟と音がした。一同が部屋の隅に顔を向ける。くちなしがスポーツ飲料を美味しそうに飲んでいた。

試合開始のホイッスルを、今か今かと待ち侘びている大観衆の中に、美穂が一人静かに観客席で腰を下ろしていた。

――何で、来たんだろう。

美穂は会社からの正社員登用の話は、その場で断った。その上で、翌日から一週間の休暇を貰った。祐希の応援には来たいと思っていたが、成瀬の存在がその思いを邪魔していた。だから、今こうしてここに座っている事が、自分でも不思議だった。

――もしかして、あの人を許してしまったのだろうか。

自嘲気味に笑った美穂の耳に、朗らかな声が届いた。

「隣に座っても、宜しいですか？」

「ええ、どうぞ」

まだ若い細身のその女は、丁寧にお辞儀をして美穂の隣の席に座った。美穂は、この人も誰かの応援に来たに違いないと思ったが、詮索するのも気が引けて黙っていた。

「どなたの応援ですか？」

あまりの唐突な質問に、美穂は戸惑って答えに詰まった。すると、女は美穂の答えを待たずに嬉しそうに言った。

「私は先生の応援で来ました」

先生というのは、勉強家で真面目な方だと、美穂は祐希から聞いた事があった。それを聞いた時、そんな人でもホームレスになってしまうものなのかと、何とも言えない虚しさを覚えた記憶もある。

「あっ、失礼しました。私、早川と申します」

「成瀬です」

早川はハッとして、美穂の顔を舐め回すように見入った。

「……と言う事は、キャプテンの成瀬さんの？」

「ええ」

『妻です』と反射的に出掛かった言葉を、美穂は咄嗟に止めた。

「おい、おい、あの人……」

前列に座っている日本人らしき男が、離れた客席を見ながら隣の男にひそひそと囁いている。気になった美穂は、彼らの視線を追った。そこに気品のある黒のワンピースにサングラスという、サッカー観戦には不相応な格好の女が座っている。確かに目立ってはいるが、注視される理由までは分からなかった。

それを察したのか、早川が美穂に囁いた。

「あの人、女優の海堂恵ですね」

「ああ、あの人が」

「きっと、記者会見の時に話していた、朝倉さんの応援に来たんですね」

早川が輝かせた目を海堂に向けている。美穂は初めて見る芸能人に独特の雰囲気を感じはしたが、それよりもあれだけのスターをこんな所まで、わざわざ観戦に赴かせた人物に興味を引かれた。

突然、大歓声が沸き起こった。美穂がコートに目を戻す。日本とベルギーの選手達がコートに入場していた。去った夫は見た事も無い精悍な顔立ちを見せ、息子も見た事の無い勇ましい顔立ちを見せている。まさか、成瀬の失踪した当時には、こんな事になろうとは夢にも思わなかった。それでも、これだけ多くの歓声を浴びている成瀬や祐希を見ていると、美穂の中で根強く残っていた怒りや悲しみが、陽に照らされた雪のように少しずつ解けていく気がした。

「頑張って！」

無意識に声援を送っていた自分に、美穂は驚いて思わず早川を見た。しかし、早川は美穂にただ微笑んだだけで、コートに向かって同じように声援を送り始めた。

やはり、夫を許したのかな。美穂は胸の奥でまた微かに笑った。

体格差は歴然としていた。ベルギーの選手達は、筋肉の詰まった鍛え抜かれた体を大黒柱のように芝に埋めている。一方の日本の選手達は、日々の練習とゴミ収集の肉体労働で鍛えてきたとは言え、見るからに貧弱そうに映った。圧倒的な体格の差を目の当たりにした成瀬達は、試合前から精神的に劣勢に立たされ、灯した戦意が吹き消されようとしていた。

「あんな奴らと、まともにやったら怪我するぜ」

ロミオは唾を飲み込んだ。

ベンチに座った社長も相手の威圧感に度肝を抜かれている。

「コーチ、あいつら大丈夫か？」

「大丈夫だよ」

祐希は気丈に振る舞ったが、それはハッタリだった。同じホームレスなのに、相手の選手達は本物のサッカー選手のような存在感が漂っている。祐希は気持ちを落ち着かせる為に、目を閉じて大きく息を吐いた。その時、コートからクスクスと笑い声が届いて、その目を開けた。何人かのベルギーの選手が、こちらを見ながら笑っている。祐希は思わず、また目を伏せた。

成瀬はベルギーの選手達の笑いの原因が気になって、先生に尋ねた。

「何て言ってるか、分かるか？」

「よくは分からないが、日本のコーチは子供だって、バカにしてるみたいだな」

所々に交じる英語に似た言葉と雰囲気から、先生は推察した。

「あいつら、俺達をナメやがって」

ショートが笑っている選手達を睨み付けて激昂した。

「俺のシュートで黙らせてやるぜ」

ロミオはサッカーボールを足で強く押さえると、ニヤっと笑った。

祐希をバカにされた事で、日本の消えかかっていた戦意の灯が、再び勢いを取り戻した。

「相手は気にしないで、自分達のサッカーをしましょう！」

不穏な空気に気を揉んだ立花は、ベンチから持ち前の笑顔を向けて声を張り上げた。

両国の選手達が、センターラインを挟んで臨戦態勢に入った。先攻は日本。フォワードのロミオがコートの中央にボールを置く。主審はそれを合図にホイッスルを高らかに鳴らした。それから、十秒経つか経たないかだった。またもや、ホイッスルが鳴り響いた。成瀬は何事かと主審に目を向け、先生も状況が把握出来ないままに足を止めた。状況を教えてくれたのは、観客だった。ベルギーの観客席は大いに賑わっているが、日本の観客席からの声援は消えている。

成瀬達は何となく事の成り行きが摑めてきた。

「嘘だろう……」

ショートが自陣のゴールの中を見て呟いた。

成瀬も振り返ると、ボールが日本のゴールネットに埋まって静止している。

「成瀬、先生、しっかり守れよ！」

ロミオはディフェンダーの成瀬と先生を責めたが、ボールを奪われたのはロミオ自身だった。

しかも、いつ奪われたのか、ロミオははっきりと憶えていない。

「動きが速過ぎる……」

先生が珍しく弱音を吐いた。

キーパーの板前は動揺のあまり、ゴール内からボールを取り出す事さえ忘れていた。主審はそれを試合の遅延行為とみなした。注意された板前は更に動揺して、叱られた子供のように萎縮した。

ベンチで戦況を見つめていた社長が落胆して嘆いた。

「もう点を取られちまった」

「まだまだ時間はあるから大丈夫だよ」

祈るように祐希は言ったが、声音には心細さを帯びていた。祐希の隣に座ったくちなしが、膝の上に置いた両手を僅かに震わせる。

「皆、落ち着いてやろう」

成瀬は懸命に、精一杯の励ましの言葉をチームに投げ掛けた。

「先生、頑張って！」

静まった日本の観客席から、大きな声援がコートに届く。

先生が目を向けると、観客席で一人だけ立ち上がっている人物が見えた。

「……麻央」

『新しい人生を歩むのは、先生も一緒でしょう？』。元教え子から教わった再出発する意気を、先生は思い出した。

「そうだ、練習通りにやればいいんだ」

先生がチームの士気を盛り立てる。

だが、勝負はそんなに甘くはない事を、日本はすぐに思い知らされる事になった。

試合が再開されると、ロミオは先ほどの反省点を活かして、相手が迫ってくる前にショートにパスをした。パスを受け取ったショートは、急いでゴールに向かって走り出す体勢を整える。

——いつの間に？

既に大きな壁が、ショートの目の前に築かれている。

成瀬はショートの後ろに回って、声を飛ばした。

「ショート、こっちだ」

ショートは仕方なく、後方にボールを戻そうと足元に視線を落とした。

——あれ？

今まで足元にあったはずのボールが、見当たらなかった。

「何やってるんだよ！」

そう言い残して、ロミオは必死に自陣に戻って行く。ショートもボールが奪われた事に気付くと、必死に戻った。成瀬と先生はベルギーの素早いパス回しと高い個人技に翻弄されて、身動きが取れない。ボールを奪ってから、ほんの数秒でベルギーは日本のゴールへと迫った。一番大柄な選手が右足を振り抜く。板前は何も見えなかったが、顔のすぐ横で疾風だけは感じた。

再びホイッスルが鳴る。またしても、日本への声援が止んだ。

「駄目だ。レベルが違い過ぎる」

肩で息をしながら、ショートが空を仰いだ。

「くそ！」

ロミオは悔しさで芝生を蹴る。

その後も面白いように、次々と日本のゴールにボールが吸い込まれた。成瀬達はなす術も無く、ただ、それを見送る事しか出来なかった。

「コーチ、途中で降参は出来ないのか？」

社長は祐希にすがるように言った。

「無理だよ。サッカーは時間のある限り、プレーし続けなきゃいけないんだ」

祐希はこの試合には絶対に勝てない事を、試合開始早々から分かっていた。普段のサッカークラブの試合で負ける事など、ちっとも悔しくはなかったが、この敗北は泣きたいくらいに悔しくて、堪らなかった。完全に日本への応援は消えている。それでも、誰が何と言おうと自分は日本のコーチなんだと、祐希は気丈に振る舞い続ける事だけを頑張った。観客席から消えた日本への声援をベンチから一人で送り続け、心が折れた選手達を励まし続ける。

そんな小さなコーチの健気な姿に、美穂も早川も再び声援を送り始めた。

試合終了と同時に電光掲示版に表示されたスコアは、0対16だった。試合が終わってセンターラインに集まったベルギーの選手達は十分な余力が残っているらしく、談笑している。片や、日本の選手達は乱れた呼吸音のみを発し、誰一人として前を向いている者は居なかった。日本の無残な敗北を撮影していた立花は、静かにビデオカメラのスイッチを切った。


「どんまい、どんまい」

ベンチに戻って来た成瀬達を、祐希は懸命に励ました。

立花もタオルを配りながら、笑顔を絶やさずに一人ひとりを鼓舞する。

「まだ次もありますから。ロミオさん、次こそは勝ちましょう」

「話にならねえ」

ロミオはタオルを地面に叩き付けて、吐き捨てるように言った。

「これじゃあ、大人と子供だよ」

そう言って板前がベンチに項垂れると、他の者もベンチに沈み込んだ。

ここまで世界との差があったとは、誰一人として思ってもみなかった。もはや、スポーツではなく、ただの余興の場と成り下がった試合会場は、試合が行われた事実すらも薄れていた。

気持ちを立て直す時間はほとんど無く、第二戦目が始まった。戦意を完全に喪失している日本は、チリが仕掛ける猛攻に耐える力は微塵も無く、次々とゴールを奪われた。余興の第二幕は、喜劇から悲劇へと変わっていった。日本の応援団のみならず、チリの応援団も声援を送る事を忘れて、同情の目を日本に向け始めた。

祐希も俯いて、ベンチの前に立っているだけで精一杯だった。

美穂と早川も声を出すのが辛くなり、虚しく試合終了の時刻だけを待ち侘びていた。そして、海堂が席を立った五分後に、ようやく悲劇の幕は下ろされた。

電光掲示版に映し出されたスコアは0対21という、ホームレス・ワールドカップ史上最大の得失点差で、日本は不名誉な記録を塗り替える事には成功した。

「やっと、終わったな」

ベンチで疲れ果てた社長が、ぼそりと言った。

「うん」

祐希はコートに目を向ける事もなく頷いた。

コートの中央に整列したチリの選手達は、あれだけの点数を奪ったにもかかわらず、ジョークが言えるほどの余力があった。対する日本の選手達は、抜け殻がそこに立っているのかと見紛うほどに呆然自失で、何も残っていなかった。

『日本　決勝進出ならず』、間宮は今夜中に書き上げなければならない記事のタイトルを思い浮かべた。だが、見るも無残なあの成瀬達の姿を見ていると、筆は進んでくれそうもないなと沈鬱な気分になった。ほとんど人が残っていない報道関係者席で、間宮は日の丸の先に流れるロンドンの紅雲をしばらく眺めた。

日本の控室は物音一つしない静けさの中で、闇雲に時間だけを過ぎさせていた。試合の結果は散々ではあったが、それ以上に自分達の抱いた期待が、ことごとく打ち砕かれた現実に七人のホームレスと祐希は完膚無きまでに打ちのめされていた。誰も何も発しない。ただ、椅子に深く腰を預けたまま、貝のように、じっとそこで呼吸をしているだけだった。

「やらなきゃ、良かった」

何気なく放ったショートの独り言は、その場に居る者の疲弊した精神に最後の止めを刺した。閉じていた貝の殻が立て続けに開く。

「俺は抜けるぜ」

重い腰を上げたのは、ロミオだった。

「まだ、あと一試合残ってるんだぞ」

成瀬はロミオを制したが、本心では自分も抜け出したかった。早く日本に帰って、誰にも気付かれる事なく、また呑気で気ままな路上生活を送りたいという欲望に駆られた。それでも、もう現実から逃げないと心に決めた成瀬には、このまま突き進む道しかなかった。

「こんな事、いつまでもやってられるかよ。日本であれだけ騒がれて、ヒーローにでもなったように浮かれて……全く、いい恥晒しだぜ」

ロミオはブツブツと不満を口にしながら、荷物をまとめ始めた。

「俺も抜ける」

ショートも立ち上がった。立花が焦って口を開く。

「落ち着いて下さいよ。皆さんは十分に健闘したじゃないですか！」

「どこが健闘だよ！　あんなにボコボコにやられて、俺は恥ずかしいよ……」

割って入った板前は、今にも泣き出しそうだった。

「ごめん……」

消え入りそうな声を出したのは、祐希だった。

一同が祐希に顔を向けると、タイル張りの床に大粒の涙をぽとぽと落としていた。

「祐希、泣くな」

成瀬は溜息交じりに言った。

「だって、僕が何の指示も出せなかったから」

「たとえ、指示をもらっても、俺達は何も出来なかったよ。コーチは何も悪くない」

先生の励ましに、祐希は更に床の染みを増やした。祐希の鼻を啜る音が反響する中、ロミオは荷物を抱えて出口に向かった。

「どこに行くんだ？」

厳しい口調で社長が聞いた。

「勝手だろう」

ロミオは誰とも目を合わせる事なく、控室を出て行った。誰もロミオを追って引き留める事もなく、そこに座ったままでショートの退室も無言で見送った。

――あんなに、まとまっていたのに……。

成瀬はチームの崩壊を、他人事のように、ただ傍観する事しか出来なかった。


『何だ、全然駄目じゃん』

『所詮は素人だからな』

『期待して、損したわよ』

『俺の時間を返せよ』

『施しなんか、するんじゃなかったわ』

『やっぱり、ただのホームレスだったんだよ』

日本でホームレス・ワールドカップの第一戦、第二戦の結果が、様々なメディアから発信された。それに、国民は思い思いに、好き勝手な感想を抱いた。大会前には盛大に取り扱っていた大手テレビ各局は、スポーツニュースの最後に、結果のみを簡潔に伝えるだけに留めた。どの局も次のイングランド戦に対するコメントどころか、応援や労いの言葉すらも無かった。萎んだ熱気が一気に冷気へと膨張していく現象は、期待が大きかった分の落胆も加勢して、瞬く間に国内の至る所に浸潤した。しかし、そんな中でも七人のホームレスの健闘を祈り続けている者も、少なからず居た。新聞やテレビ、インターネットを通じて、彼らの挑戦に勇気づけられたり、救われたりした者達だ。その者達は各地に存在し、各々で慎ましく声援を送り続けた。また、同じ境遇の一万人近い全国のホームレスも、自分達の代表を送り込んだ思いで見守っていた。

『頼んだぞ、お前ら』
『お母さん、僕、明日から学校に行くよ』
『私も頑張るから、あなた達も頑張って』
『神様、どうか彼らに力を与えて下さい』
『どん底を味わった奴の底力を見せてやれ』
『勇気をくれて、ありがとう』

ブランデーの甘い香りが漂うロンドンのカウンターバーは、気を静めるには最高の場所だった。飛び交う理解出来ない英語と、ほど良い音量で流れるジャズが、ロミオに一人の時間を作ってくれている。もう二度とサッカーをやる事はないと、ロミオは久しぶりにアルコールを口に含んだ。ついでに葉巻も一本だけ購入した。葉巻の芳醇な香りと、知らない銘柄のウイスキーの美味に酔いしれた。もう一杯飲もうかと、ロミオは空いたグラスをバーテンダーにかざした。すると、いつの間にか、ロミオの隣に座っていた黒ずくめの女が注文を横取りした。

「スコッチ」

その声音を聞いたロミオは〝チェッ〟と舌打ちして、ウイスキーグラスをカウンターに戻すなり、投げやりに言った。

「こんな所で、何してるんだ？」

「久しぶりの再会なのに、第一声がそれ？」

海堂はサングラスを外して微笑んだ。

「相変わらずだな」

「あなたもね」

「俺に、何か用か？」

「いいえ、ただ飲みに来ただけ」

運ばれてきたスコッチを、海堂は美味しそうに飲んだ。ロミオはこのまま帰ろうかと、腰を上げかけた。……？　海堂から甘い香りがした。懐かしかった。郷愁をそそられて判断を鈍らされたロミオは、おのずと、空のウイスキーグラスをバーテンダーに差し出していた。

「試合、散々だったわね」

「観てたのか？」

「少しだけ」

頭の中に惨めな試合の映像が流れ出して、ロミオは二度目の舌打ちをした。

「笑えただろう？」

「……別に」

ロミオは運ばれたウイスキーを一気に飲み干すと、また同じ物を注文した。

「やるんじゃなかったよ」

「何で？」

海堂は鞄から取り出した細長い煙草に、小さな火を灯す。

「だって、格好悪いだろう？　あんな試合」

「私には、格好良く見えたけど」

「どこがだよ？」

皮肉を言われた気がしてロミオは腹を立てたが、昔からこいつは平気で痛に障る事を言える奴だったなと、立腹とは不釣り合いな感慨も一方で生まれた。

「昔からそうだけど、あなたは自分で思ってるよりも、そんなに格好悪い人じゃないわよ」

急に何を言い出すのかと、ロミオは紫煙を吐き出す海堂の口元を見た。

「あなたは、自分に厳し過ぎるのよ。厳し過ぎて、自分が許せなくなって、段々息苦しくなって、それで自滅した」

〝ドクン〟という大きな音を、ロミオは胸の中で聴いた。

「もう、自分を許してあげてもいいんじゃない？　あなただって人間なんだから、失敗する事だってあるし、思い通りにいかない事だってあるわよ」

「知ったような口をききやがって」

「知ってるわよ。だって、あなたは私が唯一憧れた俳優、朝倉健二なんですから」

ロミオは急速に酔いが醒める気がした。今まで自分は何に酔って、何の幻影を追い駆けていたのか。虚しく彷徨っていた過ぎ去りし日々に嫌気が差してきた。

海堂はスコッチを飲み干して、サングラスを掛けた。

「帰るのか？」

ロミオは名残惜しそうに言った。

「最後の相手は強敵なんですって？」

海堂は煙草の火を灰皿で揉み消すと、微笑んだ。

「俺には、関係ねえよ」

「楽しみにしてるわ」

そう言い残して、海堂は店を出て行った。

カウンターに残されたロミオは、高みを目指していた俳優時代の情熱と同じような感覚が、また沸々と湧き出してくるのを感じていた。

成瀬達の宿泊先はロンドン郊外の小さな街にある、古いレンガ造りのビジネスホテルだった。この一帯は河川が多く、産業革命期には造船業が盛んで、この街も大いに発展を遂げたと成瀬は立花から聞いていた。それが、今ではかつて誇った栄華は見る影も無く、観光用の水上バスが日に数本運行しているだけの寂れた街になっている。

二つ並んだシングルベッドの片方に横たわりながら、祐希が翌日のイングランド戦に向けての作戦を練習ノートに書き込んでいた。もう片方のベッドでは、成瀬が仰向けになって、天井でクルクルと回り続ける天井扇を見つめている。

「明日の試合も、頑張ろうね」

祐希は落ち込んだ様子の成瀬を励ますように言った。

「明日は、試合が出来ないかもしれないぞ」

成瀬は天井扇を見たまま返した。

俯きながら控室を出て行ったロミオとショートとは、その後一度も顔を合わせていない。そもそも、成瀬は大会を投げ出した二人を責められなかった。彼らを世界中の嘲笑の的にさせてしまったのは、明らかに自分の勝手な思い上がりのせいだと思っている。ワールドカップは、きっと人生を変えてくれるに違いないと信じ込んだ。だからこそ、成瀬は出場に向けて一生懸命に取り組んできた。しかし、それは単に自己満足を得る為でしかなかったのではないかと、ここに辿り着くまでの道のりを振り返った。そうしているうちに、成瀬は自分が間抜けな利己主義者だったように感じて、虚しさが心をぎすぎすと刺し始めた。

祐希が成瀬のベッドに飛び乗って、練習ノートを広げた。

「きっと……」

祐希はノートにロミオとショートの名前を丁寧に書き込むと、成瀬に顔を向けた。

「きっと、ロミオさんとショートさんは戻って来てくれるよ」

天井扇を見ていた成瀬が、祐希に顔を向ける。

「何で、そう思うんだ？」

「僕はコーチだよ。コーチは選手を信じなきゃ」

祐希は無邪気な顔を見せた。

成瀬は日に日に見せる祐希の成長には驚かされてきたが、ここに来てからも更に逞しくなったように感じる。四カ月前の再会時は、まだ幼さが残る少年だった。それが、今では強靭な精神力を備え、純真な目で真っ直ぐに前を見て、人生を歩んでいる。

「……大きくなったな」

成瀬は再び天井扇に目を向けた。クルクルと回る一枚一枚の羽がプロペラとなって、チームを大空へと羽ばたかせてくれる夢想をした。そして、そのまま眠りに落ちた。

部屋の小さな窓からは、車のライトや人影はほとんど見えなかった。ただ、橙色に灯っている街灯が点々と見えている。その寒々しい夜景を、板前は窓の縁に座ってポカンと眺めていた。

「俺達、ここに来て良かったのかな？」

煙の消えた煙突を眺めながら、板前が窓辺の椅子に座って本を読んでいる先生に聞いた。

「お前は、どう思う？」

本から顔を上げて先生が問い返すと、板前は室内に目を戻して考え込んだ。

「よく分からないけど、良かったんだと思う」

「何故、そう思うんだ？」

「だって、練習は楽しかったし、ゴミの仕事だって思っていたよりも悪くなかったし。試合に負けたのは悔しいけど、良い記念にはなると思うんだ」

「俺も同感だよ」

そう言うと、先生は再び古びた本を読み始めた。

板前は飽きもせずにまた夜景を眺め始めたが、しばらくすると急に大声を上げた。

「見てみろよ、先生！　あそこにシャーロック・ホームズみたいな奴が居るよ」

先生が窓の外を覗くと、ホテルの前の通りにハンチング帽を被り、ステッキを持った初老の男が、ただ歩いているだけだった。

ロンドンに来てまでも、社長は物作りに余念がなかった。振動が強過ぎて失敗作に終わったマッサージ機一号だったが、社長は諦めずに日々改良を重ねた。チームが分裂したこの日も、ホテルの部屋で黙々と失敗作と対峙している。

「こんなもんかな」

社長はマッサージ機二号を卓上の照明で照らした。見た目は一号機と何ら変わり映えはしなかったが、その仕上がり具合に満足気に頷いた。

「おい、くちなし」

くちなしはベッドで背中を向けて寝ている。

「まだ、起きてるんだろう？　今回は一番に、これをお前に使わせてやるよ」

くちなしは一向に起き出す気配を見せない。

社長は溜息をついて、マッサージ機二号をテーブルに置いた。

「今、あいつらはしんどい」

仕方なく、社長はマッサージ機二号を話し相手に選んだ。

「それでもな、あいつらはこのままじゃ終われないんだよ。分かるだろう？　これは俺の予想だけどな、お前の力があいつらにとって、必ず必要になる時が来る。その時は頼むぞ」

社長が真剣な眼差しをマッサージ機二号から、くちなしの背中に向けた。

くちなしは、ずっと汚れた壁紙を見ていた。社長の話だって、全部聞いていた。本当は言いたい事が山ほどあって、喉まで出掛かっている。それなのに、喉からは何も出せなかった。込み上げた忸怩によって、くちなしは鳩尾に痛みが走った。

ショートはロッキングチェアを揺らしてテレビを観ていた。当然、英語が分からなければ内容を理解出来るはずもなかったが、せめて自然や動物を扱った番組でもあればと、チャンネルを適当に回していた。ところが、どのチャンネルもドラマやクイズといったバラエティー番組が流れるばかりで辟易した。耳障りにしかならないテレビは消そうかと、見失ったリモコンを捜し始めた時だった。部屋のチャイムが鳴った。

ドアを開けると、フロント係の中年の女が立っていた。女は何かを話し始めたが、ショートには全く内容が分からない。埒が明かないと思ったのか、女は不愛想に封筒を差し出した。ショートはそれを受け取って部屋に戻り、封筒の裏に書かれた差出人名を確かめた。すると、思いも寄らない人物の名がそこにあった。ショートは力が抜けたように、またロッキングチェアに腰を滑らせた。

『前略、ご無沙汰しております。ここ最近、連日のようにテレビや新聞で萩原さんのワールドカップ挑戦のニュースを拝観し、大変誇らしく思っております。私も元チームメートとして鼻が高く、家族や友人に毎日のように自慢しています。

さて、今回唐突に手紙を出しましたのは、数年前の事故について、改めてお詫びをしたいとの思いが募ったからでございます。私の不注意であのような事になってしまい、本当に申し訳ございませんでした。あの事故以来、私は後悔と懺悔の念に駆られて生きて参りました。野球をやめ、転職を繰り返し、家族にも迷惑を掛けてきました。しかし、今回の萩原さんの挑戦を知り、私もそろそろ立ち直らなければと思い、つい先日、地元の少年野球チームで監督をやり始めました』

ショートは手紙から顔を上げたが、またすぐに視線を戻した。

『子供達の目の輝きを見ていると、少しずつ呪縛から解き放たれるような気が致します。ただ、一つ問題がございまして、それは私一人では、なかなか全員に目が行き届かない事であります。そこで、もしもご迷惑でなければ、帰国後に私と一緒に子供達に野球の楽しさ、素晴らしさを教えて頂きたく、お願い申し上げます。突然のお願いで大変恐縮ではございますが、ご検討頂ければ幸いです。

それでは、最後の最後まで決して勝負を諦めない萩原さんの全力プレーで、日本に勝利をもたらしてくれる事を期待しております。　敬具　須藤孝明』

ショートは手紙を閉じた。

「こいつ……」

テレビ画面に映っている太った男がクイズに全問正解したらしく、ゼロが幾つも並んだ賞金パネルを掲げて、カメラに向かって奇声を発している。ショートはしばらく、その太った男の奇声にロッキングチェアを揺らしながら付き合った。

試合開始まで、あと二分と迫っている。ウォーミングアップを済ませたイングランドの選手達は、ベンチ前でリラックスムードでジョークを飛ばし合っていた。これまでのイングランドの戦績は下馬評通りに全勝で、既に決勝トーナメントへの進出を決めている。対する日本の戦績は、二戦二敗。そんな状況から、観客席の大半を埋めているイングランドの応援団は、気軽な娯楽イベントでも観に来たかのように寛いでいた。一方、日本の応援席はと言うと、前回までとは打って変わって空席が目立ち、森閑としている。その中で、美穂と早川はコートのベンチ前に集まった日本のチームを心配そうに見つめていた。美穂と早川から少し離れた席には、この日も黒のワンピースにサングラスという、サッカー観戦には不相応な身なりで海堂が物静かに座っている。

メディアの数も日本は大きく水をあけられていた。イングランドは消化試合にもかかわらず、主要な放送局をずらりと揃えていたが、日本は大日新聞社の間宮と、その他の地方紙の記者が数名のみとなっている。日本は完全に敵陣の中に乗り込んだ格好だったが、そんな情勢よりも、成瀬達はもっと深刻な事態に陥っている現状に困窮していた。

「もうすぐ、試合が始まっちゃうよ」

板前が心細い声を上げた。

やはり、ショートとロミオは姿を見せなかった。必ず二人は戻って来てくれると信じていた祐希の落ち込みようは痛々しく、一人ベンチに座って頭を抱えている。

成瀬は暗く沈んでいるメンバーの顔を見つめた。勝敗はともかくとして、試合を行う為には、諸刃の剣を抜くしかなかった。断られる事を承知の上で、成瀬は唯一の打開策に打って出た。

「社長、くちなし、ショートとロミオの代わりに試合に出てくれないか？」

「無理だ、無理。俺には、何も出来ない」

社長は即、断った。

くちなしも俯いたまま無反応で、拒否したも同然に見えた。そもそも、二人はベンチ要員としての参加だった。成瀬は無理もないと諦めて、すぐに引き下がった。

「棄権するしかないな」

先生が冷静に言った。

「そんなあ、せっかく練習したのに」

落胆の表情を板前が見せた時、無情にも主審が両チームに集合の号令を掛けた。

「成瀬さん、どうしますか？」

成り行きを見守っていた立花が、焦燥感に駆られて成瀬に詰め寄った。

コートの中央には、屈強な体格のイングランドの選手達が続々と集まっている。それを眺めていた成瀬は、無言のままセンターラインに足を向けた。

「おい、成瀬」

先生は急いで成瀬の後を追った。

「どうするつもりだ？」

「仕方ないだろう」

成瀬の目に計り知れない無念さが宿っているのを、先生は認めた。何の助言も持てない自分に情けなさを噛み締めた先生は、決心を固めた主将の後に続いた。成瀬と先生と板前がセンターライン際に並ぶと、主審が訝しげな表情を浮かべて成瀬に英語で話し始めた。

「先生、この人何て言ってるの？」

板前が小声で聞いた。

「全員、集合するようにって言ってるんだ」

「あー、もう駄目だ」

板前が頭を抱えた。

日本のチーム事情を察したイングランドの選手達は、縮こまっている成瀬達を笑いながら、「タイム　アウト」と口々に発した。

——ここまで来られただけで、もう十分だ。

成瀬はそう強く自分に言い聞かせて、主審に向き直った。

「……この試合、棄権し」

「お父さん！」

ベンチから飛んできた祐希の声で、成瀬の声が掻き消された。コートに立っている者、観客席に座っている者の誰もが、その声で日本のベンチに目を向けた。

成瀬は信じられない気持ちで、ベンチを見つめて呟いた。

「お前ら……」

ベンチ前で、ショートとロミオが準備運動をしている。

板前は安堵の表情を浮かべて叫んだ。

「遅いぞ！」

「悪い。寝坊した」

ショートはそう言いながら、ロミオと共に、のそのそとコートの中央まで歩いて来た。その様子からは全く反省の色は見えなかったが、控室での打ちのめされていた姿も、どこにも無かった。

「もう来ないかと思ったぞ」

先生が笑いながら言った。

「バカ言え。今日こそ、俺の芸術的なシュートを決めてやるんだ」

ロミオはセンターラインに立つと、イングランドの選手達を睨み付けた。

二人の帰還で緊張の糸が切れた社長は大きく息を吐いて、ベンチにどかっと腰を下ろした。

「良かったなあ」

「僕は、信じてたよ」

泣き出したい気持ちを堪えて、祐希は満面の笑みを浮かべた。

観客席では、美穂と早川が復活を遂げた日本に一際大きな拍手を送り、海堂はサングラスの下で人知れず微笑みを零した。

「最後の戦いだ」

やっと、全員揃った戦友に向けて、成瀬は力強く言った。


試合開始のホイッスルと同時に、イングランドは日本からボールを奪った。息もつかせぬ電光石火のパス回しに、日本はついて行けない。あっという間に、イングランドが日本のゴールに迫る。誰もが、日本の失点は時間の問題だと確信した。ところが、イングランドはシュートを打たなかった。次のプレーに観客席がどよめいた。ゴールの手前から、イングランドはわざとボールを自陣に戻したのだ。まるで、パスの練習でもするようにボールを回している。明らかに、イングランドは決勝トーナメントに向けての練習を、この試合でしていた。まさに、模擬試合。日本にとっては、この上ない屈辱だった。それでも、これまでに対戦したどの国よりも、イングランドのレベルは格段に上だった。上手さだけではなく、彼らには絶対的な存在感があった。その存在感が、コートを完全に支配している。ボールを追い駆け回されたせいで、試合開始早々、成瀬達は肩で息をする羽目になってしまった。

「くそ、バカにしやがって」

苛立ったロミオが、強引にボールを奪いに走った。しかし、それをいとも簡単にかわされると、日本はゴールの手前まで一直線に突破された。成瀬と先生がボールを追う。ショートとロミオが懸命に戻る。だが、間に合わなかった。風を切り裂くような研ぎ澄まされた音がコートに轟いた。その直後に沸き起こった大歓声によって、成瀬達は失点した事を知らされた。

大歓声を背に、ベンチに座っている社長が頭を垂れた。

「今日も、駄目だ」

「まだまだ、これからだよ」

祐希の嬉しそうな声に、社長は顔を上げた。

「昨日もそう言って、手も足も出なかったじゃないか」

「今日は大丈夫だよ。だって、皆、昨日よりも目が輝いてるもん！」

そう言った祐希の目も、また輝いていた。

社長が試合に視線を戻した。確かに昨日までのチームとは雰囲気がどこか違っているように見える。圧倒的に押されている事に変わりはない。不格好なプレーも同じだ。でも、ショートもロミオも成瀬や先生も諦めずに必死にボールを追い駆け回していた。その姿は、まだ彼らが公園の広場でサッカーを始めて間もない頃の姿そのものだった。何かが吹っ切れた感のある今のチームに、社長も何かを期待したくて目を輝かせ始めた。

更に日本が一失点した前半四分、ショートはある感覚を肌で感じていた。先ほどまでは相手のパス回しがあまりにも速く、ボールに触る事すら難しいと思っていた。それが、今は不思議と奪えそうな気がしている。単にボールの動きに目が慣れただけかとも思ったが、それは一種の閃きではないかとも思い始めて、興奮した。

「ロミオ、行ってくれ」

「無理だ。また抜かれる」

「俺がカバーする。早く行け！」

ショートは試しにロミオを走らせた。ボールを持っているイングランドの選手は左右を見渡し、ロミオが二メートル手前に近づいた時に右足を持ち上げた。

――やっぱりだ！

法則があった。イングランドは一定の間合いに詰められた時、必ずパスをしている。それを見破ったショートは、全力で走った。走って、走って、そこに限界まで足を伸ばした。すると、嘲笑うようにロミオをすり抜けてきたボールに、足先が辛うじて触れた。勢いを失ったボールが、その場を彷徨う。

「取れ！」

成瀬は叫んだが、行き場を失ったボールに一斉に向かったのはイングランドの選手達だった。

ショートは目の前で転がるボールを見つめた。見つめながら、迫り来る無数の足音を聞いた。

その音は、遥か昔にバッターボックスで何度も聞いた対戦チームからの怒号と同じだった。

「ショート！」

ロミオの声で、ショートは燃えたぎった足を本能のままに、もう一歩踏み出した。

「おお、取った！」

ゴールを守っている板前がガッツポーズを作った。

ショートは奪い取ったボールから顔を上げると、一気にドリブルで駆け上がった。

「行けー！」

祐希がベンチから飛び出して叫んだ。

それに釣られて、社長やくちなしも身を乗り出した。大人しく撮影していた立花は、ビデオカメラを誰も居ない方角へ向けて声を張り上げる。

今大会、日本は初めて敵陣に攻め込んだ。目指すべきゴールが近づいて、ショートはシュート体勢に入った。その途端、ショートの目の前に大きな壁が立ちはだかった。

「何なんだ、こいつらは」

仕方なく、ショートは後方に控える先生にボールを戻した。ボールを受け取った先生は、目の前に押し寄せるイングランドの威圧感のある壁に怯んだ。それはあたかも、かつて存在したベルリンの壁のように絶対に越える事の許されない、未踏の境界線がそこにあるように思えた。

「先生、危ない」

成瀬の警告で、先生は死角から相手の選手が迫っている事に気付いた。慌てて成瀬にパスをする。決して遅いパスではなかったが、成瀬にボールが渡った時には、数人のイングランドの選手が既に成瀬の視界を塞いでいた。攻撃力だけではなく、守備力も圧倒的な差を見せ付けられて、日本は徐々に八方塞がりに陥っていった。

「一度、板前さんに戻して！」

打つ手が無く、立ち尽くしてしまった成瀬に、祐希が即座に指示を送った。

成瀬は祐希の指示に従って、ボールをキーパーの板前に向けて蹴った。それを見ていたイングランドの選手達は笑みを浮かべ、一斉に日本のゴールに駆け上がって行った。日本は完全に敵陣に取り残された。

「まずい」

成瀬は必死に戻った。先生もロミオも急いで成瀬に続いたが、ショートだけは戻っている途中で、急に足を止めた。

「くそ、足が攣った」

ボールが板前の手前にまで転がった頃には、イングランドの総攻撃の準備は整っていた。

「板前、取れ！」

成瀬は祈るように叫んだが、板前はイングランドの選手達が、まるで突進する戦車の群れのように思えて、足を震えさせていた。

「板前、落ち着け！」

先生も必死に叫んだ。

「無理だよ……」

板前の思考は完全に停止した。それが奏功した。板前は反射的に転がってきたボールに向かうと、思考停止のままで思いっきり蹴り上げた。ボールは板前の目前まで迫っていたイングランドの選手達の頭上を通過し、更には成瀬と先生、挙句の果てにはロミオの頭上をも通過しようとしている。

「バカ、どこに蹴ってるんだよ」

フォワードのロミオがボールの行方を追った。このままでは、ボールはイングランドのキーパーの手中に収まり、日本の攻撃は終わる。そうなる事は、誰の目にも明らかだった。ところが、イングランド陣営には、まだ一人だけ日本の選手が残っていた。その選手は足を攣った様子で、試合をそっちのけで呑気に足を伸ばしている。そんな前代未聞の光景に、主審すらも呆気に取られた。

「ショート！」

成瀬は叫んだ。

足を伸ばしながらショートが顔を上げると、ボールが自分に向かって勢い良く空中を飛んでくるのが見えた。

「おい、おい、まだ足が……」

ショートは背後にも相手チームのキーパーが迫って来ているのを感じた。だから、必死に足を持ち上げてはみたものの、攣った足は言う事を聞いてくれなかった。

「俺の足だろう。言う事を聞けよ！」

もはや、足の痙攣は治まりそうもなかった。どうすれば良いんだ……。ショートが向かってくるボールを見上げた。

——これしかないか。

ショートは体勢を直立不動に変えた。

「あいつ、何する気だ」

社長が思わずベンチから立ち上がった。

ショートはボールの落下点に立った。そして、落ちてくるボールを頭に当てた。

「ヘディングシュートだ！」

祐希が興奮して言った。

ショートの頭に当たったボールは、背後に迫っていた相手のキーパーの頭を飛び越えて、誰も居ないゴールへと吸い込まれていった。本来はここで沸くはずの観客は鳴りを潜め、会場は静まり返っている。

「入った……」

先生が無感情のままに呟いた。

「ゴールだ！」

成瀬は叫びながらショートに駆け寄った。先生やロミオも両手を上げて喜んだ。

祐希はベンチから飛び上がって社長に抱き着き、静まり返っていた日本の応援団も一斉に歓声を上げた。今大会における日本の初得点は、目の覚めるようなカウンター攻撃だった事もあって、対戦国の応援団にも少なからず感動を与えていた。しかしながら、この得点によって、成瀬達は眠れる獅子を呼び覚ましてしまった事を、これから嫌というほどに思い知らされる事になった。

サッカー後進国の日本に、サッカー王国であるイングランドのゴールが一点でも奪われた事実は、王国の選手達にとっては耐えがたい恥であった。彼らはその醜態を葬り去るべく、昨日の大会得失点差記録を更新しようと本気になった。

試合再開のホイッスルの直後、イングランドの選手達は凄まじい勢いで日本のゴールに突進した。どの選手も先ほどまでの練習モードではなく、一気に片を付けると言わんばかりの真剣な顔付きに変わっている。様変わりした相手に、成瀬達は危機感を覚えて一斉に身構えた。

「ショートさんとロミオさんも、戻って守備について！」

フォワードのポジションだった二人に、祐希は急いで指示を出した。

イングランドの猛攻は凄まじかった。針の穴を通すような正確なパスに、スピードが増したドリブル。攻撃に歯止めを掛けられない日本は、ずるずると後退していく。

戦況を見つめていた祐希は、更なる指示を出した。

「作戦Cでいくよ！」

昨夜遅くまで、祐希はホテルの部屋で幾つかの作戦を練っていた。相手は強豪。生半可な作戦では太刀打ち出来ない。熟慮の末、祐希は至極シンプルなものを選んだ。相手チームに攻められている時には全員でゴールを死守し、ボールを奪った時には全員で攻撃を仕掛ける。それが、作戦Cだった。練った作戦については、試合が始まる前の控室で一通りの説明をした。但し、遅れて来たショートとロミオの耳には入っていない。

「お父さん、ショートさんとロミオさんにも」

「分かってる」

成瀬はショートとロミオに、急いで作戦Cの内容を簡潔に伝えた。

「なるほど、そういう事か」

ロミオは作戦の趣旨を理解して頷いた。

だが、一方のショートは不安げな表情を浮かべると、肩で息をしながら呟いた。

「しんどいな……」

ただでさえ守備を主体にすると、体力の消耗は激しくなる。更に、ショートは先ほど攣った足の状態に不安を覚えていた。その足は過去に大怪我を負った方の足で、出来る限り負担は軽くしたいと考えていた。

ショートの不安が残ったまま、日本はフォワードを含めた全員でゴール前を固めた。それに対して、イングランドは一度ボールを止めて、ゆっくりとパスを回し始める。相手の攻撃速度が減速したのを見て、成瀬達は作戦Cの効力が予想以上に発揮されたと思った。

「さすがのあいつらも、この鉄壁の守りは突破出来ないだろうな」

ロミオがニヤけ顔で言った。

ところが、百戦錬磨のイングランドは、そんなに甘い相手ではなかった。彼らはパスをしながら、行く手を塞いだ日本の穴を、鷹のような鋭い目でじっくりと探していた。それを攻めあぐねていると勘違いした成瀬達は、無自覚に一息ついた。すると、それを見抜いたように透き通るほどの青い目をした小柄な選手が、突如ドリブルを仕掛けた。それに真っ先に釣られたのは、ショートだった。

「バカ、追うな」

ロミオの忠告も虚しく、ショートはどこまでもボールを追った。その結果、日本の守備体系は崩れ、ゴール前に大きな穴がぽっかりと空いた。青い目の選手は、まとわり付くショートを難なくかわすと、穴に向かってボールを力強く蹴り込んだ。

「やられた！」

社長が叫びながら、ベンチから飛び起きた。

ボールは高速回転を伴って、真っ直ぐにゴールを守る板前に向かって突き進んで行く。観客は声援を忘れて、ボールの行方に釘付けになった。次の瞬間、〝ドン〟という鈍い音がコートに響き渡った。板前の頭を直撃したボールは、空中を誰にも邪魔されずに彷徨った後にサイドラインを割った。ホイッスルが吹かれた。続けて、また吹かれる。観客席が騒々しい。成瀬は嫌な予感がして、恐る恐る自陣のゴールに目を向けた。ネットに絡まった板前が、無残な姿で倒れていた。

「板前！」

成瀬は板前に駆け寄り、先生と共にネットに絡まった板前を救い出した。

寝かせた板前は目が半開きになっていて、意識が不明瞭な状態になっている。尋常ではないその様子に、成瀬は恐ろしさを堪えながら必死に呼び掛けた。

「大丈夫か？　板前」

板前に反応は無かった。

「脳震盪を起こしてるんだ」

ショートが静かに言った。

主審は板前の状態を確認してから、急いで担架を呼んだ。

「続行は無理だな」

先生は、そう言って成瀬を見た。

成瀬は担架に乗せられる板前を、黙ったまま見つめている。青い目の選手は、悪びれもせずにコートの外へと運ばれて行く担架を見送った。成瀬達は、彼の表情の中に嘲笑があったのを、はっきりと見た。

「……あいつ、わざと板前を狙ったんだ」

ショートは悔しさを押し殺して、青い目の選手を睨んだ。

一触即発の空気が漂うコート。その空気を蹴散らすように、主審は祐希に板前の交代要員を入れるように指示をした。だが、そんな駒など日本は持ち合わせていない。祐希は苦い息だけを吐くと俯いた。

「これまでか……」

成瀬も俯いて呟いた。

「成瀬！」

ベンチから太い大きな声が飛んできた。

成瀬は顔を上げてベンチを見た。社長が着慣れないユニフォームに袖を通している。

「……社長？」

成瀬は、社長がそこで何をしているのか分からなかった。先生やショート、それにロミオもただ呆然とベンチを見ている。

社長はユニフォームに着替え終えると、祐希に尋ねた。

「どうだ、コーチ。似合うか？」

唖然と社長を見ていた祐希は、慌てて首を縦に振った。

「さあ、いつでもいいぞ」

「いつでもって、出てくれるの？」

祐希は社長の真意が摑めずに確かめた。

「仲間がやられたんだ。このまま、引き下がる訳にはいかないだろう？」

祐希は嬉しくなって社長に抱き着いた。そして、声高々に宣言した。

「選手交代！」

社長がでっぷりとしたお腹を揺らしながら、コートに入って来た。

「そんな腹で、やれるのか？」

ロミオは笑いながら社長を冷やかした。

「俺はゴールに立ってるだけだ。お前ら、絶対にシュートを打たせるなよ」

「任せとけ」

ショートは意気込んで、敵陣に向けて走り出した。先生とロミオも、ショートの後を追って、再び戦闘態勢を整える。そんな中、成瀬はまだそこに留まっていた。

社長は眉間に皺を寄せた。

「どうした？　お前も早く行け」

「社長」

「何だ？」

「ありがとう」

「成瀬、これが俺の最後の応援だぞ」

社長が今までに見せた事の無い、鋭利な表情を見せた。成瀬は社長の真の姿を垣間見た気がして、鳥肌が立った。

「だから、悔いの無いようにやってこい」

「ああ、そのつもりだ」

成瀬はイングランドのゴールに向き直った。それを見届けた社長は、「よし」と大きく頷いた。その時、一段と観客席が騒がしくなった。

「フレー、フレー、富田社長ー！」

「？」

社長がそこに目を向けると、かつての部下だった仁科の姿があった。

「富田社長、皆で応援に来ましたよ！」

仁科の言う通り、苦労をかけた事務員や工場の作業員までもが一丸となって、巨大な応援幕を振ってくれていた。

「あいつら……」

社長は熱くなった眼を戦場へと向けた。

「あの、すみません」

早川は見知らぬ初老の婦人に声を掛けられた。

「日本の試合は、ここですか？」

「そうですよ」

「そうですか。ありがとうございます」

その婦人は、後ろに立っている険しい顔付きの夫らしき人に何事かを囁き掛けると、早川の隣の席に並んで腰を下ろした。それから間もなく、早川の耳に震える声が届いた。

「あなた、あそこに隼人が……」

久しぶりに見る我が子に、幸枝は声を詰まらせた。しかし、秀雄は険しい表情を崩す事なく、ベンチに座っているくちなしを一瞥しただけだった。

その重々しい雰囲気に、この人達も過去に囚われたまま、未だに逃れられないのだと、早川は切なさが込み上げた。

試合は激しい戦いが続いていた。日本は防戦一方だったが、老体に鞭を打って出場している社長を守ろうと、何とか体を張って耐え凌いでいる。成瀬達のゴール前での徹底した守備によって膠着状態に陥った試合展開は、次第にイングランドの選手達に苛立ちを与えていった。

そして、その苛立ちが彼らのプレーに微々たる乱れを生じさせた。それを見逃さなかったのは、教師時代に観察眼を身に付けた先生だった。

「成瀬、少し前に出てくれ」

先生の指示に成瀬は困惑した。この守備体系を崩すと、またあの青い目の選手がシュートを打ってくるのが目に見えていたからだ。成瀬は先生に顔を向けた。すると、先生はゴーグルの位置を僅かに直していた。成瀬はそれを見て、先生の指示に従う事を決めた。

——あの仕草を見せた時の先生は、信じられる。

成瀬は一歩、二歩と徐々に前に進み出た。その直後、やはり青い目の選手が日本の空いた穴に向かって走り寄り、そこにパスが出された。

「おい、おい」

ロミオは焦って穴を塞ごうと走った。ところが、そのパスは青い目の選手から少し逸れた。それを見越したかのように、先生はほんの僅かに乱れたパスボールをしっかりと捉えた。

「ナイスカット、先生！」

祐希がベンチの前で飛び跳ねた。

ここで初めて、日本は作戦Cの全員攻撃に移った。

「ロミオ！」

先生は前を走っているロミオにボールを送った。ロミオはそれを受け取ると、すぐさま斜め前を走るショートにボールを託す。そこからボールは成瀬、先生へと渡り、再びロミオの足元まで戻った。ロミオは走りながら相手のゴールを見据えた。ゴールまでの距離は、まだある。だが、コースはあった。こんなチャンスは滅多にこない。ロミオが思い切ってシュート体勢に入る。いつの間にか戻っていた相手のディフェンダーが、ロミオの眼前に一瞬で高い防波堤を築いた。ロミオは舌打ちした。

「ロミオ、戻せ！」

成瀬の指示でボールに視線を落とした時、ふと、ロミオの頭をある欲求が駆け抜けた。前々から、ロミオには秘密裏に積み重ねてきた練習がある。公園で放った、弧を描くシュートだ。まぐれでゴールに入ったあのシュートの感覚を、ずっと忘れられなかった。舞台で燦然と輝きを放った時と同じ、あの感覚。その後、貪欲に何度も再現を試みた。しかし、まだ一度も成功はしていない。それでも諦めずに練習を繰り返してきたお蔭で、ようやく最近になって手応えみたいなものをロミオは摑み始めていた。

——今こそ、練習の成果を試す時だ。

ロミオはボールを見たまま、右足を振り上げた。その動作に、成瀬達もイングランドの選手達も、思わず動きを止めた。ロミオはボールの外側を擦るように強く蹴った。勢い良く回転したボールは防波堤の外側へと飛んで行く。誰もが、大きくゴールから逸れたと思った。だからこそ、ボールが途中で軌道を変えた時には、選手も観客も一様に度肝を抜かれた。ロミオが、ニヤける。その刹那、〝ドン〟とロミオの耳の奥に鈍い音が響いた。音が止むと、今度は仲間の掛け声や観客の声援が途絶え、最後には風の音までもがロミオの中から消えた。

ボールは大きな弧を描きながら、イングランドのゴールへと落ちて行く。観客の誰かが「入った！」と叫んだ。次の瞬間、ボールは無情にもゴールポストに当たって弾かれた。ホイッスルが鳴り響いたのは、ボールがイングランドの選手の足元に落ちた時だった。

「ロミオ！」

成瀬は吹き飛ばされたロミオに走り寄った。

観客席は騒然となり、ざわめきの中で海堂は口を押さえたまま動けなかった。

「大丈夫か？」

ショートがロミオの顔を覗き込んだ。ロミオは起き上がれずに、左足を押さえて呻き声を上げている。かつて自分に降り掛かったおぞましい事故を、ショートは想起した。ロミオに突進したのは、あの青い目の選手だった。

「何するんだ、お前！」

ショートが怒りを露わにして、青い目の選手に詰め寄る。

「やめろ、ショート」

先生は必死にショートを止めた。

「……俺は大丈夫だ」

成瀬に支えられながらロミオは何とか立ち上がったが、左足はほとんど動いていない。

「折れたかもしれないいな」

ゴールから駆け付けた社長が心配そうに言った。

「くそ！」

ロミオは顔を歪める。

ベンチで不安げに状況を見守っていた祐希も、これ以上はロミオに試合を続けさせられないと肩を落とした。それはつまり、もう交代要員が残っていない日本にとっては、試合そのものの棄権を意味している。

先生は成瀬に歩み寄った。

「本当に、これでもう終わりだ」

「……そうだな」

成瀬は現実を受け入れるしかなかった。

「俺達は十分にやったよ。誰も文句は言うまい」

皆を励ますように言った社長だったが、悔しさが滲み出ていた。

祐希はベンチから、どうにも出来ない歯痒さに歯を食い縛って耐えている一人ひとりの顔を見つめた。見つめているうちに、目から涙が溢れそうになった。祐希はその涙が溢れ出る前に、試合の棄権を主審に告げるべくサイドラインを跨いだ。誰かが、祐希の肩を叩いた。

——えっ？

祐希は涙のせいで、単に見間違えたのかと思った。それが、徐々に見間違いなどではなかった事に気付かされると、息を呑んだ。夢ではない事を祈りながら、溢れ出てしまった涙を拭うのも忘れて、祐希は急いで主審に告げた。

「選手交代！」

成瀬達は驚いて一斉にベンチに目を向けた。そこに、くちなしがユニフォームを着て立っている。それを見たショートが、更に驚きの声を上げた。

「まさか、あいつが？」

くちなしが長細い体を揺らしながら、のそのそとコートに入って来た。

「見て、隼人が」

椅子から立ち上がった幸枝が、秀雄の肩を揺らした。昂りを抑えられない幸枝とは対照的に、秀雄は仏頂面で座ったまま腕を組み直しただけだった。

コートに立ったくちなしを、成瀬は正面に見据えた。

「くちなし、ありがとうな」

くちなしは無反応だったが、成瀬は堪らなく嬉しかった。皆が寝静まった深夜に、くちなしが中庭で密かに練習をしていた事を、成瀬は知っている。ただ、その練習はサッカーへの好奇心だけでやっていると思っていた。だから、極めて人見知りの性格のくちなしが、この大舞台に立ってくれるとは思ってもみなかったのだ。

ロミオはくちなしの肩に手を置いた。

「頼むぞ、くちなし」

そう言い残すと、ロミオは成瀬と先生に支えられて、ベンチに向かって歩き出した。

観客席では敵味方関係なく、一人残らず立ち上がって、足を引きずるロミオに拍手を送った。

「ちょっと、待ってくれ」

去り際にロミオが足を止めた。そして、観客席に向かってカーテンコールさながらの、深々としたお辞儀を披露した。観客はそれに一段と拍手を強める。試合会場は、まさにシェイクスピアを生んだ国に相応しく、万雷の拍手が渦巻く舞台演劇の様相に姿を変えた。ロミオは満足げに頭を上げると、観客席の中に海堂を見た。

海堂は自分の胸を、ポンポンと叩いた。

「やっぱり、格好悪くなんかないわよ」

演技以外で流した涙は、久しぶりだった。海堂は駆け出しの頃の純真無垢だった、懐かしい自分に出会えたような気がして、サングラスを外した。

鳴り止まぬ拍手の中、ロミオは笑みを浮かべたまま退場した。

もはや、試合会場は完全なる敵陣ではなくなっていた。成瀬達の一生懸命にボールを追い駆け回している泥臭いプレーは、近代サッカーが技術力向上に傾注してきて忘れてしまっていた、サッカーは誰もが分かる、誰もが楽しめるシンプルなスポーツという精神を観ている者に思い出させた。それによって、イングランドの応援団も日本の応援団も子供時代の楽しい思い出や、青春時代の苦い思い出など、淡い人生の回顧に酔いしれながら試合に夢中になった。

「何してるんだ、くちなし！」

社長の怒鳴り声は、観客の回顧展の終了を告げるベルとなった。

くちなしは早くも息が上がり、膝の上で両手を震わせていた。

――ついて、行けない……。

くちなしは極限の疲労を感じて、また足を止めた。常日頃、一日の生活の大半を睡眠が占めていたくちなしは体力に自信が無かった。それを少しでも補おうと、隠れて練習したり、ゴミ収集の仕事でも体力を強化する為に、無理をして働いた。所詮、それらは付け焼き刃の運動でしかなかった事を、くちなしは骨身にしみた。

ボールを持った先生は、サイドライン際まで追い詰められている。

「くちなし、パスだ！」

先生は孤立しているくちなしに目が留まって、ボールを託した。

勢い良く転がってきたボールを受け取ろうと、くちなしは一歩前に踏み出した。足が絡まった。絡まった足は解れず、激しく転倒した。くちなしに見放されたボールは、虚しくサイドラインを割り、所有権はイングランドに移った。

「大丈夫か？」

成瀬は倒れているくちなしに走り寄って、抱き起こした。ふらふらっと立ち上がったくちなしは、息苦しさで目を瞑る。くちなしの体力が限界を超えている事は明らかだった。

「しっかりしろ！　もう、お前しか居ないんだ」

ショートは苦しさに悶えているくちなしの背中を叩いた。くちなしは大粒の汗を芝に垂らすだけで、何も応えない。くちなしは戦力としてはとても計算出来ず、何とか先生とショートと自分だけで戦うしかないと、成瀬は天を仰いだ。

幸枝は心配そうな表情で、隣の秀雄を見た。

「あの子、大丈夫かしら？」

秀雄は何も言わず、くちなしの苦しそうな顔を、ただ凝視するだけだった。

またしても、先生が相手のパスコースを読んでボールを奪取した。成瀬とショートは、敵のゴールに向かって走り出す。ただ、その攻撃も束の間だった。即座に守りを固めたイングランドの選手達が、日本の進路を瞬く間に断つ。更に、イングランドはまともに動く事の出来ないくちなしのマークを外して、その余力をゴール前の守備強化に使った。くちなしは自陣のゴール前で案山子のように突っ立っているだけで、相手も戦力外通告をしたようだ。作戦Cは見透かされ、機能不全に陥った。先生が前方の成瀬とショートを見る。二人には鉄壁のマークが付いていて、パスすらもさせてもらえそうにない。

「先生、こっちだ！」

前方から全力で下がったショートがパスを要求した。先生は運動量が豊富なショートに、ボールを任せた。ショートは前を見つめて、シュートコースを探す。

「どこに、蹴ればいいんだ」

シュートコースなんて、どこにも見当たらなかった。猫に追い詰められた鼠のように、ショートは焦ってドリブルで突破を試みた。

「落ち着いて、ショートさん！」

祐希はベンチから声を張り上げたが、その声が耳に入る余裕は、ショートにはもう残されていなかった。ドリブル突破は、相手の守備陣に阻まれて失敗に終わった。ショートは自棄になった。そして、見えないゴールに向かって、闇雲にシュートをした。ボールは当然のように、目の前に立ちはだかる相手選手に当たって宙を舞う。成瀬達もイングランドの選手達も、ゆらゆらと地上に戻りゆくボールの行方を見守った。全ての視点が定まった時、あり得ない状況に一人残らず目を疑った。落下したボールを拾ったのは、外敵にもそっぽを向かれて取り残されていたはずの、案山子だった。

――何で、くちなしが？

成瀬は信じられずに、汗が入った目を拭った。

「くちなしさん！　凄い！」

ベンチで祐希が興奮した。

くちなしは悔しかった。相手チームにも自分のチームにも見放され、自分の存在意義を否定されたように感じた。それは、あの辛くて悲しかった幼少期や、就職活動の時に感じたものと同じだった。何の為に、生きているんだ。くちなしは突っ伏している自分に問うた。見付けた答えが、前に進む事だった。前進する、ただそれだけで良い。足も腰も頭も痛かったが、大地を踏み締め続けた。そこへ、このボールが舞い降りた。

「くちなし、シュートだ！」

成瀬の叫びが、くちなしの鼓膜を突き刺した。

くちなしは昔、部屋に閉じ籠もって狂ったようにサッカーゲームをやった。何度もゴールを決めて、チームも優勝に導いた。次にやらなければいけないイメージは出来ている。

――ゲームであれば、ここで蹴ってゴールだ。でも……でも……もう足が動かない。

くちなしは足元のボールを見つめると、痛みが走るほどに唇を噛んだ。

ゴールを守っている社長が指示を送った。

「駄目だ、そいつはもう動けない！　成瀬、お前がシュートを打て！」

成瀬はくちなしに向かって走った。先生とショートも成瀬に続いた。それを見ていたイングランドの選手達も、一斉にくちなしを目掛けて突き進んだ。

「ハア……ハア……ハア……」

くちなしは遠のく意識の中で、ふと両親の事を思い出した。厳しくも頼もしい父親。不器用で優しい母親。本当に二人が好きだった。好きで堪らなかったから、家を出た。今頃、どうしているのかな。走馬灯のように両親との思い出が、くちなしの頭を駆け巡った。その時……。

「隼人！」

幻聴？　視界もぼやけている。

「ハア……ハア……」

「隼人！」

くちなしは閉じ掛けた目を観客席に向けた。空席が目立つ中に、一人立ち上がっている人物が見える。秀雄だった。

「シュートを打つんだ！　隼人！」

秀雄が険しい顔を崩して泣いていた。その横では小さくなった幸枝が、遠慮気味に手を振っている。くちなしは、目を見開いた。

「シュートを打って、家に帰って来い！」

秀雄の言葉は、くちなしの体に異変を生じさせた。不思議な事に、もう動かなかった足に力が漲り始めた。無意識に右足を大きく振り上げる。そして、ゲームのプレーヤーと同じように力一杯に、それを振り下ろした。

ボールは一直線にイングランドのゴールに向かって走った。両チームの選手達はその場に固まって、ボールの行方だけを目で追った。相手のキーパーは、明らかに油断していた。それ故に、虚をつかれて最初の踏み出しが遅れた。くちなしの思いを乗せたボールはキーパーの手を除けて、そのままゴールネットに突き刺さった。

「……」

無我夢中のくちなしは、しばらくゴールを見つめていた。

得点を告げる主審のホイッスルで、観客席に割れんばかりの歓声が沸き起こる。

「凄いぞ！　くちなし」

先生はくちなしに抱き着いた。

「……」

「おい、もっと喜べよ」

ショートがくちなしの頭を撫でながら言った。

「……決まったの？」

今にも消え入りそうな声だった。

それを確かに聞いた成瀬達は、驚いてくちなしの口を覗き込んだ。

「今、何か言ったか？」

成瀬はもう一度確かめたくて、尋ねた。

「……得点、入ったの？」

くちなしが、喋った。

それもまた嬉しくて、成瀬はくちなしの頭を摑んで額を擦り付けた。

「そうだ、お前が決めたんだよ」

くちなしが大きく息を吐く。

「お前の声を初めて聞いたけど、結構可愛らしい声をしてるんだな」

状況に不釣り合いな事をショートは口にした。

ベンチ前では、祐希が医務室から戻って来たばかりのロミオとハイタッチをした。

「くちなしさん、最高！」

「くそ、俺も決めたかったぜ」

ロミオは悔しがりながらも、笑っている。

大歓声は鳴り止まない。止めどなく流れる涙を懸命に堰き止めながら、幸枝が立ち上がったままの秀雄を見上げた。

「お父さん、あの子が……あの子が決めたよ」

「ああ」

秀雄は静かに頷いた。

成瀬達の祝福から解放されたくちなしは、恥ずかしそうに観客席に目を向けた。

「よくやった！　それでこそ、私の息子だ！」

記憶に無い父親からの褒め言葉に、くちなしは右手をそっと上げて応えた。

二対二。誰も予想出来なかった、この試合展開を観客は固唾を呑んで見守っている。別の試合を観戦していた観客も、イングランド対日本の試合状況を聞き付けて続々と集まり、空席が目立っていた日本の応援席は、ほぼ埋め尽くされた。

「あなた、頑張って」

美穂は祈るように手を合わせた。

時計は残り時間を一分と表示している。イングランドは決勝トーナメントへの進出が決まってはいたが、このまま引き分けで終わる事は、サッカー王国としてのプライドが許さなかった。また日本にとっても、喫した無残な敗北に一矢報いるだけでなく、未来を切り開く為には絶対に勝たなければならない試合だった。両チーム共に疲労は頂点に達しているが、決してボールの奪い合いをやめようとはしない。同じ目的の為に、ひたすら相手のゴールを奪う為だけに、集中している。

「お父さん、頑張って！」

手を合わせながら、祐希は微かに残る記憶を呼び覚ました。それは、家族三人での生活だった。平凡で当たり前の生活ではあったが、それがどれほど愛おしいものなのかを、この数カ月間で理解する事が出来たように思える。だから、もうそれを手放したくはなかった。手放さない為には、この試合に勝つ事が必須条件のような気がして、祐希は心の底から日本の逆転を祈った。

残り時間が三十秒を切った時、イングランドのあの青い目の選手が強烈なシュートを放った。しかし、消耗した脚力でのシュートは前半戦のような正確性は消え失せ、僅かに軌道を外れてゴールポストを弾いた。

先生が落下したボールを夢中になって拾うと、前を向いた。

「ショート！」

渾身の力を込めて、先生はボールを送った。それをしっかりと受け止めたショートは、少しでも前にボールを運ぼうと、痙攣して力の入らなくなった足でドリブルをした。イングランドの選手達は日本の進攻を食い止めるべく、即座にショートの前に立ち並んだ。その場で立ち止まって動けなくなったショートは、相手の守備陣に一斉に取り囲まれて袋小路に落ちた。

成瀬は時計を見た。刻一刻と、時が削られていく。

——行くしかない。

成瀬は一目散に敵陣に向かって走った。

「何で、あいつは一人で前に走ってるんだ？」

観客席の黒人の男が目を丸くした。

成瀬は仲間を信じた。何の根拠も無く信じた訳ではない。五カ月前、ホームレス・ワールドカップへの挑戦は、勝手な思い付きで始めた事だった。それが、これほどの困難を極める挑戦になるとは思ってもみなかった。にもかかわらず、困難に見舞われる度に、仲間は一緒に走ってくれた。その恩返しは、今日ここでしなければならない。成瀬は痛みが走る両足を懸命に前に出し続けた。残り時間は、時計に十秒と刻ませる。

「ショート、こっちに戻せ！」

前方を塞がれたショートは、後方に回り込んだ先生に体の向きを変えた。その動きに、相手のディフェンダーも動いた。パスルートを遮断しようと、ショートと先生の間に割って入ったのだ。これで、ショートへの包囲網は確実に狭まった。視界に入る相手選手だけでも、三人は居る。苦し紛れに、ショートはまた敵陣に向き直った。

――しめた！

フォワードのショートに気を取られて、イングランドの守備陣が手薄になっていた。そこを、成瀬が疾走している。ショートは微笑んだ。

「成瀬、頼んだぞ！」

ショートは前方にボールを大きく蹴り込んだ。両チームの選手達も客席を埋め尽くした観客も、飛行機雲でも見るように上空を走るボールを見上げた。

「成瀬、走れ！」

ベンチからロミオが叫んだ。

ボールは成瀬を飛び越えて、相手キーパーとの中間地点に落ちて大きく弾んだ。成瀬は必死に弾み続けるボールに向かって走った。キーパーも猛進する。

——駄目だ、間に合わない。

成瀬は激痛を伴った足を懸命に押し上げていたが、一向にボールは近づいてはくれなかった。その間に、キーパーは眼前のボールに両腕を伸ばした。

——ごめん。やっぱり、駄目だった……。

成瀬は諦めて足の力を抜き始めた。すると、痛みが和らいで身も心も楽になった。

「あなた！」

突如、観客席から届いたその声は、成瀬に四年前の記憶を見せた。

『祐希、今度の土曜日に一緒にサッカーするか？』

『ねえ、ねえ、お父さん。僕、ドリブル上手くなったよ』

『痴漢行為を認めますね？』

『いい加減にしてくれよ！　俺は痴漢なんて、やっちゃいないよ』

『実は、通勤時に君と同じ車両に乗っていた社員が居てね』

『……痴漢に間違われたのは事実ですが、私は決して痴漢なんてやってはいません』

『お前のお父さんが痴漢したのを、俺のお父さんは見たんだよ』

『嘘だ！　痴漢なんてしてないよ！』

成瀬は自分に怒りを覚えた。

――祐希、美穂、悪かったな。俺は、もう逃げないよ。

両足に最後の力を込めて、成瀬は右足を前に突き出して跳ね上がった。それとほぼ同時に、ボールの手前まで迫った猛進中のキーパーの両腕が、今にもボールを掴み取ろうとしていた。

右足の先に全神経を集中させる。これで歩けなくなっても良い。歩けなくなっても良いから……届け！　キーパーがキャッチする寸前に、成瀬は弾んだボールの底を蹴り上げた。そして、そのまま真っ青な空を見上げながら背中から落ちた。キーパーは頭上を通り抜けて行くボールに、限界まで腕を伸ばす。だが、指先をかすめただけで、ボールはイングランドのゴールへと降り立った。

その瞬間、時計は止まった。試合終了のホイッスルが静寂を切り裂き、歓声が濁流のように押し寄せた。茫然自失となっている両国の選手達は、固まって声すらも失っている。おびただしい拍手と歓声の中で、成瀬はゆっくりと起き上がった。足に痛みは無かった。

「お父さん！」

振り返ると、祐希が勢い良く駆け寄って来ていた。

「勝ったのか？」

「うん、勝ったんだよ！」

成瀬は大粒の涙を振り撒いて走って来た祐希を抱きしめた。

「やったな、祐希！」

「やったね、お父さん！」

成瀬と祐希の周りにチームメートが集結し、日本はコートの中央に大きな喜びの華を咲かせた。怪我でベンチに退いたロミオは痛みで顔をしかめながらも、両手を突き上げて喜びを爆発させた。ビデオカメラを回し続けていた立花は、目の前で起こっている事実の一部始終を記録しようとファインダーを覗いていた。ところが、途中でピントが合わなくなった事に気付いた。立花は慌てて調整したが、一向に合わずに再びファインダーを覗いた。次いで、声を上げて笑った。ファインダーが涙で濡れていただけだった。

「あれ、終わっちゃったの？」

まだ意識を朦朧とさせている板前が医務室から戻って来た。状況が飲み込めていない板前に、ロミオが皮肉たっぷりに言った。

「あのゴールを見逃したお前は、本当に運が悪いぜ」

「そんなあ」

板前はベンチに腰を下ろすと、羨ましそうにコートを眺めた。

美穂と早川は抱き合っていた。二人共泣いている。但し、その涙は透き通っていた。醒め遣らぬ興奮の坩堝の中、海堂が静かに席を立った。秀雄と幸枝は寄り添い、仁科はまだ応援幕を振っている。メディア席で試合を見届けた間宮は、今日の原稿作成は捗りそうだと微笑んだ。そして、決めた。タイトルは『ロンドンの奇跡』にしようと。

三対二。この死闘を制したのは、何かしらの事情で社会から零れ落ち、汚物でも取り扱うかのように世の中から蔑まれてきた、紛れもない七人の日本のホームレスであった。

派手な広告看板を下げた雑居ビル群の間を、ゴミ収集車がエンジンを唸らせて走っている。成瀬はゴミと汗の臭いが染みついた助手席から、窓の外に映る人々の流れを見ていた。先を急いでいる背広姿のサラリーマン。ウィンドウショッピングを楽しんでいる若いカップル。遊び疲れた子供を背中で寝かせて家路を辿る父親。それぞれが一生懸命に人生を謳歌しているように見えた。成瀬は助手席の心地良い揺れを感じながら、元チームメートの事を思い浮かべた。

各メディアから『ロンドンの奇跡』と呼ばれた、あの激闘から皆の生活は一変した。先生は今回の件を綴った本が爆発的に売れて、本物の先生になった。板前は改めて料理の専門学校に通い始め、もう一度厳しい日本料理界の門を叩くべく頑張っている。ショートは地元の小さな社会人野球チームの用具係を務める傍ら、少年野球チームのコーチになって熱心に将来のプロ野球選手を育てている。ロミオは今回の出来事が舞台作品となり、主演に招かれて絶賛公演中だ。社長はゴミ収集会社の機材開発部門で働くようになり、今までの職人としての経験を存分に活かしている。あの無口なくちなしは、信じられない事に吃音症に苦しむ人々のセミナーに講師として招かれ、自らの体験を語り聞かせている。ちなみに、くちなしがワールドカップに参加した理由は、祐希がサッカークラブで使っているユニフォームと交換条件だったようだ。皆、本来進むべき道に戻って行った。

「変わってないのは、俺だけか」

成瀬はボソリと呟いた。

「何か、言ったか？」

色黒の年配の運転手が成瀬に顔を向けた。

「いいや、何も」

赤に変わった信号機の前でゴミ収集車が止まると、成瀬は作業着の胸ポケットから一枚の写真を取り出して眺めた。

「その写真、よく見てるな」

運転手が微笑んだ。

「何回見ても、飽きませんよ」

その写真は、あの試合の後に撮った戦友達との唯一の集合写真だった。

太陽が一段と高く昇り、古い木造アパートはすっぽりと日の光に包まれた。その一室で、祐希はワールドカップの時に作ってもらったユニフォーム姿で、そわそわしながらサッカーボールを抱えている。

「遅いね」

祐希が台所に向かって言った。

「そのうちに、来るでしょう」

そう言うと、美穂は蛇口を廻して食器を洗い始めたが、祐希は落ち着かない様子で部屋の中をぐるぐると歩き始めた。するど、ほどなくして玄関のチャイムが鳴った。

「来た！」

祐希は玄関まで走って、勢い良くドアを開けた。

「遅いよ」

「ごめん、ごめん」

成瀬は急いで来たのか、息が上がっている。

「行ってきます！」

祐希は慌ただしく靴を履くと、アパートの錆び付いた鉄階段を音を立てて下りて行った。

「今日は時間通りに帰るのよ！」

美穂は玄関から顔を出して走り去る祐希に念を押したが、返事は返ってこなかった。

「全く、あの子は」

呆れた表情を浮かべる美穂に、成瀬は微笑んだ。

「後で、ちゃんと伝えておくよ」

「うん」

美穂も微笑みを返して、「よろしくね」とだけ伝えて成瀬を見送った。


「やるな」

祐希からの力の入ったボールを受け止めて、成瀬は唸った。

「僕だって、毎日練習してるんだから」

「じゃあ、次はお父さんの番だ」

成瀬は力を込めてボールを蹴った。ところが、力が入り過ぎたせいで、ボールは祐希の遥か頭の上を越えていった。

「もう、お父さん。どこに蹴ってるの？」

「あっ、悪い」

逸れたボールを追って走った祐希だったが、不意に足を止めた。転がっていくボールの先に、教室で祐希を冷やかしたサッカークラブの細貝と島根、それに西城が居た。キャプテンの西城がボールを足で止める。あの日以来、祐希はこの三人組とは口もきいていなかった。

「返して」

祐希が不愛想に手を差し出したが、西城はボールから足を離さなかった。

成瀬は祐希と三人組のやり取りを見守った。

「返してよ」

苛立った祐希が詰め寄る。そこでようやく、西城は祐希に向けてボールを蹴った。

「ありがとう」

せっかく楽しかったのに……。ボールを受け取った祐希は、これ以上三人組から絡まれないようにと早々に体を反転させた。

「あのさ」

西城の声に、祐希はビクッとして振り向いた。

「何？」

「俺達も、入れてもらえない？」

西城は照れ笑いを浮かべていた。

「一緒に？」

「うん」

細貝が恥ずかしそうに頷いた。

祐希は思ってもみなかった三人組からの要請に戸惑った。どう答えれば良いのか考えあぐねた祐希は、成瀬に向かって叫んだ。

「ねえ、友達が一緒にやりたいって！」

成瀬は笑いながら返した。

「いいじゃないか、一緒にやろう！」

妙に祐希は心が弾んだ。ずっと友達なんていらないと思っていたが、こうして好意的に接してくれると悪い気はしなかった。

「いいってさ」

祐希が微笑みを浮かべて、西城にボールを蹴り返した。

三人組は嬉しそうに、祐希と共に成瀬の所までパスをしながら走った。

その様子を見ていた成瀬は、ある思いを巡らせた。

――大きく変わる事のなかった俺の生活の中で、一つだけ変わった事もあった。それは、週末には必ず祐希とサッカーをするようになった事だ。人から見れば、大した変化ではないだろう。でも、良い。だって……。

成瀬は祐希から転がってきたボールを、また思いっきり蹴り上げた。ボールは最高点にまで到達した太陽に向かって、高々と舞い上がった。

――だって、やっと四年前の祐希との約束が果たせてるんだから。

完

藤田　健（ふじた　たけし）

1977年、東京都生まれ。インディーズ映画の脚本家・監督。2011年にはアテネ国際短編映画祭にて、短編映画『波紋』が招待作品として上映される。現在も映画や小説などの新作に取り組んでいる。

ホームレス　ワールドカップ

2017年5月21日　初版発行

著　者　藤田　健
発行者　中田典昭
発行所　東京図書出版
発売元　株式会社 リフレ出版
〒113-0021　東京都文京区本駒込 3-10-4
電話 (03)3823-9171　FAX 0120-41-8080
印　刷　株式会社 ブレイン

ISBN978-4-86641-025-8 C0093
Printed in Japan 2017
落丁・乱丁はお取替えいたします。

ご意見、ご感想をお寄せ下さい。

［宛先］〒113-0021　東京都文京区本駒込 3-10-4
東京図書出版